어느 날 갑자기

한림신서 일본현대문학대표작선 ⑰

ARUHI WATASHIHA by ISHIZAKA Shinichi
Copyright © 1959 by ISHIZAKA Shinichi
Originally published in Japan

어느 날 갑자기

한림신서 일본현대문학대표작선 ⑰

이시자키 요지로 지음 · 현광식 옮김

小花

어느 날 갑자기
한림신서 일본현대문학대표작선 ⑰

초판인쇄 2000년 5월 10일
초판발행 2000년 5월 20일

지은이 이시자카 요지로
옮긴이 현광식
발행인 고화숙
발 행 도서출판 소화
등 록 제13-412호
주 소 서울시 영등포구 영등포동 94-97
전 화 677-5890, 2636-6393
팩 스 2636-6393

ISBN 89-8410-141-9
ISBN 89-8410-108-7 (세트)

잘못된 책은 언제나 바꾸어 드립니다.

값 6,000원

차례

어느 날 갑자기 · 7
註 · 289
역자 후기 · 293

1

 나는 A양재학교에 다닙니다. 내 이름은 시로야마 유리코이고 올 해 스물 한 살이지요. 남들이 흔히 제일 예쁜 때라고들 합니다.
 나는 초등학교 때부터 건강에 좋다는 어머님의 말씀에 따라 발레(ballet)를 열심히 배웠고, 중·고등학교 시절엔 농구선수로 줄곧 활약했습니다. 운동을 한 탓인지는 몰라도 제 키는 다섯 자 네 치[1]나 되고 건강에는 자신이 있습니다. 그런데 어머님은 내 키가 큰 걸 좀 염려하시는 것 같습니다.
 "유리코, 넌 이제 그만 커야겠다. 엄마 처녀시절엔 다섯 자 두 치도 너무 크다고 결혼하는 데 어려움이 있었지. 요즘도 너같이 크면 네게 어울리는 남자가 많지 않을 거야."
 "걱정마세요. 전 클 만큼 크겠어요. …아무도 데려가지 않는다면 니오(仁王)[2]에게 시집가죠. …그런데 어머님, 여자가 모두 남자를 사랑해서 결혼해야 한다는 것은 생각만 해도 지겨워요. 남자도 여자에 대해 같은 느낌이 들지도 모르죠. …학교에서 여자들만 많이 모여 있으니까 여자들한테 질리게 되어 여자란 아무래도 잘 만들어진 생물체(生物体)는 아닌 것 같아요…."

"그야 그런 기분이 들 때도 물론 있겠지. 그러나 여성이 여성인 사실을 거부한다 해서 좋을 것은 아무것도 없어. 자기가 여성이고 또 인간인 사실을 순순히 받아들이는 것이 중요한 거야."

"그건 저도 알고 있어요."

이제 제 소개를 할까요. 아버지는 K시에서 변호사 일을 하시고 고향은 북국의 B현(縣)입니다. 정직하고 호인인 아버지는 변호사들 중에서 중간 정도의 수입을 올린다고 들은 적이 있어요. 어머니는 아버지와 달라 무슨 일이든 끝까지 따지고 성격이 꽤 모진 편이지만, 자기의 분수를 잘 알고 있어 남의 일에 쓸데없이 참견하는 일은 전혀 안하신답니다. 나는 어머니의 성격을 너무 많이 닮아 때로는 즐겁지만, 이따금 우울할 때도 있죠.

내 밑에는 남동생(이름은 요시오)이 하나 있고, 또 그 밑에 여동생(이름은 마리코)이 하나 있는데, 서로 두 살 터울이며 둘 다 아버지를 쏙 닮았습니다. 나만 어머니를 닮아서 두 동생에게 어쩐지 미안한 느낌이 들 때도 있죠. 특히 마리코는 아버지처럼 턱이 넓어 인물이 좀 빠지기 때문에, 난 정말 안

됐다는 생각을 한답니다.

 한 번은 어머니가 큰 거울 앞에서 화장을 하실 때였습니다. 주위에 아무도 없다는 것을 확인한 후 뒤에서 어머니 어깨에 내 얼굴을 기대고 볼과 볼이 닿을 듯 가까이 대고, "엄마 왜 저만 이렇게 엄마를 닮았죠? 요시오 마리코도 모두 아버지를 닮았는데…."

 "엄마를 닮아서 뭐 나쁘단 말이냐?"

 거울 속 어머니는 짐짓 화난 얼굴을 하시며 날 노려보았습니다. "그렇진 않지만…. 그래도 엄마 얼굴의 예쁜 데를 저만 몽땅 차지한 것 같아 요시오와 마리코에게 정말 미안한 생각이 들어요."

 "그거야 하느님이 하시는 일이고 누구의 잘못도 아니야… 넌 얼굴만 이야기하지만 내 성격의 좋지 못한 점도 네가 더 닮았는지도 모르지. 아직 그런 결점은 별로 나타나지 않지만 나이가 들면 그렇게 될지도 모르는 거야…."

 "엄마 성격의 나쁜 점이 뭔데요?"

 "글쎄, 사람은 누구나 조금씩 부족한 점이 있게 마련이지…." 하고 어머니는 애매하게 미소를 짓더니, "난 말이야, 내 주장을 끝까지 밀고 나가지 못하는 편이야…."

 "…밀고 나가지 못한다고요? 엄마가요? …천만에 말씀." 하고, 나는 강하게 부인했습니다.

"글쎄, 네가 앞으로 내 말이 옳다고 깨달을 때가 오지 않았으면 좋겠는데…." 하고, 어머니는 수수께끼 같은 말씀을 하시고 미소를 지었습니다.

"전 정말이지 엄마를 닮아서 좋지 않구나 하고, 느낄 때가 종종 있어요. 어떤 아이가 성숙해진다는 증거는 부모에 대한 막연한 저항감일 거라고 생각해요. 그런데 제 얼굴은 엄마를 빼다 박아서 엄마와 다른 점이 전혀 없거든요…."

어머니는 손가락으로 내 볼을 꼬집더니 차분한 어조로 말씀하셨죠. "이제 곧 네 자신의 얼굴이 나타나겠지. 인생에 대한 견해가 뚜렷해지고 어떤 남자를 사랑하게 되면…. 그때의 얼굴은 네 책임이 되는 거지…."

"제가…남자를 사랑한다고요? 별로 반갑지도 않군요…." 하고, 나는 거울 속에서 얼굴을 붉히며 중얼거렸습니다.

날 위해 약속된 그 남자는 이 넓은 세상 어딘가에 정말 살아 있을 것입니다.

꼭 한 번 어머니는 내가 의심하는 일에 대해 어렴풋이 말씀한 적이 있습니다.

"…네가 날 닮았다는 것은 너를 임신했을 때, 여자로서의 내 삶의 불꽃이 가장 뜨겁게 타올랐기 때문일 거야…."

"그게 구체적으로 무슨 말씀이세요, 엄마?"

나는 태연한 체하고, 어머니 표정의 미묘한 변화도 놓치지 않으려고 주의하며 물어 봤죠. 어머니도 자기의 표정의 변화를 보이지 않으려고 애썼지만, 얼굴 표정이 약간 긴장되는 걸 느낄 수 있었어요.

"아무것도 아니야. 젊었을 때엔 누구나 다 그런 거지…."

"그래요? …괜찮아요. 전 언제나 엄마를 깊이 이해한다고 생각하거든요."

나는 더 이상 캐묻지 않기로 했습니다. 어머니가 말하고 싶지 않은 것을 억지로 파고들지 않는 편이 낫다고 생각했기 때문이죠. 어쨌든 어머니에게 어떤 과거가 있는 것이 틀림없는 것 같았습니다. 아마도 아버지 이외의 다른 남성과 깊은 관계를 맺은 일이 있는 듯싶었죠. 왜냐하면 아버지와 어머니는 먼 친척간으로 맞선을 보고 평범하게 결혼했고, 또 아버지는 외모나 성품이 수더분하고 두드러진 점이 없어 여자들에게 사랑의 불꽃을 확 타오르게 할 수는 없었기 때문이죠. 또 아버지는 낚시질이나 만넨구사(万年靑)[3] 재배 등에만 흥미를 느끼는, 좀 온순하고 보수적인 성격입니다.

설사 어머니가 젊어서 어떤 남성과 깊은 관계가 있었다 해도 많은 여학생들이 느끼듯이, 어머니가 음탕한 여자라거나 아버지나 나를 배신했다는 불미스런 느낌은 전혀 없었습니다. 어머니에게 정말 무슨 정사가 있었고, 내가 그 비밀을 속속들이 알게 되어도 그 정사는 나를 깊이 감동시킬 사랑일 거라고 확신했습니다. 그 정도로 나는 마음도 몸도 어머니와 완전히 하나가 되어 있었죠.

내가 고등학교를 졸업하고 양재학교에 간 것은 누구의 권고 때문이 아니라 순전히 내가 원했기 때문이죠. 내가 졸업한 고등학교에서는 내 성적 정도의 학생들은 대개 대학 진학을 원했었죠—나는 반에서 5등 아래로 내려가 본 적은 한 번도 없었습니다. 대학 간판보다도 실생활에 필요한 기술을 배우는 것이 더 바람직하다고 생각하고, 나는 담임선생님의 간곡한 권고도 거절하고 양재학교에 갔습니다.

장래의 일을 생각할 때—내 마음이 정말 백프로 그렇다고 말할 수는 없지만—부부가 맞벌이 하는 것을 별로 탐탁하게 여기지 않습니다. 너무 뒤떨어진 사고방식이라고 이야기할지 모르지만, 나는 아늑한 가정을 지키며 아이들을 낳고, 차분히 아이들을 양육하는 생활을 하고 싶어요. 그리고 이런 생활을 즐기려면 양재나 디자인(design) 등 여성에게 꼭 알맞은 기술을 익혀 두는 것이 유리하다고 생각하고 있죠.

나는 현재 스기나미구(杉並區), 어느 미망인의 집 2층, 다다미4) 넉 장 반 넓이의 방을 빌려 자취하고 있어요. 그리고 양재학교 학생으로서 정성들여 옷을 짓고, 하는 일이 꼼꼼하다고 근처에 소문이 나서, 집주인은 이따금 이웃에 사는 아동복 등을 주문받아 주기도 하죠. 그런 일로 짭짤한 수입을 올려 경제적으로 비교적 윤택한 편이며, 나 스스로 선택한 장래에 대해서도 자신감을 갖게 되었어요.

그런데 나는 돈을 뭉턱뭉턱 쓰는 성격이라 적금이나 저축은 한 푼도 못하고 있습니다. 영화, 간식, 음악회, 기타 자질구레한 소지품 등에 돈을 쓰고, 게다가 경제적 여유가 있다고 날 등치러 오는 친구들도 있어서 때로는 몹시 궁색할 때도 있어요. 이따금 돈이 떨어져서 외식도 못하고 며칠씩 밥과 된장국만으로 지낼 때도 있습니다.

'등친다'는 표현을 썼지만, 실제로는 남자 친구들이 밥을 얻어 먹으려고 찾아오는 것이 대부분이죠. 영양실조(營養失調)에 걸렸다고 떠드는 그들에게 음식을 차려 주면 흐뭇한 기분이 들어 즐겁기도 합니다.

대체로 나는 이런 식으로 도쿄에서 학생생활을 하고 있어요. 강한 자극 같은 것을 받지는 못해도 안온(安穩)하고 약간 만족스런 생활을 하는 셈이죠.

어느 날 오후 그런 남자 친구 중 하나인 야부키 겐지로(矢吹健次郎)가 내 하숙집으로 찾아왔어요. 그는 같은 고향 사람이며 K시의 고등학교를 나보다 일년 먼저 졸업했습니다. 그때부터 우리 둘은 상당히 친하게 사귀어 왔지요.

내가 다닌 K고등학교는 전전(戰前)엔 여자 고등학교였지만 전후 남녀공학으로 개편되어 남학생도 입학하게 되었고, 남녀의 비율은 대체로 여자 열 명에 남자 한 명 정도였죠. 남학생 수가 적다 보니 그 희소가치(稀少價値)로 인해 대접을 받아 여학생들 사이에 "붕" 떠 있는 존재가 되었고, 어느덧 여학생들의 열기(熱氣) 때문에 응석부리는 존재가 되어갔습니다.

이렇듯 여자가 들끓는 학교에 들어오지 말았어야 하는데—하고, 나는 남학생들을 안쓰럽게 생각하기도 했어요.

야부키 겐지로도 그런 가엾은 남학생 중의 하나였지만, 그래도 어느 정도 기개(氣槪)가 있고 성적도 좋았죠. 게다가 키도 크고 잘생긴 편이어서 여학생들 사이에 인기가 높았습니다. 또 그의 집안과 우리 집안은 잘 아는 사이여서 우리는 학교에서도 꽤 친하게 지냈죠. 쉬는 시간에 교정 은행나무 밑에서 나는 그에게 종종 수학·영어 등을 배웠고, 다른 여학생들은 우리 사이를 몹시 부러워했습니다.

한 번은 내가 그에게 이렇게 물어 본 적이 있습니다.

"난 오빠한테 공부를 배워 고맙게 생각하고 있지만, 한 가지 마음에 안 드는 게 있어요. 솔직히 물어 봐도 돼요?"

"괜찮아. 뭔데?"

"오빠는 뭣땜에 이런 여자가 들끓는 학교에 들어왔죠?… 내 생각에 여자들에게 인기를 얻으려고 그런 것 아니에요?"

"무슨 말을 하는 거야. 그렇지 않아. 앞으로 민주주의가 세상을 지배할 테니 어디든 남녀공학이 될 거라고 했잖아. 난 그 말을 곧이곧대로 받아들였지. 이 학교는 집에서 가깝고 경치도 좋고 건물도 훌륭해서 지원했던 거야. 들어와 보니 여자들만 넘쳐서 난 실망하고 말았어…. 난 여자들이 착한 줄만 알았는데, 많이 모이니까 굉장히 심술궂고 서로 욕하고 헐뜯는 데 놀랐지…."

"당연하죠, 뭐. 여자도 남자와 다름없는 인간이니까…. 내 생각에 남학들생은 이런 학교에 들어와서 남성다운 기력(氣力)을 잃어버리는 거 같아요…. 난 이런 학교 나온 남자에겐 절대로 시집가지 않을 거예요…."

"어쩔 수 없는 일이지. 난 아무것도 몰랐으니까…."

그 당시엔 세상이 어떻게 변해 갈지 아무도 몰랐으니까 그도 거짓말을 하는 것은 아니겠지요. 그는 고등학교를 졸업하자 W대학 이공과에 단번에 합격했습니다. 그 후 내가 일년이 지나 상경할 때까지 그는 종종 감상적인 편지를 보내곤 했지요.

드디어 내가 상경하자 그는 줄곧 기다려온 듯이 내 하숙집에 자주 놀러 왔습니다. 그리고 도시생활에 익숙지 못한 나를 여러모로 친절히 보살펴 주었죠. 그는 학자금이 넉넉지 못하여 아르바이트를 했고, 궁색한 생활을 하는 듯싶었어요. 이런 곤경에 빠진 그에게 영양가 있는 식사를 대접하는 것은, 꽤 보람있는 일로 느꼈고 위안이 되었죠.

그런데 더 솔직히 말하면, 그는 나에게 친구 이상의 호의를 남몰래 품고 있는 듯했어요. 그러나 그는 이런 점에 있어서 남자다운 기백이 부족했고 나는 나대로 어쩐지 미흡하고 아쉬운 느낌을 그에게서 받곤 했습니다. 그래서 나는 가슴속에 품은 그의 애정을 자극하지 않으려고 그와 만날 때엔 시원시원하게 허물없이 대하려고 노력했죠. 남녀간의 교제에는 여자편에서 조심성을 보이는 것이 필요하지 않을까요? 그런 조심성이 없으면 남자는 여자를 객관적으로 냉정하게 관찰하지 못하고, 이내 열을 올리는 속성이 있는 듯싶어요.

그날은 바로 토요일이었습니다. 초겨울인데도 아늑하고 따스한 날씨였죠. 그는 정성들여 솔질한 학생복을 쫙 빼입고 주름이 멋지게 선 바지와 새 양말을 신고 머리도 깨끗이 빗어 넘긴 모습이었습니다. 맵시있는 그의 모습을 대하자, 눈을 크게 뜨고 다시 봐야 할 정도로 멋이 있었죠. 큰 키에 갸름한 얼굴의 미남이었으며, 고교시절엔 제임스 스튜어트(James Stuart)라는 별명으로 불렸으니까요.

"요즘 바빠요?"

그의 맵시를 칭찬하는 대신 나는 이렇게 말을 걸었습니

다.

"그래 좀 바쁘지. 요전부터 가정교사로 두 군데를 가르치고 있어."

"그럼 경제적으로 좀 나아질 테니 한턱 내야겠군요."

"그런데 도무지 나아질 것 같지 않아. 우리 집 형편이 아무래도 좋지 않아서…" 하고, 그는 좀 맥빠진 어조로 대답했죠.

그의 집은 K시 중심가에서 잡화점을 경영하고 있었는데 장사가 시원찮은 것 같았습니다.

"고민하지 말아요…. 내가 종종 영양있는 음식을 대접할 테니 기운 좀 내요…."

"그래…. 사실이지 난 널 만날 때마다 느긋해지고 힘이 나는 것 같아…."

"그래요? …난 머리가 좀 둔하지만 명랑한 성미니까. 호, 호, 호…" 하고, 나는 갑자기 생각난 듯이 어색하게 웃었습니다. 둘만 있는 자리에서 진지하고 조용한 분위기를 만드는 것은 금물(禁物)이기 때문이죠.

"벽장 속에 집에서 보내 온 골든 딜리셔스(Golden Delicious)[5]가 있으니 잡수세요. 사과를 먹으면서 창 밖을 내다봐야 해요. 난 옷을 갈아입을 테니까…."

그는 내가 말한 대로 사과를 먹으며 창 밖 푸른 하늘을 쳐다보고 있었죠. 고교시절엔 그를 선배라고 생각했는데 지금은 도리어 후배인 듯한 느낌이 드는 거예요. 여자의 나이란 묘한 것이라고 새삼 느꼈습니다. 그러나 남자의 이런 미숙한 점이 남자가 쑥쑥 자라나는 비밀인지도 모르죠.

이런 생각을 하면서 나는 회색 격자무늬 스커트에, 흰 블라우스, 털실로 짠 황색 스웨터를 입었습니다. 나는 색깔의 대조가 선명하게 나타나는 차림새를 좋아하기 때문이죠.

"다 준비 됐어요. 갑시다."

"그래 가지."

우리는 밖으로 나갔습니다. 그날 밤 고이시카와(小石川)[6] 어떤 회관에서, B현 출신의 재경학생 임시총회가 열리게 되어 참석할 생각이었어요. 나는 전에 이런 모임에 한 번 나간 적이 있는데, 별로 흥미를 느끼지 못하여 그때부터 안 나가고 있었죠. 그런데 오늘 밤엔 회비 300엔만 내면 B현 출신의 사업가이자 중의원 의원인 하나지마 다다요시(花島信吉)의 후원으로, 양식 풀 코스(full course) — 오르 되브르(hors-dóeuvre)[7]에서 디저트까지 — 를 먹을 수 있다고 야부키가 부추겨서 마음이 움직인 거예요. 학생 신분으로 양식 풀 코스를 맛볼 수 있는 기회는 거의 없다고 해도 과언은 아니니까요.

그곳에 가는 도중 전차가 고장나 회장에는 약간 늦게 도착했습니다. 3층의 큰 홀에는 벌써 60명 정도의 학생들이 모였고, 그중에는 여학생도 14, 5명 정도 섞여 있었지요. 회장 입구에는 지방신문 사진에서 본 적이 있는 하나지마—작은 키에 약간 뚱뚱한—가 불그레한 얼굴에 미소를 띠우며, 부하인 듯한 서너 명의 신사복차림 청년들과 함께 서 있었죠.

야부키와 나는 홀로 들어가서 입구 곁 테이블에 놓인 방명록에 고향의 집 주소와 이름을 적었습니다. 하나지마는 내가 쓴 것을 읽어보자 나를 보고,

"아, K시의 시로야마 씨면…실례지만 아버님의 직업은 무엇이죠?" 하고 점잖게 물었습니다.

"변호사입니다."

"아아, 시로야마 마사오 씨군요. …잘 알고 있습니다. 이걸…좋아하시죠" 하고 손가락 끝으로 낚시질 흉내를 내고,

"이렇게 어여쁜 규수가 있는 줄 미처 몰랐군요. …겨울방학 때 고향에 가시면 제가 안부를 묻더라고 전해 주세요."

그는 이렇게 말하고 나서 다시 익숙한 손짓으로 악수까지 해 줘 나는 기뻐서 어쩔 줄 몰랐습니다. 어쨌든 세간에서 훌륭하다고 인정하는 중의원이 아버지를 알고 있어서 딸인 내가 감격한 것도 당연한 일이죠. 하지만 이런 감격은 나만 느낀 것은 아니었어요. 야부키의 집안에 대해서도 하나지마는 잘 알고 있었기 때문이죠.

"…옥호(屋号)⁸⁾는 마루가(丸加)였죠? 자네 할머니는 우리가 사는 T촌에서 출가하셨지. 틀림없어. …자네는…? 이공과라고? …잘 했군. 과학 일본을 위해 분투노력하길 진심으로 바라네."

악수 대신 그는 야부키의 어깨를 탁 쳤으며, 야부키도 나처럼 몹시 감격하여 "네!…네!" 하고 거듭 머리를 숙였습니다.

학생들은 80명쯤 모였죠. 대회는 옆 소강당에서 개최되었습니다. 사카다(坂田)라는 도쿄대 학생(東大生)인 위원장이 일어나서 오늘밤 모임은 무슨 특별한 목적이 있는 것이 아니라, 연말 친목회 같은 것이라고 말하고, 선배인 하나지마 중의원의 후원으로 이렇게 성대한 모임을 갖게 되었다고 보고했습니다.

이어서 하나지마가 일어나 B현 주민들의 기질을 분석하고, 장차 B현이 발전하려면 주민들이 어떻게 해야 할지 설명했습니다. 그는 또 B현의 장래, 아니 일본의 장래는 지도자로서 활약해야 할 학생 여러분에게 달려 있다고 강조했죠. 연설 내용은 평범하지만 자주 연설하여 익숙해진 탓인지 듣는 사람에게 호감을 주는 연설이었어요.

특히 연설을 마무리할 때, 여러분의 취직문제에 대해서는 미력하나마 자기가 중개 역할을 하겠다고 다짐함으로써 학생들에게 의미심장하게 들린 듯했어요.

"중의원 정도 되면 보수건 혁신이건 따질 것 없이 모두 상당한 사람들이구만…" 하고, 옆에 있는 야부키가 속삭일 정도였으니까요.

대회가 끝나자 식당에서 만찬이 열렸습니다. 흰 테이블보 위에 번쩍번쩍 빛나는 접시와 은식기류가 길게 놓여 있고, 흰 유니폼 차림의 급사들이 군데군데 서 있는 광경은 보기에 썩 멋이 있었죠. 꽤 많은 경비가 들었을 거라고 나는 큰 테이블에서 추종자들과 담소하는 하나지마를 바라보며 문득 생각했습니다. 그리고 돈이란 있는 곳엔 얼마든지 있는 것이구나 하고, 새삼 속으로 감탄했어요.

식사하는 동안에 유지인 학생들이 차례로 무대에 올라와 자기의 감상을 발표하거나 여흥(余興)으로 숨은 재주를 부렸습니다. 고교시절부터 노래를 잘 하는 야부키도 하나지마의 친절에 감동했는지 무대에 나와 샹송을 한 곡조 멋지게 불러 박수갈채를 받았어요.

식사하는 중에 하나지마는 바쁜 일이 있다고 사과하고 많은 학생들의 박수를 받으며 물러갔습니다. 얼마 뒤 하나지마의 지인(知人)이라는 콧수염을 기른 건장한 남자가 나타나서, 내용이 분명치 않은 말을 하기 시작했죠. 그의 말을 듣고 있으니까 어렴풋이 의심이 떠올랐습니다.

왜냐하면 그 남자는 사업가이며 정치가인, 고향 출신의 뛰어난 선배 하나지마를 추켜세운 후, 내년 2월 총선거에서 이런 인물을 재선시켜야 한다고 은근히 돌려서 말했기 때문이죠. 그는 특히 젊은이들의 힘으로 해야 한다고 강조했어요.

"어쩐지 냄새가 나는 듯한데요?" 하고, 나는 옆 자리의 야부키에게 속삭였습니다.

"냄새가 나다니 무슨 뜻이지?"

야부키는 코를 벌름거리며 물었죠. 이런 때의 그의 이해력 부족—둔한 통찰력이라고 할지—이 우리들 관계의 한계 같은 것을 느끼게 하는 거죠.

"어머 둔해라. 오늘의 학생 총회가 하나지마의 선거운동에 이용되는 것 같다는 거죠…."

"그렇지 않아. 하나지마 씨는 선거에 대해서 한 마디도 하지 않았잖아."

"누가 그런 서투른 짓을 하겠어요?"

우리 둘 사이에 사소한 말다툼이 일어났을 때 단상에서 하나지마를 찬양하던 남자의 말이 끝났습니다. 그러자 내 자리의 비스듬히 앞에 있는 자리에서, "위원장!" 하고 묵직한 베이스(bass)톤으로 외치며 일어난 남자가 있었지요. 목을 둥글게 판 흰 스웨터에 카키색 잠바를 입고, 검은 머리를 상고머리로 깎은 남학생이었죠. 햇빛에 탄 피부에 남자다운 풍모였어요.

"위원장께 질문하겠습니다. 저는 M시 출신으로 의대에 재학중인 가네코 다이스케(金子大助)라고 합니다. …그런데 지금 생각해 보니 오늘 밤 임시학생 총회는, 하나지마 중의원의 사전선거운동에 이용되는 듯한 느낌이 듭니다. 그러니 오늘 밤 대회는 누구의 제의로 개최되었고, 또 그 계획의 진행에 하나지마 씨가 어떻게 관련된 건지 그 점을 분명히 말씀해 주기 바랍니다."

별로 흥분하지도 않은 담담한 어조로 질문했지만, 어떤 거짓 변명도 통할 것 같지 않은 냉정한 느낌이 들었죠. 회장은 순식간에 쥐죽은 듯이 고요해졌습니다. 두꺼운 근시 안경을 쓴, 키 큰 사카다 위원장은 자리에서 일어나 자신없는 어조로,

"그건…두어 명의 위원으로부터…송년회 대신 임시총회를 여는 것이 어떨까…하나지마 씨가 후원해도 좋다고 하는데…이런 말이 있어서…저도 찬성했습니다."

"알겠습니다" 하고 가네코라는 학생은 일어나서 또렷이 말했죠.

"그러면 위원장께서 이 대회의 개최를 제의한 위원의 이

름과 출신지를 알려 주십시오…"

"그분들은—구로이와(黑岩) 군은 K동(洞)이고…기무라(木村) 군은 T군(郡)이고…노다(野田) 군은 A동일 겁니다…"

사카다 위원장은 긴 머리를 긁어 올리면서 더듬더듬 대답했어요.

"알았어요. 하나지마 씨는 K동 출신이고 T군과 A동도 모두 하나지마 씨의 선거지반(選擧地盤)이죠. 지금 위원장이 말한 위원들은 사전에 하나지마 씨와 상의하여 이 임시총회를 개최하도록 위원회에 압력을 가했다고 생각합니다…"

"입닥쳐! 네가 뭐라고 감히 그런 생트집을 잡는 거야!"

"선배인 하나지마 씨의 호의에 대해 미안하지 않아?"

"넌 공산당이냐?"

"실컷 먹고 나서 뻔뻔스런 놈이군…"

자기의 이름이 공개된 위원들과 그들과 한 패인 듯한 네댓 명의 학생들이 동시에 일어나서, 사방에서 가네코에게 욕설을 퍼부어 댔어요. 가네코는 얼굴이 약간 창백해졌지만 침착한 태도를 잃지 않고,

"나는 아무래도 수상쩍다고 생각해요. …조금 전에 입구에서 하나지마 씨가 아버지의 말을 하고 어깨를 툭 쳐서 좀 얼떨떨해졌지만, 그 수법은 나만이 아니고 모든 사람에게 똑같이 쓴 것 같아요. 그것도 오늘 밤 출석자의 호적 조사를

미리하여 짜낸 연출이라고 생각해요. …내가 보건대 사카다 위원장은 속셈도 모르고 몇몇 위원들에게 넘어간 것 같소. … 위원장은 어떻게 생각하십니까?"

조리있게 차근차근 따져 묻자 위원장은 그 자리에 선 채 한 마디도 대꾸하지 않았습니다. 난처한 입장에 빠져 고민하는 그의 태도는 억지 변명으로 몇 마디 하는 것보다 훨씬 호감이 갔습니다.

그러자 긴 머리가 이마에 축 처진 건장한 체격의 학생이 일어나서,

"저는 위원 중의 하나이며 구로이와 겐이치(黑岩健一)라고 합니다. 가네코 군이 말한 하나지마 씨 선거지반인 K동 출신이죠. …그런데 아까 하나지마 씨의 친구되는 분이 내년 총선거에 대해 무심코 한 마디 하셨습니다. 저는 그분이 분명히 실언한 것으로 생각합니다. 세상 이야기를 하려다가, 무심결에 한 말씀임에 틀림없을 겁니다. 어쨌든 지금 위원장이 지명한 기무라도 노다도, 그리고 저도 하나지마 씨의 사주(使嗾)를 받아 오늘 밤 총회를 개최한 것은 아닙니다. 하나지마 씨는 고향 선배라는, 단지 그 자격으로서 이 모임을 후원하셨을 따름입니다. 여러분께서 그 점을 오해하지 않으시기 진심으로 부탁드립니다…."

여기까지 말하더니 그는 갑자기 위협하는 말투로 변하여,

"이봐, 가네코 군. 자네는 빨갱이인지 뭔지 모르지만, 임시 총회가 열린 사정에 대해 하나지마 씨의 음모다 아니다 하고, 여러 학생들 앞에서 논쟁을 벌여도 쓸모없어! 모임이 끝난 뒤 자네와 우리들 몇몇 사람이 모여 결말을 짓도록 하지…."

"겁주려고 하지 마시오" 하고, 가네코는 대수롭지 않은 듯이 탁 쏴 붙였습니다.

"이 모임에 대해 나처럼 느낀 사람이 나 하나인지 아닌지 한 번 확인해 보겠습니다. 오늘 밤 총회에 아무래도 선거운동 냄새가 난다고 느낀 분은 손을 들어주십시오. 우선 저부터 들겠고…."

여기 저기에서 손이 올라갔습니다. 15, 6명 쯤 되었을까. 얼굴을 반쯤 숙인 채 나도 모르는 사이에 나는 오른손을 번쩍 처들었어요.

가네코는 천천히 회장을 둘러보고 얼굴에 미소를 띠우며,

"예상외로 적군…. 구로이와 군들의 위협이 없었으면 이 숫자의 3배는 손을 들었을 텐데…."

"이봐, 가네코 말조심해."

"위협이라니 무슨 말버릇이야?"

"건방진 자식 같으니…."

위원들이 번갈아 고함을 쳤으며 회장의 분위기는 살벌해

졌습니다. 옆 자리의 야부키는 내가 손 든 것에 충격을 받았는지 주저주저하더니, 갑자기 부자연스럽게 일어나서 무뚝뚝한 말투로, "K시 출신의 야부키 겐지로입니다. …전 이번 문제는 그렇게 옹졸하게 생각할 필요는 없다고 생각합니다. 선배가 한턱 낸다거나 취직 알선을 해 주겠다고 하면 그런 호의는 받아들여도 되는 것이 아닙니까? 선거에선 그때 봐서 지지하는 후보에게 투표해도 무방하다는 의견입니다. 살아가기 힘든 현실을 뚫고 나가려면 그만한 융통성은 가져도 괜찮다는 생각입니다. …이상으로 제 의견을 말씀드렸습니다."

야부키의 발언은 나를 겨냥해서―자기가 빈틈없는 현실적인 생각을 가졌다고 납득시키려는― 한 것임을 이내 알아차릴 수 있었죠. 그러나 내게는, 기름과 물처럼 그의 발언을 이유없이 배척해 버리는 무언가가 들어 있었습니다.

(이 사람 머리는 나쁘지 않은데, 여학생들 사이에서 귀중한 고교 시절을 보내더니 이런 약삭빠른 체하는 사고 방식을 지니게 됐군…)

"결과적으로는…" 하고, 가네코가 일어나서 반박했습니다.

"오늘 참석한 사람들은 다 그런 생각을 하고 온 것이 분명합니다. 그러나 근본적인 사고 방식으로는 야부키 군의 의견은 이것도 저것도 아닌 어중간한 것으로서, 가장 잘못된 생각이라고 말하고 싶습니다. 그럴 바에야 차라리 하나지마 씨에게 완전히 매수되는 편이 분명한 태도이고, 또 그렇게 하면 반성할 기회도 얻을 수 있을 테니 그 편이 오히려 낫다고 생각합니다. 야부키 군의 사고 방식은, 자기의 처세가 현실 생활에서 약삭빠른 태도라고 생각할 뿐 반성하고 숙고할 기회를 가질 수 없게 되니, 자기도 모르게 잘못된 길로 빠져들 위험이 있습니다. 저는 완전히 반대입니다."

"그러나 나는…" 하고 야부키는 뭔가 말하려 했지만, 끝내 자리에서 일어나지 않았습니다.

회장은 점점 소란스러워지기 시작했습니다. 여기 저기서 토론과 잡담이 일어나고 있었죠. 나는 그런 회장의 분위기가 몹시 답답하게 느껴졌습니다. 특히 야부키와 나 사이에 의견 대립이 일어난 이상, 둘이 밤길을 걸어가는 것은 참을 수 없을 듯싶었어요. 도중에서 우리는 이러쿵 저러쿵 따지다가 결국 타협해 버릴 것이 분명했기 때문이죠.

나는 무심코 자리에서 일어나 계단을 급히 내려가서 현관 쪽으로 걸어갔습니다. 그러자 휴대품 보관소에서 가방을 받아 밖으로 나가려던 가네코와 딱 얼굴을 마주치고 말았죠.

"아!"

"아!" 하고, 우리 둘은 서로 동시에 중얼거리며 가볍게 인사했습니다.

"벌써 돌아가십니까? … 전…실례했습니다. …어쩐지 전에 한 번 당신을 만난 듯한 느낌이 들어서…. 하지만 아무래도 오늘이 처음일 겁니다."

"네, 처음이지요. …저도 당신이 아까 발언하는 모습을 보고, 어쩐지 전에 어디서 만난 것 같은 기분이 들기는 했지만. …저는 K시 출신이며, 시로야마 유리코라고 합니다. 양재학교에 다니고 있죠.…"

"시로야마 양? 들은 적이 없군요. …그러니 처음 만나는 것이겠죠. …아까 여자들 중에서는, 당신 한 분만 제 의견에 찬성해 주셨어요."

"그랬나요? 전 둘러보지 않아서 잘 몰랐는데…"

우리들은 어느 사이에 나란히 네온사인이 번쩍이는 밤 거리를 걷고 있었죠. 내 가슴은 기쁨으로 벅차 올랐습니다. 문득 가네코가 걸음을 멈추더니,

"시로야마 양. 전 받아서는 안 될 대접을 받은 것 같아 뒷맛이 개운찮아, 긴자(銀座)[9]에서 혼자 맥주를 마시려고 했죠. 시간 있으면 같이 가실까요?"

"네, 같이 가죠." 하고 난 주저하지 않고 대답했습니다. 그리고 그때, 나 자신이 썩 매력 있는 표정을 짓는 것을 온몸으로 느낄 수 있었어요.

2

가네코는 손을 들어 택시를 세웠습니다.

"탑시다. 저는 2, 3일 전에 월급을 타서 오늘은 좀 호기있게 돈을 쓸 수 있죠…."

나는 그가 말하는 대로 차에 탔습니다. 그는 차 속에서 뒤로 기대앉아 창밖으로 흘러가는 밤 경치를 바라보며 느긋하게 휘파람을 불고 있었죠. 그래서 저도 불안한 느낌이 전혀 들지 않았어요.

사람과 사람—남자와 여자가 서로 알게 된다는 것은, 얼마나 우연한 일일까요. 한 시간 전만 해도 우리 둘은 알지도 못하고 만난 적도 없는 전혀 낯선 사람들이었죠. 그런데 지금 우리는 이처럼 같은 차를 타고 어디론가 달려가고 있는 겁니다.

우리 두 사람을 함께 묶은 것은 도대체 무엇일까요? 그건 하나지마 중의원의 향응이, 내년 선거를 목표로 한 것 같다는 의혹이 두 사람 머리에 똑같이 떠오른 점이죠. 또 하나는 아주 우연히도 입구의 휴대품보관소에서 둘이 딱 마주쳤다는 점입니다. 게다가 좀 신비스럽지만 나와 가네코의 만남이 오늘 밤뿐 아니라 앞으로 오래 계속될 듯한 예감이 들었어요. 그런데 지금쯤 내가 없어진 것을 알고 회장 안팎을 드나들며 날 찾고 있을 듯한 야부키의 일이 줄곧 걱정이 되더군요….

우리들은 스키야바시(數寄屋橋)[10]의 교차로 부근에서 차를 내렸습니다. 따스한 토요일 밤이라 보도엔 인파가 넘쳐 흘렀죠. 잘못해서 반대편 인파에 휩쓸리면 빠져 나오기가 힘들 정도였어요. 나는 가네코에게서 떨어지지 않도록 어느덧 그의 팔을 잡고 걸어가고 있었습니다.

그는 가로수길의 맥주집에 나를 데리고 갔습니다. 홀의 내부는 산 속 오두막 같은 구조였고, 돋을새김[11]을 한 검은색 테이블 위엔 서로 색깔이 다른 조그만 전구들이 차례로 켜져 있었죠. 홀 안의 분위기는 고요하고 아늑했어요. 우리는 창가 테이블에 마주보고 앉았습니다. 오랜 시간 끝에 둘만이 즐기게 되었다는 안도감 같은 것이 느껴졌어요. 가까이 서로 얼굴을 맞대도 부끄러운 느낌은 전혀 일어나지 않았고, 자연스런 미소가 속에서 저절로 흘러 나왔습니다. 그 사람도 내 얼굴을 바라보며,

"…당신의 관심을 끌려고 억지로 둘러대는 것 같지만 전 아무래도 당신과 한 번 만난 듯한 느낌을 지울 수 없군요.

어린아이 때인지…아니면 갓난아기 때인지 알 수 없지만…"

"어머, 가네코 씨가 갓난아기였을 때엔 전 아직 태어나지도 않았어요. …그래도 어디선가 만났는지도 모르죠. 저도 그런 느낌이 드니까 말입니다. …정말 만났다면 차차 대화를 나누는 사이에 알게 되겠지요."

급사가 맥주와 컵을 가져왔습니다.

"시로야마 양은 술을 좀 하나요?"

"네, 한 잔 정도는…."

"저하고 잘 맞는군요. 사실 전 술을 좋아하지만, 여자가 술을 많이 마시는 것을 좋아하지 않죠…."

그는 컵에 맥주를 따랐습니다. 우리는 컵을 살짝 부딪히고 입으로 가져갔죠. 목이 말랐던 탓인지 아주 맛이 좋았습니다.

"시로야마 양은 오늘 밤 대회에 혼자 오셨나요?"

"아니에요. 남자 친구와 같이 왔어요."

"그 사람은…."

"전 아무 말없이 먼저 나와 버렸죠…."

"그건 안 되는데. 당신을 찾고 있을 것이 아닙니까?"

"아마 그럴 거예요."

"왜 그런 심술궂은 짓을 했죠?"

"그 회장에서 우리들의 의견이 완전히 서로 달랐기 때문이죠. 그런 상황에서 같이 집으로 돌아가도 어색한 느낌만 들 거라 생각하고 혼자 빠져 나왔지요. 그러자 입구에서 당신을 만났어요. …기억이 나시죠? 야부키 겐지로라고 자기의 이름을 소개하고, 대접받는 것, 신세를 지는 것 등을 선거의 투표와 분리해서 생각하는 것이 현명하다고 말한 사람 말이에요. …그래서 당신에게 녹초가 되도록 공박을 받았죠…."

"아아, 그 사람이군요. 키가 크고 잘생긴 남자였죠. …어쨌든 그 사람에게 미안하게 됐군요. …오래 사귄 친구인가요?"

"네. 같은 고등학교를 졸업했어요. 그 사람이 일년 선배이지만…."

"의견이 서로 달라도 먼저 나와 버릴 것까지는 없잖아요? 두 분이 차근차근 의견을 나눠도 괜찮을 텐데."

"네…. 그래도 우린, 저나 그 사람이 이내 타협하게 될 것이 분명했고, 전 그런 태도를 싫어하거든요…."

"당신은 그때그때 결단을 잘 내리는 성격이군요. 어쨌든 하나지마 씨가 학생회 간부를 움직여 총회를 열게 했다는 우리 생각은 틀리지 않았어요. 뭐 그리 중대한 일은 아니지만, 그분이 입구에서 아버지의 말을 하고 어깨를 툭 쳐 기분이 얼떨떨해진 뒤라, 미리 짠 것 같다는 생각이 들자 화가 난 거죠…."

"난 당신이 용기 있는 사람이라고 생각했어요."

"용기라고까지야 할 수 있겠어요? 용기라면 당신이야말로 용기가 있죠. 여자로서, 그런 분위기에서 의사 표시를 분명히 하려면 용기가 있어야 하죠…."

"그건 당신이 절 격려했기 때문이에요. 물론 당신은 그때 그런 의식은 없었겠지만…."

이렇게 말하면서 나는 얼굴이 빨개진 것 같습니다. 왜냐하면 내가 그때 손을 들 마음이 생긴 것은 그의 발언에 찬성했기 때문이지만, 동시에 그의 외모에 뭔가 나를 끄는 것이 있다고 느꼈기 때문이죠.

테이블 너머로 얼굴을 대하는 순간에도 그의 외모에 끌려 가슴이 가냘프게 두근거렸어요. 검은 머리, 검은 눈, 햇빛에 탄 거무스름한 피부, 그 피부색과 대조를 이루는 가지런한 흰 이—그의 얼굴엔 야부키에서 찾을 수 없는 남성다운 멋이 넘치는 듯 했어요.

게다가 목을 둥글게 판 흰 스웨터에, 카키색 잠바를 아무렇게나 입은 모습은, 거리의 불량배 같은 인상도 풍겼는데, 그런 점도 나에겐 매력으로 느껴졌죠.

그는 입술에 묻은 맥주 거품을 손등으로 닦으며 나를 지

그시 쳐다보고 있었는데, 문득 생각난 듯이,

"시로야마 양, 앞으로 저와 교제해 주시겠어요?" 하고 물었죠.

"네, 좋아요. 그런데 전 깊이 있는 여자가 아니라 이내 싫증낼지도 몰라요."

"아니, 제 자신이 거친 성격이라 정나미가 떨어질지도 모릅니다. 그러면 서로 자기 소개를 합시다."

그의 아버지는 의사로 고향 M시에서 오랫동안 병원을 경영하고 있으며, 자기는 장남이고 밑에 동생이 둘 있다고 했죠. 자기도 인턴(intern)이 끝나면 아버지의 뒤를 이어 M시에서 개업의로 일할 생각이라고 이야기했어요.

"…꿈이고 뭐고 없는 생활이죠. 평범한 정해진 코스를 소처럼 묵묵히 걸어갈 따름이죠."

"그래도 안정된 생활이죠. …꿈이란 요즘 같은 시대엔 있을 수 없어요. …저도 양재학교에서…옛날이면 침모(針母)에 불과한 걸요…."

나도 내 신분에 대해 들려 주었습니다. 내가 어머니를 썩 닮은 사실을 말하자 그는 눈을 번쩍이며,

"내가 맞혀볼까요? …당신 집안은 아버지 대신 어머니께서 집안일을 도맡아 처리하실(內主張) 거예요. 어때요?"

"어머나! 왜 그렇게 생각하시죠?"

"당신과 닮은 어머니라면 십중팔구 그런 가정을 꾸밀 거라고 생각하기 때문이죠…."

"제가 그런 사람으로 보이나요?"

"네, 그렇게 보입니다." 그는 싱글싱글 웃으며 똑똑히 대답했죠.

"난 그래도 괜찮다고 생각해요. 여자가 자기의 분수를 지혜롭게 알고 있다면, 집안일에 관한 한 내주장이 오히려 따스한 분위기를 만들어 더 좋지 않겠어요?"

"그런 식으로 말한다면 우리 가정은 분명히 내주장입니다. …그리고 제 자신도 마음속으로, 어머니가 하듯이 가정을 꾸려 나갈 생각인지도 모르죠. …그래도 현재대로라면 좀 불만스럽군요. 제 남편될 사람은 아버지처럼 온순하기만 한 사람이 아니라, 더 적극적인 사람이길 바라거든요…."

"저도 짐작이 갑니다." 하고, 그는 담배를 뻐끔뻐끔 피우며 고개를 끄덕였죠.

"우리 집안은 당신 집안과는 정반대입니다. …어머니는 착하지만 남편의 의사에 거역하지 않도록 철저히 교육받은 분입니다. 어머니는 자신의 의견을 전혀 갖지 못했어요. 그 결과 어머니는 아버지를 왕처럼 떠받들고 살지만 이따금 몹시 못마땅해 보일 때가 있어요. 아버지로서는 자기가 이치에 어긋난 말을 할 때, 자기에게 거역해도 좋으니 세상사(世

上事)에 더 진지하게 의견을 나눌 아내였으면 하고 바라는 눈치예요.

아들인 나도 이만큼 나이를 먹게 되니, 어머니의 헌신적인 순종보다 아버지의 인간적인 외로움에 더 마음이 쓰이고 동정이 갑니다. …당신은?"

그의 말은 모래에 물이 스미듯 내 가슴속에 저항할 수 없이 파고들었죠. 그리하여 내 눈에 덮여 있던 소녀다운 유치한 막(膜), 그 얇은 베일이 걷히고, 어른이 가진 지혜의 빛으로, 사물을 바라보게 된 거죠―나는 지금까지 어머니는 마음대로 처신할 수 있어 몹시 행복할 거라 생각했지만, 어머니가 외로운 사람임을 이제야 깨달은 겁니다. 가네코의 말을 듣고 겨우 알게 된 거죠.

아내인 자기를 억압해도 좋으니 남편이 좀더 적극적인 남자였으면―내 어머니도 가네코의 아버지가 느끼는 그런 고민을 가지고 있는 거예요. 이제 그런 관점에서 지난 일을 회상해 보니, 어머니의 태연한 몸가짐과 행동에 모두 외로운 그림자가 따랐던 것 같아요.

"당신의 말을 듣고 겨우 깨닫게 됐어요. 제 어머니도 집안일을 마음대로 처리하여 만족스러운 것 같지만, 반면 몹시 외로움을 느끼는 듯해요…."

"실례지만 부모님께서는 연애결혼을 하셨나요?"

"아니에요. 아버지와 어머니는 먼 친척간으로 평범하게 맞선을 보고 결혼하셨죠."

"제 부모님도 마찬가지이죠. 아버지의 성격으로 보아 아내의 선택을 남에게 맡긴다는 건 상상할 수도 없죠. 무슨 일 때문에 모두 포기해 버리고 싶은 기분이 들어, 결혼 문제도 남에게 맡겨 버리는 식으로 한 것 같아요…."

이처럼 들려주는 그의 말—자기의 양친의 과거에 대한—그 한 마디 한 마디가 내 가슴을 뜨끔뜨끔 찌르는 것만 같았어요. 마치 나를 꾸짖어 내 눈을 뜨게끔 하는 말처럼…. 그의 아버지가 낙심해서 자기의 결혼을 남에게 맡기다시피 했다는 말을 듣는 순간, 머리속에 어머니가 한 말이 떠올랐죠.

"…널 임신했을 때 여자로서 생명의 불꽃이 가장 뜨겁게 타올랐기 때문일지도 몰라…."

이 말은 우리 삼 남매 중에서, 내가 어머니를 제일 많이 닮은 이유를 설명할 때 들려준 말이었죠.

그 말을 더 정확히 부연하면, (생명의 불꽃이 가장 뜨겁게 타오른) 어떤 사랑이 불행하게 좌절되어, 다 포기해 버리는 기분으로 아버지와 중매결혼을 했다는 뜻인 것 같았죠….

그래도 나는 그 사람 앞에서 부모의 지난 생활에 대해 더 알려주고 싶지 않아,

"그래요? 그럼 내가 어머니를 닮았듯이 당신은 틀림없이 아버지를 닮았겠군요."

"그렇죠. 사람들은 다 그렇게 말하고 저도 그렇게 생각해요. …그래서 전 아버지의 뒤를 이어 시골 의사가 되겠지만, 그래도 결혼만은 아버지가 하는 식으로 할 생각은 전혀 없어요…."

"아버지에게 어떤 일이 있었나요?"

"정확히는 모르지만…아버지에게 애인이 있었는데, 어떤 불행한 일이 일어나 그 애인이 떠나 버리게 된 것 같아요. 실연했다고 하면 되겠죠. …그 결과 아버지는 낙심하여 될 대로 되라는 마음이 들었을 거예요…."

그의 말을 듣고 보니 어머니에게도 그것과 비슷한 일이 있었던 것으로 느껴졌죠.

만난 지 세 시간밖에 안 됐지만, 양가의 부모와 자식의 관계가 아들과 딸이라는 차이만 있을 뿐, 똑같은 일이 있었던 것이 분명해졌어요. 그리고 그런 사실이 우리들의 친밀감을 더욱 증가시켰죠. 젊은 남녀는 서로 상대방의 말에 장단을 맞추기 일쑤인데, 우리들은 솔직한 대화로 인해 각자의 가정 형편이 똑같은 사실을 알게 되어 깊은 신뢰감이 일어난 거죠. 게다가 그 형편이 너무 비슷해, 만약 그가 여자이거나 내가 남자라면 우리는 오히려 반발하게 됐을지도 모릅니다.

"자, 밖에 나가 걸을까요?"

"네, 그래요."

우리는 맥주집을 나와, 토요일 인파가 붐비는 틈을 누비며 긴자의 거리를 걸어갔습니다. 거리 양쪽 백화점과 상점의 창문들은 벌써 화려하게 크리스마스 장식을 했고, "징글 벨"과 "거룩한 밤" 같은 노랫소리가 여기저기서 흘러나왔습니다.

맥주를 약간 마신 탓으로 나는 마음이 좀 들뜨기 시작했습니다. 남자의 어깨에 기대어 휘파람이라도 불고 싶은 기분이었죠. 가네코가 옆에 있어서 뭔가 듬직하고 거대한 것에 호위를 받고 있는 듯한 안도감을 느꼈어요.

앞으로 어떻게 될지 알 수 없지만, 지금은 좋은 사람과 알게 됐다는 기분이 든 것만은 사실이죠. 어쨌든 나는 젊은 처녀이니 앞으로 나에게 어울리는 남자와 결혼해야 합니다. 나로서는 결혼이 제일 중요한 문제이죠. 머리속에 이성(異性)의 존재를 감지하는 안테나를 설치하고, 교제하는 남성에 대해 쓸 만한 신랑감인지 아닌지 속으로 판단해도 저속한 여자로 오인받지는 않을 거예요. 왜냐하면 나는 젊은 처녀라는 라벨(label)이 붙어 있으니, 그런 생각을 해도 천진난만하다고 평할 수 밖에 없기 때문이죠.

내가 머리속에 장치한 비밀 안테나는, 그는 의사가 되겠으니 생활보장을 받고 있다는 것, 몸이 튼튼하고 남성다운 외모라는 것, 정의감이 강한 성격이라는 것 등을 감지하고 있었죠….

나는 그를 데리고 단팥죽 집에 들어가 "안미쓰"(餡密)¹²⁾를 먹었습니다. 여러 가지 음식을 먹고 난 뒤 나는 꼭 단것을 먹고 싶어하죠. 그런 취미는 내 생각에 아주 값싸게 먹히는 욕망인 듯싶어요.

그는 안미쓰에는 손도 대지 않고, 여자 손님들이 들끓는 상점 안을 신기한 듯이 둘러보고 있었죠.

"내 몫까지 드세요. 안미쓰를 먹으면 모처럼 맥주로 얻은 상쾌한 기분이 없어지기 때문이죠…."

이런 단것이 구미에 안 맞다니 알 수 없는 미각이라고 할 수밖에 없죠. 그러나 남성인 그의 감각이 나와 다를수록 뭔가 호감이 가지 않을 수 없었지요.

거기서 나와 우리는 하숙집으로 돌아가기로 했죠. 그는 요요기¹³⁾에 살고 있어서 나를 스기나미까지 바래다 주겠다고 자청했어요.

"당신의 집을 알아 두는 게 앞으로 편리할 것 같군요. … 다음에 또 만나 주겠어요?"

"언제든지…."

"내일은 어때요?"

"너무 일러요…."

"모레는?"

그것도 거절하자 하루씩 늦춰가며 데이트를 신청할 것 같아 난 쓴웃음을 지으며,

"앞으로 4, 5일간은 아르바이트와 딴 일로 바쁩니다. 언젠가 편지로 연락하시면 편리한 날짜를 알려드리죠."

"거짓말이겠죠. 내일도 만날 수 있지만, 그렇게 하면 너무 쉽게 응하는 것 같아 일부러 어려운 척하는 거죠…."

사람들이 붐비는 전차 속에서 큰 소리로 이런 말을 하니 부끄러워 뺨이 빨갛게 타오르는 듯했어요. 난 불쾌해서 말을 하지 않았습니다. 사실은 그의 말이 맞았지만, 여자는 신중히 행동해야 함을 내 지혜가 알려 주었죠.

오기쿠보[14)]에서 전차를 내려 조용한 주택가로 들어갔습니다. 하숙집에 가까워지자 내 가슴은 어떤 불안감에 잠기게 되었죠. 왜냐하면 오늘밤 말없이 회장에서 빠져 나왔으므로, 야부키가 내 방에서 기다릴 듯한 예감이 들었기 때문이죠.

노송나무 산울타리를 두른 하숙집 앞에 이르자 나는 격식 차린 말투로,

"여깁니다. 대단히 고맙습니다. …제가 다시 편지로 연락하겠어요."

"당신의 방을 한 번 보고 싶군요. …그리고 가능하다면 차 한잔 대접 받고 싶은데요…" 하고, 그는 나보다 앞서서 집으로 들어가려고 했습니다.

"안 돼요. 벌써 열시가 지났고…게다가 방안을 어질러 놨기 때문에…"

나는 짐짓 얼굴 빛을 바꿔 그의 앞을 가로막았습니다.

"그렇습니까? 난 어지른 방이라도 보고 싶은데 안 되겠어요?"

그는 팔짱을 낀 채 자못 진지한 표정을 하고 날 내려다보았죠. 그 팔짱이 풀리자마자 그가 양손으로 날 꼼짝 못하게 죄어 올 것 같아 온몸에 전율을 느꼈습니다.

우리들의 말 소리가 안에 들렸는지 현관문이 열리더니, 까만 원피스에 털실 겉옷을 입은 하숙집 아주머니가 나타났죠. 아주머니는 우리 쪽을 자세히 바라보며,

"유리코 양, 어서 오세요. …아까부터 야부키 군이 방에서 기다리고 있어요"

"야부키 오빠가요? 정말 너무하군요. 주인도 없는 방에 들어오다니…"

나는 가네코를 의식하고 눈썹을 찌푸리며 중얼거렸죠.

"저런, 언제나 집에 없을 때 그 사람이 들어왔잖아요? …오늘 밤은 특별히 안 되나요?"

아주머니는 가네코를 유심히 바라보며 빈정대는 어조로 말했습니다. 남자 이상으로 억척스런 성미인 아주머니는, 온순하고 잘생긴 야부키에게 언제나 호의적인 태도를 보여 왔어요.

"그런 것은 아니지만…" 하고 내가 망설이자, 그는 담담한 어조로,

"정말 야부키 군에게 미안하게 됐군요. 나도 잠깐 그에게 인사하고 싶으니 들어가서 만나도록 합시다. 격식차려 소개해 주세요."

내 입장이 몹시 난처해졌지만 그의 요청을 거절할 수도 없어서,

"그럼 들어가요." 하고 앞서서 2층으로 올라갔습니다.

내 방은 다다미 넉 장 반의 남향 방이었죠. 정면에 "도코노마"(床の間)15)가 있고 비교적 말쑥했습니다. 창가에는 테이블과 의자가 있고, 가운데에 작은 밥상이 있고, 그 위에 붉은 장미 꽃 한송이가 장식되어 있었죠. 벽가엔 책장 외에 찬장이 놓여 있어, 방안은 발 디딜 틈도 없을 만큼 가재도구로 가득했습니다. 그러나 나 자신은 그 방의 여왕이므로 조금도 답답한 느낌이 들지 않았어요.

야부키는 식탁에 기대어 졸고 있었습니다. 상당히 오랫동안 기다린 모양으로 잠도 깊이 들었고 규칙적으로 코를 골

고 있었어요. 베개가 놓인 곳에 반쯤 마신 포켓용 위스키병이 하나 놓여 있었죠.

그가 졸고 있는 모습을 보니, 가슴이 죄이는 듯한 자책감이 엄습해 왔습니다. 오래 사귀어 온 친구에게 이런 꼴을 당하게 하다니, 난 아주 못된 사람—몹시 으스대는 사람이라고 자신을 책망했어요. 정말 미안해…

가네코는 야부키의 존재보다 붉은 외투와 푸른 웃옷 등이 걸린, 여자 체취가 물씬 나는 실내를, 신기한 듯 둘러보았죠. 그는 책장 위 작은 액자에 든 어머니의 사진을 발견하자 다가가서 손에 들고 쳐다봤습니다. 그는 사진과 내 얼굴을 비교하면서,

"어머니군요. …정말 빼다박은 듯 닮았어요. …미인인데요."

나는 내 자신이 미인이라고 칭찬받은 듯이 가슴이 두근거렸죠. 그러나 나는 그 말에 대꾸도 않고, 식탁 옆에 주저앉아 야부키의 어깨를 쥐고 흔들어 깨웠어요.

"야부키 오빠…야부키 오빠, 지금 돌아왔어요. 일어나요…."

그는 한 번 눈을 떴지만—그 눈은 붉은 색으로 흐려져 있었죠—이내 다시 감고 뭔가 중얼거렸습니다. 숨쉴 때마다 술 냄새가 풍겼고 약간 침을 흘렸어요. 그러다 제정신이 들

자 그는 크게 하품을 했고, 바로 곁의 내 얼굴을 알아채자 머리를 흔들고 갑자기 긴장된 표정을 지었죠.

"유리코로군…. 지금 돌아왔다고…. 너무 하잖아! 난 정말 몹시 화가 났었어…."

그는 식탁을 꽝 때리며 고함을 쳤죠—이런 짓은 이제껏 한 번도 한 일이 없었습니다. 그 반동으로 위스키병이 덜컥 쓰러졌지요.

"죄송해요. 함께 돌아올 생각이었지만 아무 생각없이 빈둥거리다 돌아왔어요…."

"너무하군. 나는 마지막 사람이 돌아갈 때까지 네가 나타날 거라 생각하고 기다렸지. 지금까지 어딜 싸돌아다닌 거야?"

지금까지 들어본 적이 없는 난폭한 말투였죠. 가네코가 있어서 좀 걱정이 되었지만 오히려 그런 식의 말투가 나는 좋았습니다.

"싸돌아다니다니 너무 심하군요. 긴자를 산책하고 방금 돌아왔잖아요…."

그러자 바닥에 앉아 있던 가네코가 뒤에서 말을 걸었습니다.

"사실은 제 잘못입니다. 돌아가려고 휴대품보관소로 내려갔다가 거기서 시로야마 양을 만났죠. 제가 함께 가자고 권하여 긴자로 나갔습니다."

나 이외에 아무도 없는 줄 생각하고 있던 야부키는, 몸을 흠칫 떨더니 뒤를 돌아봤죠.

얼굴빛이 창백했어요.

"아, 당신도 같이 갔군요…."

"아까는 죄송하게 됐습니다—회장에서 우연히 의견이 서로 달랐지만, 전 자기의 독자적 의견을 가진 분에게 경의를 표합니다."

가네코는 상대방을 달래듯이 상냥하게 말했어요. 야부키는 너무 긴장한 탓인지 턱 언저리에 경련을 일으키면서,

"그래도 아까는, 나 같은 사고 방식을 가진 사람은 장래성이 없다는 뜻으로 말하던데요."

"제가 한 말에 그렇게 구애받지 마시기 바랍니다. 사람은 그때그때 형편에 따라 말투가 달라질 수 있는 거죠…."

"그러나 비난받은 사람은 심각하게 생각하지 않을 수 없죠…."

"여보세요. …가네코 씨는 그렇게 단정적으로 말한 게 아니에요. 그때의 상황 때문에 그렇게 표현했을 뿐이죠. 서로 화해하도록 하세요."

내가 무슨 말을 할수록 야부키는 점점 더 토라져 어긋난 말을 할 것이 분명했지만, 뭔가 말을 하지 않을 수 없었죠.

그러자 야부키는 내게 일격을 당하기라도 한 듯이 벌떡 일어나서,

"난 돌아가겠어. 주인도 없는데 들어와서 실례했군요—안녕."

이렇게 말하고, 그는 식탁에 놓인 위스키병을 집어 호주머니에 쑤셔 넣고 약간 비틀거리는 걸음으로 방에서 나갔어요.

"유리코 양, 야부키 군을 저런 식으로 혼자 돌아가게 해서는 안 되죠. 이쪽에서 악의는 없었다 해도 이런 입장에 놓이면 누구나 불쾌할 수밖에 없을 거예요. …쫓아가서 화해하세요."

그의 말을 듣고 나는 집을 나가 야부키의 뒤를 쫓아갔습니다.

달빛이 주택가를 차디차게 푸른 빛으로 비치고 있었죠. 난 단숨에 달려가서 야부키를 막았습니다.

"난 가네코 씨와 우연히 동행했을 뿐이에요. …회장 안에서 당신과 의견이 맞지 않아, 그런 상황에서 같이 돌아오면 어색한 기분만 들 거라 생각하고, 혼자 돌아가려 했죠."

그는 야수 같은 푸른 눈빛으로 날 흘겨보며,

"그래도 둘이 같이 돌아왔잖아. …나에 대해 이러니저러니 헐뜯었겠지!"

"그렇지 않아요. 그분은 그런 사람이 아니에요. 우린 함께 맥주를 마시고 안미쓰를 먹고 돌아왔을 뿐이에요."

"한 번 만났을 뿐인데, 가네코 군이 어떤 사람인지 넌 잘도 아는군. 난 그 사람 질색이야…."

나는 야부키가 이렇게 빈틈없이 따져드는 데 놀랐어요. 어디에 이런 날카로운 기백이 숨어 있는 것일까요?

"어머나, 여보세요. 우리 사이에서 그런 식으로 말하는 건 우습군요. …오빠는 질투하고 있어요. …가네코 씨와 우연히 동행했을 뿐이라고 했는데…."

"질투해서 죄송하게 됐군—난 너희들 두 사람에게 최대의 모욕을 받았다고 생각해…."

"글쎄…좀 난처한 입장이 되긴 했지만…. 그래도 그건 우연의 일치죠. 난 이런 기분으로 오빠와 헤어지고 싶진 않아요. 우린 오래 사귄 친구잖아요…."

"친구라는 것을 억지로 내세우지 마. 난 네게 방해가 되었을 뿐이잖아. 비켜, 비켜…."

달빛 속에 그의 두 눈이 이상하게 빛나더니 눈물이 주루룩 흘러내리기 시작했죠.

"비켜, 너와는 절교야!"

그는 우는 듯한 소리로 외치더니, 느닷없이 내 뺨을 한 대 때리고 빠른 걸음으로 사라졌습니다.

나는 맞은 뺨을 누르며 천천히 하숙집으로 돌아왔죠. 그의 기분을 너무나 잘 알 수 있어 그를 미워할 수 없었습니다. 뜨거운 눈물이 끝없이 내 눈에서 흘러내리고 있었죠.

방안에 들어가니 가네코는 없고 식탁 위에 종이 쪽지가 놓여 있었죠.

―수고했습니다. 안녕히 주무세요.―

나는 식탁에 기대어 아직도 저린 듯한 뺨을 만지며 멍하니 한 곳을 바라보고 있었죠. 내 생활이 밑바닥에서 흔들리기 시작한 기분이 들었고, 온몸에 가벼운 전율을 느꼈습니다.

3

그 후 나흘이 지났습니다.

나는 그 사이에 야부키가 사과하러 오거나, 가네코가 데이트를 신청하기를 은근히 기다리고 있었죠. 그러나 어느 쪽에서도 아무런 소식 없이 이틀 사흘 시간만 흘러갔습니다. 그리하여 나는 뜻밖의 외로움과 초조함으로 가슴속이 짓이겨지는 것만 같았죠.

두 사람 다 내가 경망스럽다고 정나미가 떨어져서 떠나간 것이 아닐까? 그게 틀림없겠지. 그렇다면 한 번 만나고 끝난, 인연이 깊지 않은 가네코는 어쩔 수 없지만, 오래 사귄 야부키가 떠난 것은 큰 손실이라고 뼈저리게 느꼈죠. 그래서 나중엔 우연히 그런 계기를 만든 가네코가 원망스럽기조차 했어요.

나는 야부키의 호의에 너무 응석을 부려온 거죠. 그 때문에 사소한 부주의로 깊은 마음의 상처를 안겨준 겁니다. 그의 하숙집을 찾아갈까 곰곰이 생각했지만, 여자 편에서 적극적으로 구는 것은 좋지 않을 듯하여 찾아가는 것을 단념했어요.

그러자 밤중에 방안에 앉아 있으면 정신을 차릴 수 없을 정도로 허전했어요―책에도, 일에도 마음이 집중되지 않는 겁니다. 나도 모르는 사이에 그날 밤 야부키에게 얻어맞은 오른쪽 뺨을 만져보기도 했죠. 그때의 얼얼했던 아픔이 지금도 남아 있으면 좋으련만 하고 생각하면서….

그때부터 나흘이 된 날 밤, 고등학교 동창이고 여자대학 문과에 재학중인 가와무라 히데코(川村秀子)가 갑자기 찾아왔습니다. 난 현관에서 그녀의 얼굴을 대하는 순간, '아, 야부키 때문에 왔구나' 하고, 직감으로 알아챘죠. 그리고 야부키를 그토록 생각하면서 왜 히데코를 진작 생각하지 못했는지 내 주의가 부족함이 후회스러웠죠.

히데코와 나는 반(班)이 다른 같은 학년이었고, 성적도 나와 앞서거니 뒤서거니하여 그녀가 우수한 학생임을 잘 알고 있었죠 나는 체육·재봉·요리 등 실과에 우수했고, 그녀는 문과계통 과목에 재능을 나타냈어요.

그리고 성격도 우리는 대조적이었습니다. 나는 비교적 명랑하고 느긋한 데 반하여, 그녀는 우울하고 끈덕지고 본심(本心)을 드러내는 일은 거의 없었죠. 그러나 두뇌의 움직임은 분명히 뛰어나서, 주위엔 언제나 친구들이 둘러싸고 있었어요.

외모는 미인이라고 할 정도는 아니지만 그래도 사람을 끄는 데가 분명히 있었죠. 얼굴 전체가 평평한 느낌이고, 귀·입술·턱 등이 얇은 편이지만, 살결이 희고 매끄러워 신선한 야채처럼 발랄한 젊음이 감돌았어요. 둥근 대모갑(玳瑁甲)[16]테 안경너머로, 그녀가 까만 눈동자로 지그시 쳐다보면, 어쩐지 스르르 빨려드는 듯한 느낌이 드는 거죠. 또 빠른 두뇌 회전이 그녀의 표정에 멋지게 드러나곤 했어요. 남자들은 특히 이런 표정에 매력을 느끼는지도 모릅니다.

그녀는 고교시절부터 야부키에게 호감이 있었지만, 나의 존재를 의식하고 적극적으로 접근하지는 않았어요. 또 야부키 자신도 남성의 기호에 맞는 그녀의 매력을 별로 느끼지 못하는 듯싶었죠. 왜냐하면 야부키에는 야성적인 남자의 기백이 그만큼 부족하기 때문일 겁니다. 아마도 그가 나에게 매력을 느끼는 것은, 내 안에서 어머니나 누이에 가까운 요소를 발견한 까닭이겠죠. 그녀는 하나지마 중의원이 후원한 학생총회에도 참석하여, 눈에 띌 정도로 야부키를 따라다녔습니다.

"어머, 오래간만인데. 올라와. …반가워!"

"그래 올라가지."

탄탄하고 몸매가 좋은 히데코는 산뜻한 감색 슈트를 입고, 모조 진주목걸이를 하고 있었죠. 흰 얼굴과 짧은 윤나는 검은 머리가 잘 어울려 어딘지 지적인 냄새를 풍겼죠. 그녀는 역시 양재학교 등에서는 만나기 힘든 세련된 타입이지요―사실 나도 모르게 열등감을 느낄 정도였으니까….

2층 테이블을 사이에 두고 마주앉게 되자 그녀는 주위를 신기한 듯 둘러보고,

"참 깔끔한데…. 벌써부터 살림을 잘 꾸려가고 있네. 내 방은 엉망이야. 난 너무 말끔히 정리하는 것을 별로 좋아하지 않아…. 어때, 학교는 재미있어?"

"당초부터 재미있는 스타일의 학교는 아니야. 얌전하게 양재를 배우려는 사람들은 대체로 인생을 그저 단순하게 생각하는 사람들이지. 가정을 가지고, 부엌에서 일하고, 남편

시중을 들고, 아이를 기르고, 돈을 저축하고―이런 식으로 누군가가 깔아 놓은 선로(線路) 위를 아무 생각 없이 굴러가려는 사람들이야. 난 이따금 대학에 진학했어야 하는데 잘못했다고 생각할 때가 있어…."

성격은 서로 다르지만 동창이라는 친밀감 때문에, 난 솔직한 감정을 털어놓았죠.

"그건 인간이란 모두 자기에게 없는 것을 아쉬워한다는 이야기가 아니겠어…. 우리들도 지금은 마음대로 큰소리 치지만, 세상에 나가면 여자라는 답답한 굴레 속에서 살아갈 수밖에 없을 거야."

그녀는 이런 식으로 말했지만, 그 말 속엔 자기는 양재 같은 것과는 다른, 인생의 본질을 배우고 있다는 자부심이 드러나 있는 듯했죠.

"―너 혹시 뭔가 용건이 있어 온 게 아니야? 그걸 내가 맞혀 볼까?"

나는 억지로 미소를 지으며 앞질러 그녀의 마음을 떠보았죠.

"그래 맞혀 봐" 하고, 그녀도 안경 뒤의 눈을 더 가늘게 뜨면서 미소를 지었어요.

"야부키 일이지?"

"그래."

우리는 표정으론 웃었지만, 마음속에서 작은 불꽃이 튀어 오르고 있었죠.

"야부키가 어떻게 했는데?"

"우린 모두 옛 친구이니까 난 그저 네게 충고하려고 찾아온 거야. …넌 그의 마음을 지금처럼 걷잡지 못하게 해서는 안 돼…"

"마음을 걷잡지 못하게 한다고, 내가…. 그게 무슨 뜻이지?"

나는 한 번 되묻기는 했지만, 그녀의 말을 듣고 보니 그런 말을 들을 행동을 한 것처럼 느껴졌죠. 그녀는 내 물음에 대답하는 대신 딴 말을 늘어놓았습니다.

"하나지마 중의원이 초대한 총회가 있던 날 밤, 나는 야부키에게 퇴짜를 맞았지. 너 때문이야. …다들 돌아가도 그는 너와 같이 왔으니까 네가 꼭 나타날 거라고 그대로 기다리고 있었지. 난 보고만 있을 수 없어 같이 돌아가자고 권했지만, 그는 유리코 양을 기다리겠다고— 말하고 날 거절해 버렸어. …넌 마지막까지 나타나지 않았지. 정말 잘못한 거야…"

그녀가 권했다는 것, 또 야부키가 거절했다는 것 등은, 모두 내 가슴을 쿡쿡 찌르는 듯한 말이었죠.

"난 그에게 한 마디 하고 돌아왔어야 했는데, …그만 깜박 잊고 말았어…."

나는 그녀가 야부키의 행동을 얼마나 알고 있는지 알 수 없어 조심조심 말했어요.

"야부키는 화가 나서 널 때렸다고 하더군. …그는 풀이 죽어 있어…" 하고, 그녀는 흰 이를 드러내며 미소를 지었어요.

"야부키가 그런 것까지 너한테 말했니?"

나는 뺨이 굳어지는 것을 느꼈죠.

"그래. 난 그날 밤의 그의 모습이 걱정이 되어 그 다음다음 날 찾아갔었지. 찾아가면 안 되는 거니?"

"그렇잖아. 누가 누굴 찾아가든 자유지."

"그럼 괜찮지만…. 난 전부터 그와 너는 이미 약속이 된 것으로 생각하고, 접근하는 것을 삼가해 왔지."

"무슨 그런 말을. 약속이 되어 있다니… 나와 야부키는 단순한 친구야. 설령 그가 내 애인이고 만약 그가 누구와 연애를 한다 해도 난 애인의 자유를 구속하지 않을 거야."

"훌륭해, 정말…. 나라면 애인에게 딴 여자가 생기지 않도록 철저히 간섭할 거야. …그럼, 내가 야부키와 교제해도 괜찮아?"

"당연하지. 그런데 내가 그의 마음을 걷잡지 못하게 한다는 건 무슨 뜻이지?"

"넌 동창생인 친구로 여기고 있지만, 야부키는 그 이상의 감정을 네게 품는 것 같아. 그걸 네가 모르는 척하고 안절부절못하게 하는 건 너무 가엾어."

"그렇다면 나는 어떻게 해야 되지?"

"그에 대한 태도를 분명히 해야지…."

"그래도 난 마음에 없는 일을 하고 싶진 않아. 야부키를 옛날부터 좋은 친구로 여기고 있는데, 그것보다 더 분명한 태도를 보여 주라는 것은 나로서는 난처한 일이야."

"하지만 야부키가 네게 우정 이상의 감정을 품고 있는데, 너도 모르는 척할 순 없잖아? 거절하든지 받아들이든지 어쨌든 분명히 해 줘야지."

"난 그런 것은 생각해 본 적도 없어…"

"넌 지금 거짓말을 하는 것 같은데…. 여자의 마음이란 그런 면에선 몹시 민감한 거야…."

"어머, 너무해…" 하고 나는 반발했지만, 내 얼굴이 붉어져서 진짜로 화를 낼 수도 없었죠.

아마 그녀가 사실을 그대로 지적했기 때문일 거예요.

"내가 잘못 말했다면 용서해…. 난 내 기분을 근거로 다른 사람의 일을 이것저것 상상하기 때문이지. …내가 야부키를 위로해 주려고 하는데 그래도 괜찮겠지…"

"물론이지—"

그렇게 말하고 보니, 그 말이 내 본심과 전혀 다르다는 것이 가슴에 사무치게 느껴졌죠. 그녀가 날 지그시 쳐다보면—그 까만 끈질긴 시선으로—나는 마술에 걸린 듯이 내 마음과 정반대의 말을 지껄이게 되는 거예요. 나는 순간적으로 그런 방향으로 나가는 나 자신을 의식하고, 스스로를 억제할 수 없기 때문에 막연한 절망감을 맛보았죠.

"그럼 나는 위로하러 가겠어. …난 남녀관계에선 거드름 피우지 않는 주의(主義)이지. 마음도 몸도 내 것이니 마음에 드는 사람에겐 아끼지 않을 생각이야. 물론 그렇게 하려면 기회를 잡는 '눈'이 있어야 하지만…. 넌 그런 방법을 부정(不淨)하다고 생각할 거야. 호호호…."

그녀는 목구멍 속에서 여성의 섹스를 느끼게 하는 듯한 웃음소리를 냈습니다. 그때 난 이상한 충격을 받았어요. 물론 결심만 하면 그녀가 말한 것과 같은 행동도 가능하겠지요. 난 그녀의 겁 없는 말에 이제껏 심신에 경험하지 못한 이상한 감각적인 충동을 느꼈어요. 그러나 그 순간, 내 본심과는 다른 말을 할 준비가 이미 되어 있었죠.

"아니야, 별로…. 각자 자기의 신념대로 행동해도 잘못은 아니라고 생각해…."

"그래 자기의 신념대로…. 이제 난 그만 가야겠어. 네 기분을 분명히 알 수 있게 되어 오늘 찾아오길 참 잘 했어. 너도 그렇게 생각한다면 정말 좋겠어…."

그녀는 마치 승리하여 우쭐대듯이 미소를 지으며 일어나려 했어요. 그러다가 문득 생각난 듯이,

"아참. 너 그 후 가네코 다이스케 씨를 만났니?"

"아니." 나는 또 새로운 불안에 사로잡혀서 대답했죠.

"그 사람은 말야, 그날 밤 임시총회를 개최한 학생회 간부들에게 얻어맞았대…"

"비겁한 놈들! 여럿이 때리다니 ─ 사실이 폭로됐기 때문이지. …부상이라도 입었어?"

"대수롭지 않게 끝났다는 거야. …난 네가 벌써 문안을 간 줄로 알고 있었지. …말이 나온 김에 말하는데 그 총회는 물론 하나지마 중의원의 선거운동이었어. 그래도 가네코의 폭로 방법은 유치하다고 느꼈지. …나는 야부키의 의견에 찬성이야. 대접은 대접이고 투표는 투표지 ─ 분명히 분리시켜 생각해야지. …실례했어. 내 하숙집에도 놀러와…"

그녀를 배웅하고 방으로 돌아오자 혈관의 피가 역류하는 듯하고, 으스스 떨리며 마음을 가라앉힐 수 없었어요. 평소 지니고 있던 자신감이 바닥에서부터 흔들려 인생의 중대한 위기에 혼자 직면하게 된 듯한 불안감이 일어났죠.

그 순간, 나는 옛날처럼 마음속으로,

'어머니!' 하고 불렀던 것처럼 느꼈습니다.

난 야부키의 일도 염려스럽고 얻어맞은 가네코도 걱정이

되었습니다. 이런 경우엔 어느 한쪽에 관심을 집중시켜야 하는데…. 자칫하면 야부키는 (몸도 마음도 아낌없이 바치겠다는 주의의) 히데코에게 사로잡혀 나한테서 영원히 떠나갈지도 모릅니다. 돌이켜보면 우린 천진난만한 교제를 오랫동안 즐겨 온 셈이죠. 고교시절의 촌티나는 두 남녀의 모습이 영화의 플래시백(flashback)[17])처럼 눈앞에 떠올랐어요….

나는 이성(異性)에게 마음은 어찌 됐든 몸까지 바치는 것이, 어떤 심리에서 나타나는지 실감이 나지 않아요. 그러나 그 심리가 모든 상식을 물리친 광포한 감정인 것만은 상상할 수 있죠. 흰 피부에 평평한 얼굴 모습을 한 히데코가 속으로 빈틈없이 계획을 짜고, 야부키—원래 의지가 굳지 못하고 거기다 나에게 우연한 마음의 상처까지 받은—를 육욕의 불꽃 속으로 유인한다면 그 음흉한 계획은 쉽사리 이루어질 거예요….

이렇게 생각하자 나는 내 몸 깊은 데까지 칼로 갈기갈기 찢기는 듯한 아픔을 맛보았지요. 그것이 바로 질투라는 거죠. 그래도 난 그에게 사랑을 느끼지 않으니 질투라 해도 인간적인 질투는 아닐 거예요. 내가 주려고 생각한 적이 없는 것, 그 육체적인 경험을 히데코가 그에게 주려고 하니—바로 그것만을 질투하는 소박한 동물적인 감정이겠죠.

생각해 보니 불안해서 안절부절못할 기분이었습니다. 그

러나 그럴수록 내가 그를 만나러 가지 않을 것을, 나 자신은 이미 마음속으로 알고 있었죠.

그 이튿날 오후, 나는 맥주집에서 받은 명함으로 요요기의 하숙집으로 가네코를 찾아갔습니다. 마음은 야부키에게 몹시 끌리는데, 내 발은 가네코의 집으로 향하고 있으니 앞뒤가 맞지 않는 기분이었죠.

해는 비치고 있지만 주위에 안개라도 자욱히 낀 듯한, 초겨울의 따뜻한 날씨였어요. 어수선한 연말 분위기는 찾아볼 수 없고 시내는 고요하기만 했죠.

가네코의 하숙집은 조용한 주택가에 있었습니다. 역에서 10분쯤 걸어갈 거리였죠. 그 집은 새로 건축된 2층 건물로, 전면에 전차 레일이 깔려 있어 공간이 탁 트이고, 햇빛을 훈훈하게 받아들이고 있었죠. 바깥쪽 회양목 산울타리 그늘엔, 아기동백 흰 꽃이 피어 조용히 빛나고 있었지요.

거기까지 걸어오자 나는 갑자기 겁이 났습니다. 한 번밖에 만난 적 없는 가네코의 얼굴을 잊어버렸기 때문이죠. 어떤 느낌만이 머리속에 남아 있을 뿐인데…. 만약 대낮 밝은 데서 만나, 그에게서 받는 인상이 내가 가진 이미지와 다르다면…. 그때는 각자의 부모에 대해 깊은 이야기를 나누어 서로의 마음을 따뜻이 주고받았지만, 그것도 그때만의 감상이었는지도 모르죠.

아니 사실대로 말하면, 여기까지 와서 내가 망설이는 것은, 가네코가 대낮에 날 다시 보고 낙심하지 않을까 하는 걱정 때문이죠. 지금까지 나는 내 얼굴에 대체로 만족하고 있었지만, 그저께 밤 히데코의 방문을 받고서부터 갑자기 불만을 느끼게 된 거예요. 내 얼굴은 특징이 너무 없어요. 조화가 너무 잘 된 편이죠. 좀 특징이 있고 음영(陰影)[18]이 있는 편이 남자의 마음을 사로잡지 않을까 하고 상상하기 시작했죠….

나는 이런 미혹(迷惑)에 빠져 집에서 나올 때, 약간 볼연지를 칠하고 좀 큰 귀걸이를 하고, 흰 나일론 블라우스, 앞이 터진 스웨터, 까만 스커트를 차려입고 검은 구두를 신었죠. 그리고 한손에 연한 쥐색 코트를 들었어요.

겨우 마음을 진정시킨 후, 나는 현관문을 열고 주인을 찾았습니다. 그러자 착한 인상의 뚱뚱한 아주머니가 나와서,

"다이스케 씨… 손님 왔어요. 시로야마 양이라는 분예요…" 하고 소리쳤죠.

"오오" 하고 잠에서 덜 깬 듯한 목소리가 나더니, 이윽고 삐걱거리는 계단을 내려오는 발소리가 났죠. 이내 가네코가 눈앞에 나타났습니다. 두툼한 줄무늬진 검은 스웨터를 입었고 짙은 남색 셔츠 옷깃이 나와 있었죠. 양말도 신지 않았고, 머리엔 붕대를 감고 있었어요. 흰 붕대를 한 탓인지 내가 지

닌 막연한 이미지보다 더 남자다운 인상을 받고는 안도의 한숨을 쉬었어요. 내가 그에게 주는 인상도 그러기를 속으로 빌면서….

"아아, 당신이군요. 잘 찾아오셨어요. 올라오세요. …아줌마, 이분은 고향 K시 사람이죠. 이름은 시로야마 양입니다. 지난번에 알게 되었죠. 이 뚱뚱한 분은 제 아주머니에요."

"뚱뚱한 분이란 말은 안 해도 돼!… 자, 올라오시죠. 참말이지 한 눈에 고향 사람 얼굴임을 알아볼 수 있겠군요. 사과를 많이 먹고 자란 듯한…안색이 좋은…도톰한…. 자, 올라오세요."

"나이를 먹으면 아줌마처럼 뚱뚱해지는 건지. 하, 하, 하…."

그는 아주머니의 어깨를 두드리고 몸을 뒤로 젖히면서 웃어댔습니다.

나도 그의 웃음에 이끌려 미소를 지었죠. 나는 속으로 화장하고 귀걸이를 하고 온 것을 후회했어요.

가네코의 방은 2층, 다다미 여섯 장 넓이였죠. 큰 책장이 있고, 일서, 양서가 가득히 줄지어 꽂혀 있었습니다. 도코노마에는 스키, 구두, 배낭 등이 차곡차곡 놓여 있었어요. 공부용 테이블 위엔 흰 국화 한 송이가 장식되고, 벽엔 고흐

(Gogh)의 현수교(懸垂橋) 복제 그림이 한 장 붙어 있었죠. 비교적 말끔히 정돈된 방이었습니다.

지금까지 양지 바른 마루에서 책을 읽은 듯 작은 책상 위에 책이 한 권 포개어져 있었죠. 그 표지의 그림은 복면의 남자가 권총을 들고 있는 야한 그림이었어요. 영어 탐정소설인 듯했습니다. 그 옆에는 먹다 남은 사과 하나가 놓여 있었죠.

"따뜻하니까 여기가 좋을 거예요" 하고, 그는 마루 쪽으로 손짓했습니다.

나는 양달에 놓인 의자에 앉아서 창문을 내다보았죠. 양쪽에 빈터가 보이고 그 너머로 전차 레일이 길게 놓여 있었습니다. 푸른 하늘이 멀리까지 널리 바라보였어요.

"많이 다치셨어요?" 나는 느닷없이 물어 봤죠.

"대수롭지 않아요. 술 취해서 넘어졌지요."

"저 이야기 들었어요. 정말 비겁한 사람들이에요…"

"뭐 그걸 가지고…. 입은 재앙의 근원—이렇게 생각하면 되겠죠. 내가 그처럼 비방했으니 그들로서는 몹시 불쾌했을 겁니다. 이제 그 얘기는 그만둡시다. …당신은 야부키 군과 화해하셨나요?"

"아니에요.—그 사람 몹시 화가 났던 모양이에요."

"발로 채이진 않았어도 따귀 정도는 맞았을지도 모르겠

군. 하, 하, 하…" 그는 귀 아래쪽을 긁으면서 명랑하게 웃었습니다.

나는 얼굴이 빨개지고 말았죠.

"이렇게 얼굴빛이 변했으니 거짓말을 해도 감출 수 없겠군요. 솔직히 말하면 한 대 맞았어요…."

"야부키 군의 모습을 보고 그렇게 할 것 같다고 짐작했어요. …당신도 좀 경솔하게 행동했지요. 하기야 같이 가자고 하고, 또 당신 방으로 억지로 들어가자고 한 사람은 바로 나지만요. …결과적으로 난 당신에게 괴로움만 끼쳐드렸지만, 그래도 생각하기에 따라서는 이번 일이 기회가 될 수도 있죠."

"무슨 기회죠?"

"야부키 군을 사랑하든가 아니면 거절하든가—애인이 되든가 아니면 완전히 교제를 끊어 남이 되든가…."

"남자와 여자 사이에는 그 외의 관계는 없을까요? 남녀관계란 그렇게 빈약한 것인가요?"

"남녀간에 우정이 있다고 생각하는 것은 좀 허황된 생각인 듯해요. 여자는 어떤지 모르지만, 젊은 남자는 느닷없이 만난 여자에 대해서도 욕정(慾情)을 느낄 수 있는 생리를 가지고 있죠. …그런데 당신들의 관계에선 야부키 군이 오래 전부터 당신을 사랑했음에 틀림없어요. 당신도 아마 어렴풋이 느꼈을 겁니다. …그러니 이번에 화해가 성립되면 당신은 야부키를 애인으로 인정하는 것이 되겠죠. …그것도 좋을 겁니다. 제아무리 오래 그물을 치고 있어도 이상에 맞는 남자가 꼭 걸려든다는 보장은 없죠. 야부키 군은 잘생기고 머리도 나쁜 것 같지 않으니, 당신이 결단을 내려도 손해 볼 염려는 없을 듯하군요."

그는 담배를 뻐끔뻐끔 피우며, 이따금 한쪽 눈을 지그시 감고 먼 푸른 하늘을 쳐다보면서 혼자말을 중얼거리듯 자기의 생각을 들려주었죠. 그가 하는 말은 내가 이제껏 들어 본 적이 없는, 거칠고도 노골적인 말이었어요. 듣는 내가 '그런 말을 하다니—' 하고 조마조마할 정도였죠. 그런데 난 이상하게도 화가 나지 않았어요. 그의 말은 노골적이지만 그 사람의 마음씨가 예상외로 따뜻한 탓인지도 모릅니다.

"아주 지나친 말을 하는군요. 전 그런 난폭한 말을 처음 들어 봤어요."

나는 약간 창백한 얼굴을 하고 항의 같지 않은 항의를 했습니다. 그는 가지런한 흰 이—내 손가락이라도 물려봤으면 할 정도의—를 보이고 미소지으면서,

"그건 진실을 말해 주는 사람이 당신 주위에 없었음을 드러낼 뿐이죠."

"그럼 당신은 지금 말한 것과 같은 남성 중의 하나임을—

그 사실을 만족하게 여긴다는 뜻인가요?"

"스쳐 지나가는 여자에게도 욕정을 느낄 수 있다는—남자인 이상 자기가 만족하든 하지 않든, 사실 자체를 달리 표현할 수 없잖아요? 제가 가진 의학 지식도 그것이 진실임을 알려 주지요.…저는 별로 부정(不淨)한 것으로 생각되지도 않습니다."

그는 두 발을 포개고 있었는데 그 맨발이 눈앞에 어른거려 내가 마치 그의 정욕의 대상이 된 듯한 수치감이 들었죠. 그건 그렇다 해도, 이성의 존재를 감지하는 안테나를 설치한 사실을 지적당하여 움찔했어요. 아마도 그는 내 신체구조의 구석구석까지 알고 있을 겁니다. 의과대학 학생이 아니라면 좋겠는데….

나는 좀 화가 나서, 솔직한 겁 없는 말을 하여 그에게 대항하려고 마음먹었죠.

"당신은 애인이 있나요?" 내가 물었습니다.

"없답니다" 하고, 그는 나를 놀리듯이 웃었죠.

"믿을 수 없군요."

"그만큼 내게 매력이 있단 말인가요?"

"글쎄요…. 어쨌든 생활력이 강한 것처럼 보이니까요."

"그건 사실인 듯하군요. 그래서 난 여자들과 깊은 교제를 삼가하고 있는지도 모르죠."

"왜 그러죠? 사랑이 깊어질수록 충실한 생활을 할 수 있는데…."

"이유는 간단하죠. 난 다행히도 건강한 몸을 가지고 있어요. 그런데 만약 내가 사랑에 빠진다면 플라토닉 러브(platonic love)[19] 같은 흐지부지한 행동은 할 수 없고, 상대방의 마음도 몸도 열망하는 뜨거운 사랑을 할 겁니다. 그로 인해 누가 날 저속한 사람이라 평한다면 그건 하늘을 보고 침을 뱉는 것과 같은 거죠. 그러나 난 현재 학생의 신분이고 여자를 그렇게 사랑한 뒤의 책임을 질 수 없습니다. 따라서 당분간 사랑을 하지 않는 편이 나은 거죠. 사랑 없이도 즐거운 생활을 하는 방법이 많이 있으니까요."

그 순간 나는 기이한 느낌이 들었어요—마치 그가 내 겉옷을 뚫고 나의 나체를 보고 있는 듯한…그런 느낌 말이에요.

"당신은 내가 젊은 여자가 아닌 것처럼 무례한 말만 골라 하는군요. …그래도 난 당신의 생각이 관념적인 것이 아닐까 생각해요. 당신은 인간을 의학이나 생리학의 관점에서만 보고 생각하는 것 같아요. 설사 당신에게 애인이 생긴다 해도, 당신이 말했듯이, 그렇게 사랑하려는 의욕이 일어나지 않을 수도 있죠. 난 그런 신사적인 면이 당신 안에 있을 거라고 생각해요. 난 그것을 믿고 있어요."

"내 안에…신사적인 것이 있다는 뜻인가요? 있다고 해도 그런 건 쓸모없다는 생각이 드는군요…."

나는 그와 가와무라 히데코가 인간의 섹스에 대해 똑같은 생각을 하고 있음을 깨달았죠. 그는 개방적이고 명랑한 편이고, 히데코는 음성적이고 구질구질하지만….

공터 앞을 전차가 몇 번 지나갔습니다. 그때마다 2층이 가냘프게 흔들렸죠.

그 아주머니라는 뚱뚱한 중년 부인이, 차와 과자를 가져왔어요. 그녀는 앉아서 세상 이야기를 조금 하다가 내려갔습니다. 잘 웃는 성격이고 또 가끔 크고 두툼한 귓불을 잡아당기는 기묘한 버릇이 있었죠.

"아까 봤죠? 아주머니가 귓불을 잡아당기는 것을―. 그건 당신이 아주머니의 인물 테스트에 합격했음을 의미하죠. 테스트에 낙제하면 그녀는 콧등을 만집니다. 아마 이 방에 대여섯 명쯤 여자들이 들어왔었죠. 그런데 아주머니는 모두 콧등만 만졌거든요. 하기야 그들도 사랑에 빠지지 않겠다는 내 신념 같은 것을 느낀 듯, 이런 남자는 쓸모 없다고 단념하는 모양이었죠. 채털리 부인(Lady Chatterley)[20]의 남편 같은 남자는 젊은 여성들에게도 흥미가 없는 모양이죠. 그건 여성들의 건전한 심리라고도 할 수 있겠지만…. 하, 하, 하."

마치 나를 노린다는 듯, 그는 겁주는 말만 하고 있었죠. 그러나 그 충격은 저속한 것이 아니라, 내 몸 안의 '성적인 것'을 눈뜨게 하는…그런 것이었어요.

"제 가슴이 두근거리고 있어요. …성적인 문제에 대해 전 당신과 대등한 입장에서 대화를 나눌 수 없군요. 그래도 당신이 친절한 동기에서 그런 말을 하고 있는 것을 알 수 있어요. 그러니 당신의 인상은 가까스로 이 정도죠…."

이렇게 농담조로 말하면서 난 아주머니를 흉내내어 귓불을 만졌어요. 그때 내 눈빛, 피부색, 근육의 움직임 등에 처음으로 여자다운 매력이 스며나오는 것을 의식했죠. 그리고 가슴속에서 뭔가 희미하게 흐느끼는 듯한 기분이 들었습니다.

"아아…."

그는 이렇게 한숨 짓는 소리를 내더니, 잠시 정열적인 눈초리로 날 응시했죠. 그러다 이내 그 시선을 바깥 공터 쪽으로 돌려 버렸습니다.

4

"내가 얻어맞아 부상을 입었다고 누가 말하던가요?" 하고, 문득 생각난 듯이 물었죠. 그는 양말도 안 신은 두 발을 난간에 올려놓고 있었는데, 아주 버릇없는 태도로 보였어요.

"모 여자 대학에 다니는 친구한테 들었죠. 가와무라라고 하는데 같은 고등학교를 나왔어요. 그녀도 하나지마 중의원이 후원한 총회에 그날 밤 참석했었죠."

"아마 가와무라 히데코라고 하죠? 안경을 쓴…얼굴이 흰…재사(才士) 타입이라고 할 수 있는…. 대담·솔직한 말을 시원스레 해 버리는 사람이죠?"

"어머, 알고 있군요."

"전에 학생 향우회(學生 鄕友會)에서 만난 적이 있어요. 그리고 친구의 집에서도 한 번인가 만났죠. …아아, 그렇군요. …당신의 친구로군요. …"

"동창생이죠.…어제 불쑥 찾아와서 당신의 일, 그 밖에 이런저런 이야기를 하고 돌아갔어요. 머리가 좋습니다. 그리고 사랑에 대해 당신과 비슷한 말을 하더군요. 여성의 입장에서…."

"무슨 말인데요?"

"마음도 몸도 자기의 것이니 사랑하는 사람에게 아낌없이 주어도 된다고…."

"그래요? 당신도 그 말에 찬성했나요?"

"말로는 찬성했죠. …그래도 전 도저히 그렇게 할 수 없다고 생각해요. 전 자신에 대해 그렇게 자신이 없고, 그저 세상의 평범한 도덕에 따라 살아갈 작정이죠."

"그게 좋아요. …히데코 양과 가까이 지내는 친구의 말을 들어 보면, 그녀는 친구들의 마음을 들뜨게 하여 남자들과 깊은 관계를 맺도록 부추긴다는 거예요. 그러고 나서 일이 잘 안 되어 친구들이 괴로워하면, 그녀는 냉정한 웃음을 띠고 그 고민하는 모습을 바라본다는 거죠. …그리고 본인은 말로만 그렇게 대담한 표현을 하지, 자기 자신은 결코 남자의 요구를 들어주는 일이 없대요…."

나는 그 말을 듣고 가슴이 섬뜩함을 느꼈어요. 잘 생각해 보니 히데코에는 그런 심술궂은, 냉혹한 점이 분명히 있었죠. …그런데 도대체 그는 히데코에 대해 어떻게 그렇게 잘 알고 있으며, 그녀의 깊은 성격의 이면까지 샅샅이 파악하고 있을까요? 친구의 말을 들었다고 하지만 그의 말 속엔 자신의 경험도 들어 있는 것이 아닐까요?

"당신의 말을 듣고 보니 약간 짚이는 데가 있군요. 그녀와 전 고교시절부터 무슨 일에서나 감정적으로 서로 경쟁하는 사이였으니까요. …그러니 그녀가 어제 찾아온 것도 우정에서 우러나온 행동으로만 볼 수 없겠죠?"

"맞습니다. 당신의 감정을 마구 자극하고 어지럽혀 넘어지게 할 생각이었는지도 모르죠. 내가 부상을 입었다고 알려 주면 당신이 날 방문할 것이라고 내다본 거죠. 하, 하,

하…" 하고, 그는 몸을 흔들어대며 웃었죠.

"제가 당신을 찾아온 것이 잘못일까요?"

"적어도 그만큼 야부키 군이 당신에게서 멀어지게 될 것을 그녀는 계산한 거죠. …야부키 군은 절대로 나를 당신의 친구로 인정하려고 하지 않을 겁니다…."

"전 누구와도 약속한 사이는 아닙니다."

"이론상으론 그렇겠죠…."

나는 입을 다물었습니다. 그의 말이 모두 옳았기 때문이죠. 히데코가 말한 대로, 야부키의 감정은 내가 자기 이외의 남성을 친구로 사귀는 것을 용납할 수 없을 정도로 뜨거운 것이 분명했죠. 나로서는 야부키가 싫은 것은 절대로 아닙니다. 마음만 먹으면 그의 애정을 받아들여 둘이 잘 지낼 수 있을 거예요. 그러나 그런 사이가 된다 해도, 내 마음 한 구석엔 뭔가 채워지지 않는 것이 한 가닥 남아 있을 것이 분명했죠.

나는 아무리 사소한 일이라도 후회를 간직하고 싶지는 않았어요. 내 마음을 솔직히 표현한다면, 야부키를 내 곁에 붙들어 두고, 동시에 더 나은 상대가 나타나지 않을까 하고 기대하는 심리겠죠.

교활한지도 모릅니다. 그러나 젊은 여성들의 이런 태도는, 그들의 일생이 걸린 문제이니 한 마디로 나쁘다고만 비난할 수 없을 거예요. 조금도 후회를 남기지 않는 생활, 몸과 마음을 바쳐 불타는 듯이 사랑할 수 있는 생활―이런 강한 욕망을 내게 심어 준 것은 이따금 쓸쓸해 보이는 어머니의 모습이었죠. 마음 한 구석…뭔가 채워지지 않아 인생을 후회하는 듯이 보이는, 그 모습 말이에요. 나는 엄마, 아빠 양쪽의 딸이지만, 동성(同性)인 탓인지 어머니의 살아가는 태도에 더 깊은 영향을 받고 있어요.

"이제 돌아가야겠어요. …찾아와서 잘 했다고 생각되는군요. 전 한 번밖에 만난 적이 없는 당신의 얼굴을 잊어버렸어요. …한 번 더 만났을 때 제 머리속 이미지와 실제의 당신이 다르면 어떻게 할까 염려했어요. 그런 일이 안 일어나 정말 다행이군요."

"어떤 이미지였죠?"

"글쎄. …어쨌든 처음 보나 두 번째로 보나 변함없는 용모이군요. …하루 속히 붕대를 벗어 버렸으면 좋겠어요. …그러면 제가 집에서 요리를 만들어 초대하지요."

"아, 그런 초대라면 안성맞춤이군요. 실컷 먹을 수 있다면 아무리 솜씨없는 요리라도 정말 맛있게 먹는 성미이니까요."

"어머, 실례되는 말을―."

나의 초대에 대한 그의 꾸밈없는 대꾸로 인해, 우린 헤어질 때 유쾌하게 웃었고 뒷맛이 개운했습니다.

혼자 조용한 주택가를 걷게 되자 갑자기 야부키의 일이 걱정이 되었죠. 그러나 이번에도 나 자신을 억제하며 찾아가지 않기로 했어요. 이유야 어찌 됐든, 날 때린 사람에게, 이쪽에서 먼저 어슬렁 어슬렁 찾아가는 것은 바보스러웠기 때문이죠.

내가 찾아가지 않는 동안, 정말 야부키와 히데코는 가까워질 것인가? …만약 그렇게 된다면, 나는 그의 결점만을 되뇌면서 그를 단념하기로 마음먹었죠.

어쩐지 기분이 우울해져서 저녁에 먹을 반찬 준비를 하는 것도 귀찮아졌어요. 그래서 도중에 반찬 가게에 들려 크로켓(croguette)[21]과 콩자반을 사 가지고 돌아왔죠. 아침밥을 데우고 된장국을 끓여 간단히 먹는 것이 습관이지만, 기분이 우울할 때엔 이런 자취 생활이 정말 지겹고 무미건조해요.

나는 혼자 저녁식사를 하면서, 내가 주부가 되었을 때, 식구들과 함께 식사하는 장면을 머리속에 그려봤죠. 식탁에는 따뜻하고 맛있는 반찬들이 즐비하게 놓이고, 두세 아이들과 남편이 그 식탁을 둘러싸고 전등 밑에 아늑하게 앉아 있는 장면 말이에요. 얼마나 흐뭇하고 만족스러운 광경일까요!

식사 후 설거지하는 것도 귀찮아서 맥없이 석간을 읽고 있으니까, 아래층 아주머니가 속달 편지를 가져왔습니다. 받아보니 어머니에게서 온 거예요. 왜 속달로 왔을까 하고 염려스러워 얼른 뜯어 읽기 시작했습니다.

　유리코야. 잘 지낼 것이라 생각한다.
　여기도 변함없이 다 잘 있지. 무슨 특별한 용건이 있는 것은 아니지만, 요즘 네 꿈을 두 번이나 연거푸 꾸어 좀 걱정이 되어 편지를 쓰기로 했지.
　그 꿈은 네가 어딘지 쓸쓸하고 풀죽은 모습을 하고 있는 꿈이었어. 아마도 내 자신이 좀 피로해서 그런 꿈을 꾼 것 같고, 네겐 아무 일도 없을 것으로 생각하고 있지. 또 그러기를 빌고 있어.
　이번 겨울방학엔 돌아오지 않겠다고 했지만, 만약 마음이 변하여 2, 3일 또는 4, 5일 집에 돌아올 생각이 들거든 꼭 돌아오길 바란다. 널 보면 몹시 반가울 거야.
　각로(こたつ, 脚爐)[22])에 둘만이 들어 앉아 네 남자친구들의 이야기라도 해 주면 나까지 젊어지는 기분이 들지도 모르지. 그러면 나도 이 나이먹도록 배워 온 남성에 관한 지혜를 들려 줄 생각이야. 그럼, 되도록 좋은 음식을 차려 먹고, 감기에 걸리지 않도록 조심해라. …이 편지가 늦지 않아서 네가 돌아와 섣달 그믐날 밤을 식구들과 같이 지내면 정말 즐거울 거야….

편지를 읽는 중에 내 마음은 이미 어머니곁에 날아가 있었죠. 어머니로서는 자기가 낳은 딸이 여자로서 또 인간으로서 중대한 전환기에 접어든 것을 어슴프레 예감한 듯했어요. 이렇게 생각해 보니, 히데코가 내 방에서 떠나간 뒤, 갑자기 자신감을 상실하고 마음속으로 어머니를 불렀던 일이 머리에 떠올랐죠….

그 이튿날, 12월 30일, 나는 하숙방 정리도 하는 둥 마는 둥, 서둘러서 동북선(東北線) 밤 급행열차에 몸을 실었죠. 설날을 고향에서 보내기 위해 귀성하는 인파로 객차는 붐볐습니다. 그래도 나는 빨리 줄을 서서 기다린 덕택에 창가의 좌석에 앉아 푹 자면서 돌아올 수 있었죠.

아침에 눈을 떠보니 철로 주변의 들, 산, 촌락 등에 하얀 눈이 약간 쌓여 있었죠. 그 풍경을 바라보니 내 기분마저 꽉 죄이는 것 같았어요. 그러나 이 정도의 눈이라면 낮에 해가 나면 모두 녹아 버려서 진창이 될 염려도 있었죠.

K시에 오전 열 시쯤 도착했습니다. 미리 전보를 쳤기 때문에 요시오와 마리코가 역에 마중 나와 있었어요. 요시오는 열 일곱, 마리코는 열 다섯인데, 다섯 달쯤 보지 못한 사이에 둘 다 모양 없이 키만 큰 성싶었죠. 뺨은 붉고, 이마·턱·눈들은 둥글고, …모두 틀림없는 시로야마 집안의 아이들이었습니다.

"모두 안녕하시지?"

"응, 다 안녕하셔. …다만 엄마가 누님에 대해 많이 염려하시지…."

요시오는 콧방울을 실룩거리며 약간 놀리듯이 대답했죠.

"왜 그러시지?"

"모르겠어. 아마 남자에게 속아 넘어 갈까 봐 그러시는 모양이야…."

"난 그렇게 어리석진 않아. 또 남자도 여자에게 진지한 태도로 대하는 사람들이 많지…."

"요시오. 너도 더 큰 후에, 여자를 속이려고 하지는 않겠지…."

"난 여자는 싫어."

"누이와 여동생의 나쁜 점만 많이 보아온 탓이겠지…."

"어쨌든─" 하고, 마리코가 옆에서 심술궂은 말투로 끼여들었죠.

"엄마는 언니의 일이라면 이내 열을 올리는 거야. 언니가 제일 귀여운 모양이지. 엄마의 좋은 점을 언니가 모두 닮은 탓일 거야. 난 언니의 그 나머지 부분만 물려받아 손해만 봤어."

비뚤어진 심사에서 하는 말이 아니므로 가슴이 아프지는 않았어요. 그러나 사춘기로 접어든 여동생의 말은 결코 틀린 것이 아니었죠.

"그런 말을 하면 못써. …너도 앞으로 집을 떠나서 지내게 되면 엄마가 얼마나 걱정하실지 아니?"

"나는 아마 엄마를 원망할 것 같아. 어째서 나만 이렇게 네모진 턱을 하고 태어났을까? 그 때문에 난 남자들에게 전혀 인기가 없어…"

"되바라진 소리 작작해. 듣기 싫어…"

"오빠는 요즘 성에 눈뜨기 시작하여 그런 말을 하면 신경질을 내지…"

"요것이! 한 대 갈길 거야."

"싸움 그만해. 그런 식으로 날 환영한다면 그만해도 충분해."

셋이 큰 소리로 말다툼을 하며 걸어가니까 가족간의 정이 새삼스레 느껴져서 기분이 좋았어요. 요시오는 검은 학생복 위에 외투를 걸치고 있었죠. 마리코는 적갈색 스웨터에 감색 바지를 입고 그 위에 감색 오바를 입었습니다. 눈길이라 둘 다 장화를 신고 있었죠.

다져진 흰 눈길에 희미한 겨울 햇살이 비치고, 추위도 생각했던 것만큼 심하지 않았어요. 길가의 상점도, 집 사이로 멀리 보이는 산도, 들려오는 사투리도, 거리를 지나는 사람들의 표정도 모두 낯익은 것이어서 몸이 갑자기 부풀어오를 듯한 즐거운 기분이 되었죠. 썰렁한 하숙집에서, 혼자 신경을 곤두세우고 있는 것보다 이렇게 결단을 내려 돌아오길 정말 잘 했어요….

우리 집은 큰 거리에서 약간 안으로 들어간 옛날 무사 계급이 살던 동네에 있었죠. 검은 판자울과 노송나무 울타리를 두른 넓은 대지 안에 지붕이 낮은 집들이 드문드문 서 있었고, 대문에 설날 새끼장식이 매달린 곳도 몇몇 눈에 띄었죠. 우리 집 앞에는 눈이 깨끗이 쓸렸는데 "와후쿠"(和服)[23]를 입은 어머니가 나와서 나를 기다리고 있었죠. 그 나이에도 예쁜 모습이 한눈에 선했지만, 어쩐지 좀 왜소해진 것 같은 느낌이 들었어요.

나는

"어머니!" 하고 외치고 들고 있던 가방을 눈길에 던지고 달려갔습니다. 그리고 위에서 어머니를 누르듯이 두 손으로 껴안고, 어머니 얼굴에 내 얼굴을 비벼댔죠. 너무 그리워서 나도 모르게 그렇게 한 거예요.

어머니는 내 두 팔에 몸을 맡긴 채 온 감정을 담은 낮은 목소리로 한 번,

"유리코!" 하고 속삭이는 듯했으며, 이내 쑥스러운 듯이 웃으면서,

"유리코, 무거워! 엄마는 찌부러질 것 같구나. 넌 돌아올

때마다 커져서…무거워, 유리코야!" 하셨죠.

나는 오랜만에 그리운 어머니의 냄새를 맡았어요. 어려서부터 줄곧 맡아 왔지만 요즘엔 잊어버린 어머님의 냄새를—. 어머니는 나에게 소중한 하나의 냄새지요.

요시오는 내가 눈길에 던진 가방을 주웠으며, 곁눈으로 나를 보면서,

"도쿄에선 그런 식 인사가 유행하니?…정말 어색하군."

"다음에 돌아오면 너도 마구 껴안을 테니, 얼굴에 난 여드름이라도 잘 치료해!"

"저런, 사람을 바보 취급하지 마."

우리들은 웃으며 집안으로 들어갔어요. 섣달 그믐날이라 집안은 말끔히 청소되고 거실에 놓인 난로가 따뜻하게 타고 있었죠. 아버지는 집에 계시지 않았어요. 나는 모든 식구에게 작은 선물을 드렸습니다—어머니에겐 목조(木彫) 담배갑, 요시오에겐 볼펜, 마리코에겐 역시 목조의 브로치, 그리고 단것을 즐기시는 아버지에게는 카스텔라를.

얼마 후 어머니가 준비한 점심이 나왔습니다. 달콤한, 소금에 저린 연어, 청어 조림, 그리고 가스지루(糟汁)[24]와 뜨거운 밥이었어요. 나는 오랜만에 어머니의 요리를 맛보고, 자취하는 내 식사가 얼마나 형편없이 빈약한 것인지 절감했습니다. 음식뿐만 아니라 가족과 함께 먹는 분위기가 식사를

더 맛있게 했을 거예요.

식사가 끝나자 요시오와 마리코는 모두 밖으로 나갔습니다. 나는 난로 옆에 방석을 서넛 붙여 깔고, 그 위에 누워서 가벼운 담요를 덮었죠. 밤기차를 타고 온 피로를 풀려고 말입니다. 어머니는 설거지를 마친 후 커피잔을 들고 들어와 내 옆에 앉았습니다.

"잠깐이라도 자는 게 좋을 거다."

"괜찮아요. 이렇게 누워 있으면 편안해지니까…. 그보다도 어머니, 저에 대해 무슨 꿈을 꾸었죠?"

"무슨 꿈이냐고…. 두 번씩이나 네가 슬피 우는 꿈이었지."

"이상한데요. 전 중학교에 입학한 이래 한 번도 울어본 적이 없는 것 같은데…. 영화나 소설에서 눈물을 보인 일은 있어도—"

"네가 줄곧 건강하게 지냈다면 정말 다행한 일이야. 내가 좀 허약해져서 그런 꿈을 꾼지도 모르지…."

"어디 편찮은 데라도 있으세요?"

"아니야. 어쩐지 맥이 좀 풀린 것 같은 기분이 들 때가 있지…."

"엄마, 그렇게 마음이 약해지면 안 돼요. 아직도 젊으시잖아요…."

어머니는 마흔 세 살인데 얼굴이 예뻐서 실제 나이보다 훨씬 젊어 보이죠.

"나이는 젊은지 몰라도 마음은 이제 젊지 않아."

나는 담요를 제치고 일어나 앉았어요.

"엄마, 이제 저한테 묻고 싶은 것 뭣이든 물어 보세요."

"얼굴을 보면 아무런 변화도 없지만… 그래도 넌 어딘지 모르게 어른이 된 듯한 느낌이 든다. …야부키와 계속 교제하고 있니?"

어머니는 난로 위의 주전자를 들고, 커피잔에 뜨거운 물을 부으며 별 생각 없는 듯이 물었어요.

"요즘 그 사람과 사이가 좀 나빠졌어…."

나는 제삼자의 입장에 있는 어머니에게, 최근의 경험을 처음으로 들려줄 수 있었죠. 이런 이야기는, 객관적인 입장에서 나 자신을 반성할 수 있는 좋은 계기가 되죠.

그러나 내가 가네코라는 이름을 말하자 어머니는 이내 그에 대해 캐묻기 시작했고, 이야기는 더 이상 나가지 못했어요.

"M시의 가네코—아버지는 무얼 하지?"

"의사래요—. 그래서 가네코 다이스케도 앞으로 시골에 돌아가 아버지의 일을 이어받을 생각이라고 했죠."

"의사라고—?"

이렇게 나직이 말한 어머니의 얼굴은 창백하게 굳어진 것 같았어요.

"아버지의 이름이 뭔지 들어 본 일이 있니?"
"없어요. …마음에 짚이는 데라도 있나요?"
"없어. 그래도…네가 교제하는 남자라면, 그 집안에 대해 어느 정도 알아두는 것이 좋을 거야. …그런데 다이스케라는 남자는 한 마디로 말해 어떤 남자지?"
"글쎄요. …성격이 강하고, 남자답고, 겉치레를 전혀 하지 않는 사람이죠."
"용모는—?"
"야부키와는 아주 딴판이지만, …사람에 따라 매력을 몹시 느낄 수도 있겠죠. 흰 이에, …피부는 타서 팽팽하고, 눈초리가 날카로우며…검은 머리를 미국 군인처럼 깎고…콧날이 굳은 의지를 나타내듯 쭉 뻗고…목덜미가 단단하고…가슴이 두터운…대체로 그런 남자죠."

설명하면서 나는 얼굴을 붉혔던 것 같아요. 어머니는 두 눈을 지그시 감고, 나의 묘사를 하나 하나 머리속에 새겨두려고 하는 듯했어요. 그러다 희미한 미소를 띠우고,

"어떤 남자인지 짐작이 가는군. 그래도 너 같은 어수룩한 여자는 그런 남자의 손에 놀아날 염려가 있는 거야. 그게 걱

정이 되는군."

"걱정마세요. 엄마가 염려하는 일은 일어나지 않을 거예요. 그 사람 자신이, 자기가 아버지에게 의지하는 한, 사랑에 빠지지 않겠다고 선언했으니까요."

"저런, 사고 방식이 구식이군. 왜 그러지?"

그래서 나는 그의 연애론을 설명해 드렸어요—연애를 한다는 건 당연히 상대방의 육체를 사랑함을 의미한다는 내용 말이죠. 어머니는 쓸쓸하게 웃고,

"젊은 남자는 그런 관념만으로 자신의 정열을 억제할 수 없는 거야. 지금까지 그 남자가 연애를 하지 않은 것은, 자기의 정열을 불태울 상대를 못 만났기 때문이지 그의 생각 때문이 아니야. 어쨌든 그렇게 생각한다는 사실만으로도 재미있긴 하지만. 그래서…."

어머니는 다이스케에 대해 더 자세히 알고 싶어했죠. 그러나 두 번밖에 만난 적이 없어서 더 이상 해드릴 이야기가 없었습니다.

"…더 들려 드릴 얘기는 없군요. 아 그래, 우리가 처음 만났을 때 맥주집에서 대화를 나눴죠. 그때 그는 자기의 부모에 관한 이야기를 했어요."

"어떤 이야기를—?"

어머니는 또 캐묻고 싶어하는 기색을 보였습니다.

"부부 생활에서 아버지는 어쩐지 쓸쓸한 것 같다고 하더군요. 어머니는 남편에게 절대로 복종하는 타입의 구식 사람이고, 자기의 분명한 의견을 갖지 못한 듯하다고 했죠. … 소년시절엔 아버지는 제멋대로 행동해서 어머니가 안됐다고 느꼈지만, 요즘엔 아버지를 더 쓸쓸한 사람으로 동정하게 되었답니다. …들어 보니 그런 부부 생활도 어느 정도 이해할 것 같았죠. 그래서 다이스케는 자기가 결혼할 때엔 부부가 같이 사는 기쁨을 절실히 느끼게 해 줄—몸과 마음으로 말이죠—그런 여자를 선택하겠다고 하더군요."

"⎯⎯⎯⎯"

어머니는 땅이 꺼질 만큼 한숨을 내쉬었죠.

"난 그렇게 생각지 않아. 그의 어머니도 틀림없이 좋은 분일거야. 아버지 편에서 욕심이 많아 아내가 갖지 못한 것을 졸라대겠지. 남자란 그런 점이 있어. 다른 집 부인들이 더 멋있게 보이는 거지…."

"그의 관찰은 신중하고 분명한 것이었죠. 세상에서 흔히 보는 남성의 횡포와는 다른 것 같았어요. …전 그런 부부이구나 하고 쉽사리 수긍이 갔죠. 왜냐하면…."

나는 거기서 말을 끊고, 나도 모르게 어머니로부터 시선을 돌렸죠. 어머니는 무서운 표정을 하고,

"왜 너는 쉽사리 수긍이 갔지? 왜 그래, 유리코?"

나는 어머니의 성난 말투에 반발하듯이, 똑바로 어머니의 얼굴을 쳐다보고,

"왜냐하면 우리 집에선 다이스케 집에서와 반대로, 어머니가 아버지의 소극적인 성격을 탐탁해 하지 않는 듯하기 때문이죠. 그래서 순순히 수긍이 간 거예요…."

이렇게 대답하자 뜻밖에도 내 눈물이 주르르 흘러내렸죠. 왜 그랬을까? 인생의 중대한 문제에 대해, 어머니와 숨김없이 대화를 나눴다는 감격 때문인지도 모르죠.

그러자 어머니의 안색이 갑자기 변하더니,

"유리코! 넌 무슨 말을 하는 거야? …내가 아버지께 불만이 있다고 무슨 근거로 그런 말을 하지? 난 아버지는 내게 과분하다고 항상 생각하고 있어. 아버지는 언제나 하고 싶은 대로 하고 고집이 센 나를, 넓은 마음으로 감싸주시지…. 난 진심으로 미안하다고 생각하고 있어. 당치도 않은 소리! …"

"어머니는 거짓말을 하고 있어요. 전 이 집에 태어나 20년간 아버지와 어머니의 생활을 보며 살아 왔죠. …아버지가 어머니의 억지 주장을 받아줄 때마다 어머니는 탐탁지 않은 쓸쓸한 느낌이 드는 거예요. 때로는 아버지가 어머니를 무섭게 억압해도 좋으니, 더 강하고 적극적인 성미의 남자이길 원하죠. 마치 다이스케 씨 아버지가 순종만 하는 아내를 만족스럽게 여기지 않는 것과 마찬가지죠. …이따금 어머니

는, 아버지와 함께 사는 기쁨을, 몸과 마음으로 더 절실히 느끼기를 바라고 있어요. 그래서 마음 한구석에 쓸쓸하고 후회하는 듯한 기분이 드는 거예요. …저도 나이를 먹게 되니 점차 깨닫게 되었죠."

"유리코. 넌 정말…" 하고, 어머니는 당혹해 할 때 잘하는 버릇으로, 자기의 얼굴을 두 손으로 비비고 꼭 눌렀습니다.

"전 엄마를 좋아해요. 누구든 좋아하는 사람의 기분을 알 수 있는 거예요."

"너는 벌써 다 자란 여자의 눈으로 나를 지켜보고 있었군. 난 전혀 몰랐지. …그래도 유리코, 인간이란 어떤 환경에 놓이든 그 환경에 완전히 만족하고 살아갈 순 없어. 부부의 경우에도 누구나 좀 불만이 있는 것은 당연한 일이지."

어머니는 간신히 미소를 지으며 날 달래듯이 부드럽게 말했죠.

"그럴 거예요. 그러나 다이스케 씨 집도, 우리 집도, 보통 이상으로 부부간의 성격상의 괴리가 있는 것 같아요. …비극적인 냄새가 풍길 정도로…"

"비극—" 하고, 어머니의 얼굴이 창백해졌죠.

"과장된 표현은 삼가해라. …넌 그런 말을 해도 아버지에게 죄송하다는 느낌이 들지 않니?"

"그래도 어머니. 전 아버지, 어머니를 부모라는 애매한 개념으로만 보지 않고, 각자 하나의 인간으로서의 삶을 규명하는 것이 중요하다고 생각해요. …그것이 자식으로서의 진정한 애정이겠죠. 물론 아버지는 좋은 분이에요. 그러나 어머니가 여자로서의 생명의 불꽃을 태워 보기엔 너무나 온순한 평범한 분이죠. 이렇게 생각한다고 해서 불효자식이라는 낙인은 찍히지 않겠죠?"

어머님은 무릎 위에 손을 올려놓고, 두 손의 손가락을 깍지낀 채 눈앞을 뚫어지게 쳐다보고 있었죠. 난로의 장작 타는 소리가, 마치 어머니 가슴속 감정의 리듬을 들려주는 듯했어요. 어머니의 얼굴엔 남편의 것도 아이들의 것도 아닌, 한 여성의 침범할 수 없는 아름다움이 드러나 있었죠. 난 그때 이런 어머니를 가진 내가 정말 운이 좋다고 절감했어요.

어머니는 이마에 흘러내리는 머리를 지겨운 듯이 쓸어 올리면서,

"난 네가 하는 말을 옳다고 생각지 않지만, 어쨌든 다이스케와 처음 만난 자리에서 그런 대화를 나누고 공명했다는 것은 이해할 수 있어…"

"맞아요. …양가의 부모들이 비슷한 삶을 살고 있다는 그 사실 때문에 다정한 감정이 갑자기 솟아난 거죠. 아! 그리고 다이스케 씨와 저는, 전에 한 번 만난 적이 있는 것 같다는 느낌을 지울 수 없었죠. …그 사람은 여자의 비위를 맞추려

고 입에 발린 말을 할 사람이 아니에요. 저도 그런 어리석은 감상가가 아닌 것은 어머님도 알고 계시잖아요. …그런데도 이전에 한 번 만난 듯한 느낌을 지울 수 없는 거예요. 태어나기도 전의 아득한 옛날 일일지도 모르지만, 그 느낌만은 확실한 거죠…."

나는 어머님을 웃기려고 이렇게 말했는데, 어머님의 표정은 다시 싸늘하게 굳어지고 말았죠. 그래도 어머니는 입가에 억지로 미소를 띠우고,

"너희들은 아주 현실적인 사고 방식을 가지고 있는데, 또 한편으로 몹시 숙명적인 느낌을 받고 있구나…. 넌 그 남자에게 첫눈에 반한 것이 아니냐? 그래서 전에 어디서 만난 듯이 느껴지는 거지."

"첫눈에 반하다니, …엄마, 말씀이 지나쳐요. …전 그에게 반하지 않았어요…."

그때 현관으로 들어오는 입구에서, 굽 높은 게다로 눈을 밟는 사각사각하는 소리가 났죠. 아버지의 걸음걸이입니다.

"이야기는 여기서 끝내요. 엄마, 저 때문에 걱정하지 마세요."

나는 일어나서 어머니의 얼굴을 두 손으로 꼭 쥐고, 가볍게 제 볼을 대고 비볐습니다. 그러고 나서 현관으로 나갔죠.

털 모자에 겹 망토를 입은 아버지가 지팡이를 짚고 종종

걸음으로 들어오셨어요.

5

 "아아, 너 돌아왔구나. …다들 기다리고 있었지."

 현관으로 마중 나온 나를 보고 아버지는 몹시 기뻐했어요. 아버지는 이목구비가 반듯한 갸름한 얼굴이었지만, 주름이 많고 피부에 윤기가 없어 실제 연세보다 더 늙어 보이죠. 거실에 편히 앉아 있는 모습을 보니 머리가 많이 빠졌고 어쩐지 가련한 느낌이 들었습니다. 그러나 기분만은 소년처럼 젊고, 호인 같은 느낌이 드는 것은 전과 조금도 다름이 없었죠.

 아버지가 묻는 대로 객지 생활에 대해 몇 마디 대답한 뒤, 문득 생각이 나서 하나지마 중의원이 후원한 학생총회에 대해 말씀드렸죠.

 "…하나지마 씨는 아버지를 알고 있었어요. 그리고 안부를 전했습니다. …아버지가 낚시를 즐기시는 것까지 알고 있었죠."

 그러자 아버지는 눈을 가늘게 뜨고 좋아하시면서,

"아니, 그것까지 기억하고 있었어. 친절하고 좋은 분이지, 하나지마 씨는…. 이번 선거에도 도와드려야지…."

"그런 도움을 받으려고 우리들에게 한턱 냈을 거예요."

"얘야, 유리코. 정치가에는 정치 활동으로 돈을 버는 사람과 돈을 쓰는 사람이 있지. 하나지마 씨는 어느 편인가 하면 쓰는 사람이야. 그래서 나는 그를 밀어 주는 거지…."

"아버지는 자기가 돈을 못 버는 변호사라 역시 돈을 못 버는 사람을 좋아하시는군요."

"저런! 귀 따가운 소리는 하지 마라…. 그보다도 너 사윗감 후보자를 찾아냈니?"

"아직요. 언젠가 제가 찾아내든지 아니면 상대방이 발견하게 되겠죠, 뭐…."

"우린 너를 믿고 있어…."

"잘 알고 있어요. 전 그 일에서 책임을 질 수 있을 것 같아요."

"너는 꼭 그렇게 해야 직성이 풀리는 사람이지. 나나 어머니는 부모님께서 직접 결혼 상대를 정해 주셨지만…. 그때부터 우리는 서로 상대방에게 만족하고 의좋게 살아왔어. 그렇지 하루코?"

아버지가 호인다운 말투로 말씀하시자, 어머니는 흰 미소를 띠우고 흘끗 나를 쳐다보고,

"그렇죠. …저 같은 여자를 만나 당신이 정말 안됐다고 저는 항상 생각해 왔어요."

나는 농담 같은 그 말에, 어머니의 진짜 기분이 숨어 있는 것을 예리하게 느꼈죠. 아버지를 탐탁하게 여기지 않는— 그 아쉬운 기분을 도저히 씻어 버릴 수 없는 것을, 어머니는 아버지에게 미안하다고 생각하고 있어요. 그러나 그건 결코 어머니의 잘못은 아니에요. 우연의 짝맞춤이 잘못된 거죠. 세상엔 이처럼 아내가 남편을, 남편이 아내를 흐뭇하게 여기지 않으면서도 그저 평화롭게 살아가는 부부가 많을 거예요. 그러나 나 자신은 그런 생활을 하고 싶지 않아요. 어머니의 말없는 비탄을, 딸인 내가 또 반복하고 싶지 않기 때문이죠.

그날 밤 식구들이 모여서 섣달 그믐날 밤 요리를 맛있게 먹었습니다. 예년처럼 소금에 저린 연어, 명란젓, 메기, 가스지루 등이었죠. 아버지는 기분이 썩 좋았어요. 오랫동안 혼자서 술을 홀짝홀짝 마시고 있었죠.

눈이 내리는지 밖은 아주 고요했습니다. 떠드는 소리, 이야기 소리 등이, 모두 습기 찬 깊은 침묵 속에 남김없이 흡수되는 듯싶었죠. 우리는 난로를 둘러싸고 저마다 자기의 일을 하면서 일년의 마지막 시간을 보냈습니다. 아버지는 술병을 옆에 놓고 서류를 뒤적이고, 어머니는 뜨개질을 하고, 나는 편지를 썼습니다. 요시오는 수학참고서를 펴놓고 배를 깔고 공부하고, 마리코는 소설을 읽었죠. 난로 안에선 장작이 타면서 탁탁 튀는 소리를 내고, 타다 남은 장작이 내려앉는 소리가 났죠. 철판 위에서는 큰 주전자가 펄펄 끓고 있었어요.

이렇게 시간을 보내고 있으면, 영원한 시간의 흐름이 뼈저리게 느껴집니다. 무척 정다운 것도 같고 슬픈 것도 같죠…. 장차 내가 사랑에 빠져 어떤 남자와 결혼식을 올릴 때, 이런 영원한 시간의 흐름을 느끼지 않을까요? …그리고 내 생애가 끝날 때―쇠약해져서 의식이 흐려질 때에도, 이런 느낌이 들 거예요. 그러나 그때엔 시간의 흐름이 홍수 같은 기세로 임종의 침상 곁을 흘러가겠죠….

밤 열시쯤 되자 요시오와 마리코는 몹시 졸려 하며 자기의 방으로 들어갔어요. 아빠, 엄마, 나 셋만이 남게 되자 우리 집을 둘러싼 정적―눈 내리는 고요한 밤의―이 더 깊어져 갔죠.

"…뭔가 새 사건을 맡으셨나요?"

어머니가 문득 생각난 듯이 서류를 뒤적이는 아버지에게 물었습니다.

"그래, …위자료 청구 사건이지. 그러나 승소할 가망은 없어."

"남녀관계인가요?"

"아냐, 의사와 환자의 관계지. 의사가 병을 오진(誤診)하여 잘못 치료한 결과 환자인 주부가 사망했어. 그래서 위자료를 청구한 거야. 이런 사건은 전문적인 지식이 필요하고, 또 감정적인 문제도 개입되어 아주 미묘한 문제가 되지. 승소하는 경우는 거의 없어…"

"어디에 사는 의사죠?"

어머니가 지나가는 말투로 물었습니다.

"그 의사는ㅡ" 하고 아버지는 서류를 넘기면서,

"M시 가네코라는 개업의(開業医)지."

"저런ㅡ"

나는 엉겁결에 중얼거리고 어머니와 얼굴을 마주보았죠.

전등 광선 탓인지 어머니의 안색이 몹시 창백하게 보였어요.

"아니, 넌 그 의사를 알고 있니?"

아버지는 의아스러운 듯이 나에게 물었죠.

"그 의사는 몰라도 그분의 아들인 듯한 의대 학생은 알고 있어요. 아버지는 M시의 개업의라고 하더군요. …제가 이름을 묻지 않았으니까 혹시 다른 분인지도 모르지만요."

"글쎄. 그 시에는 가네코라는 성이 많이 있으니까…. 만약 그 의대생의 아버지라면 네 입장이 난처해지지 않겠니? 내가 그 의사를 고소한 사람의 변호사인 사실이 네 친구에게 알려진다면…."

"뭐 난처해질 건 없어요. 그런 일을 하는 것이 아버지의 직업이니까…. 아까 저는 편지를 세 통 썼는데, 그중의 한 통은 그 의대생에게 보내는 편지죠. 그 사람과 최근에 친구가 되었어요."

"그래? …이상하게도 서로 연결이 되는군."

아버지는 대수롭지 않은 듯이 말하고 연거푸 하품을 하시더니 침실로 가 버렸죠. 뒤에는 어머니와 나만 남게 되었어요. 뭔가 어머니에게 해야 할 말이 있는 것도 같고, 말하지 않는 편이 나을 것도 같았죠.

"…어쩐지 어머니와 대화를 나눠야 할 것이 있는 것 같은데, 그게 뭔지 저도 잘 모르겠군요. 어머니는 알고 계시죠?"

나는 갑자기 어머니의 안색을 살피면서 입을 열었어요. 어머니는 쓴웃음을 짓고,

"넌 이상한 말을 하는구나. …난 특별히 네게 할 말은 없어. 네가 무슨 재미있는 이야기를 한다면 기꺼이 듣겠지만…."

"그래요? …어머니, 혹시 가네코 씨 집안에 대해 알고 계시죠?"

"그건 네가 아까 한 이야기와 또 아버지가 하신 이야기의

한 범위 내에서 알고 있지…. 왜 그런 말을 하지?"

"왜냐하면 아까 아버지가 가네코 씨 아버지의 이야기를 하자 깜짝 놀라신 것 같아서요."

"너무 민감하군. 너한테 이야기를 들은 직후에, 아버지도 말씀하시니까 약간 놀랐었지…. 넌 어떻게 생각했니?"

"어머니가 어떻게 해서 가네코 씨 집안에 대해 알고 있을까 하고 생각했죠."

"의심이 많군— 설령 내가 가네코 씨 집안에 대해 알고 있다면 그게 잘못된 일이냐?"

"아니죠. …나쁘다는 뜻은 아니에요. 다만 어머니가 제게 감추고 있는 것이 있다고, 평소에 느끼고 있기 때문이죠. … 감추고 있다는 표현이 잘못되었다면 이렇게 말씀드리죠. 전 어머니에 대해 모르는 것이 있다고 생각하고 있으니까, 무슨 일이 있으면, 아! 이게 바로 그것이구나 하고 단정하기 쉽죠."

"무엇일까? 내가 네게 감추는 것이…. 난 그런 것이 없다고 생각하는데…. 물론 사람이니까 속으로 생각하는 것을 타인에게 말할 수 없는 것도 있지만…."

"괜찮아요. 언젠가 어머니 머리에 떠오를 때 제게 들려줄 거라고 생각해요. 어머니가 절 더 신뢰하게 되면 말이에요. …아까도 어머니는 아버지께 나 같은 여자와 부부가 되어

안됐다고…그런 뜻으로 말씀하셨죠. 전 그 말씀이 어머니의 진심이 깃들인 것으로 느껴져요. …안 그래요?"

어머니는 무서운 얼굴을 하고 나를 노려봤어요. 두 눈 속에 푸른 생물이라도 살고 있는 듯했죠. 그런데 난 묘하게도 그런 인상을 주는 어머니를 쳐다보는 것이 좋았어요.

"너와 이야기를 계속하면 머리만 아파질 것 같아. 난 이제 자야겠어. 어머니가 유리처럼 투명한 존재가 아니어서 정말 안됐구나…. 이런 힘든 대화를 해야 한다면 돌아오라고 일부러 편지까지 하지 않았을 텐데. 이상한 말만 듣게 되니까 말야―"

"그건 거짓말일 거예요. 어머니는 제가 그런 말을 해 주길 속으로 기대하고 있어요. 진짜 살아 있는 말을 원하는 거죠…."

"내가 그럴까? …난 네 말이 살아 있는 말이 아니라 가시 돋친 말처럼 들리는데…."

"그럴지도 모르죠. 딸이 저만한 나이가 되면, 어머니와 딸이, 여자끼리 아버지에 대해 동맹 같은 것을 맺게 된대요…."

이처럼 말했을 때, 우연히 침실 쪽에서 아버지의 기침 소리가 들려 왔죠. 나는 자기도 모르게 목을 움츠리고 혀를 쑥 내밀었어요. 어머니는 미소를 짓고 애정어린 눈으로 절 지켜보고 있었죠.

설날 아침에도 눈은 그치지 않았습니다. 가볍고 하얀 눈송이가 하늘에서 계속 내려와 땅을 덮는 것은, 한없이 정결한 느낌을 줍니다.

아침에 도소(屠蘇)[25]와 떡국 맛을 보며 새해를 끝없이 축하했습니다. 오전중 나는 스카프를 하고 장화를 신고 시내로 나갔어요. 첫 쇼핑하는 농촌 사람들, 하객(賀客)들, 그리고 학생들이 흰 눈 덮인 거리를 활보하고, 집집마다 눈에 덮인 국기가 걸려 있었죠.

나는 세 친구들의 집으로 새해 인사를 다녔어요. 제일 놀란 것은 작년 정월, 문방구집 맏아들에게 출가한 하라구치(原口) 도모코가 벌써 어머니가 된 사실이었죠. 그 친구는 좀 멍한 표정을 한 아기를, 담요에 싸서 보여 주었어요. 즐거운 듯이 익숙하게 어머니 노릇을 하는 옛 친구를 보니까, 일종의 저항감 같은 것이 은근히 솟아났지요(아직 일러. 내가 정말 그의 아이를 낳고 싶다는 남자를 만날 때까지는…).

나는 시내에 나온 김에 야부키 겐지로의 집, 마루가 상점에 들렀습니다. 가게 안에 잡화류가 호화롭게 진열되어 불경기 같은 느낌은 전혀 들지 않았죠. 얼굴이 희고 갸름한 그의 어머니—야부키와 몹시 닮은—는 인사가 끝나자 이내 집안 형편을 설명하기 시작했어요.

"…불경기로 장사가 시원찮아 그 아이에게 학비도 충분

히 보낼 수 없어요. 정말 미안하게 생각하고 있지요. 그 애가 아르바이트를 하여 학업을 계속할 수 있으니 천만다행이지만…. 그러나 어머니로서는 면목이 없군요…. 유리코 양에게 자주 찾아가 영양있는 음식을 대접받는다고 편지에 써 보내곤 하죠. 편지가 올 때마다…그래요. 유리코 양의 일을 쓰지 않은 편지는 거의 없을 거예요. 부디 그 애에게 우울한 마음이 들지 않도록 달래 주세요…."

"어머, 전 그 정도로 친절하게 해드리지는 않았어요. 옛날부터 알고 있는 친구니까 버릇없이 교제할 뿐이죠. 이따금 말다툼도 하구요. …사실은 요전에 싸운 일이 있어 지금도 사이가 좋지 않아요."

"그런 식으로 사귀는 게 좋지요. 그렇지 않으면 서로 기분이 편안하지 않을 거예요. 그 애는 유리코 양 같은 좋은 친구가 있어서 정말 잘 된 일이죠."

그의 어머니의 말투가 마치 장래의 며느리에게 하는 말투 같아서 난 순순히 받아들이기 어려웠죠. 그러나 돌이켜보니, 그녀는 이제껏 해 온 대로 같은 말투로 말한 것이고, 변한 것이 있다면 야부키에 대한 내 감정이 아닐까 하고 생각했죠.

집으로 돌아오던 중, 어젯밤에 쓴 편지를 가져오지 않은 것이 생각났죠. 그중의 한 통은 야부키에게 쓴 화해의 편지였어요. 나는 그가 먼저 편지를 보낼 때까지, 내가 편지하지 않기로 마음 먹었습니다.

2층의 내 방에 올라가 아직 봉하지 않은 세 통의 편지를 서랍에서 꺼냈어요. 그때 난 문득 가네코 다이스케에게 쓴 편지를 누가 읽은 것 같다는 느낌이 들었죠. 큰 글씨로 편지지에 석 장 쓰고, 1, 2, 3 번호를 붙여 그 순서대로 봉투에 넣었는데, 지금 보니 편지지의 번호가 1, 3, 2로 되어 있는 거예요. 누군가 몰래 읽은 것이 분명했죠. 여기서 쉬고 있던 마리코가 호기심이 나서 살그머니 읽었는지도 모릅니다―남자 친구에게 보내는 편지이니까.

나는 그 편지를 다시 읽어 봤죠.

―저는 갑자기 어머니의 얼굴이 보고 싶어 30일 밤 기차로 고향에 돌아왔습니다. 묵은 해를 보내는 맛있는 음식을 먹고, 저는 지금 난로 옆에서 이 편지를 쓰고 있어요. 아버지, 어머니, 동생들도 다 함께 모여 제각기 자기의 일을 하고 있죠.

밖에는 눈이 내리는 것 같아요. 정적이 큰 두 손을 벌리고 우리를 둘러싸고 있는 듯해요. …저는 집에 돌아오길 정말 잘했다고 생각하고 있지요.

당신과 알게 된 지 얼마 안 됐지만 그래도 제 가치관이 밑바닥에서부터 달라지고 있음을 느낍니다. 아니,

당신이 절 몹시 흔들어서(물론 그런 뜻은 없었겠지만) 몸에 걸치고 있던 낡은 의상이 떨어지고 덮여 있던 살이 드러나게 되었다―이렇게 표현하는 것이 더 적절할지도 모르죠. 전 망설이고, 놀라고, 당황해서, 마음을 가라앉혀 길을 잃지 않으려고 고향에 돌아온 거예요. 그대로 도쿄에 남아서 혹시 사랑에 빠진다면, 아무런 거리낌 없이 육체로 상대방을 사랑한다는 관념적인 행동을 할지도 모르기 때문이죠.

어머니에게 당신의 이야기를 했습니다. 그러나 어머니는 신경질을 내고 말았어요. 어느편인가 하면 당신과의 교제를 달갑게 여기지 않는 듯해요. 당신과 교제를 계속해도 제가 행복해질 것 같지 않다는…그런 생각인 것 같아요. 어머니는 남녀 문제에 대해 봉건적인 사고 방식을 가진 분은 절대로 아니죠. 그런데도 우리의 관계에 대해 직감적으로 그런 느낌을 들게 한 무언가가 있었던 것 같아요. 어머님에게 약간 신경쇠약 증세가 있어서, 그 때문에 판단력이 약해진 탓인지도 모르죠. 신경쓰지 않으시기 바랍니다. 이렇게 편지를 쓰는 동안에도 뜨개질을 하는 어머니의 시선이 이따금 제 옆얼굴에 집중되어 있어요. 어머니는 뭔가 골똘히 생각하고 있지요. 그러나 지금으로서는 그 내용이 무엇인지 알 수 없군요. 내일부터 매일 스키라도 타고 원기를 되찾고 도쿄로 돌아갈 생각이에요. 당신도 즐거운 설을 맞이하여 건강히 지내시기를—.

나는 편지를 다시 읽는 중에, 이 편지를 몰래 읽은 사람은 마리코가 아니라 어머니일 거라는 느낌이 들었죠. 틀림없을 것 같았어요. 그때 나는 섬뜩한 기분마저 들더군요.
나는 편지 끝에,

　—어젯밤 이 편지를 쓰고 깜박 잊고 봉을 하지 않았어요. 그런데 오늘 아침, 누군가 몰래 편지를 읽은 사실을 알아냈죠. 어머니인 듯해요. 어머니는 이번만은 무슨 까닭인지 몰라도 몹시 신경을 곤두세우고 있어요. 하지만 근심할 필요는 없어요—.

라고 덧붙였습니다.
그러고 나서 가까운 길모퉁이의 우체통에 편지를 넣으려고 나갔죠. 도중에 야부키에게 쓴 편지를 갈기갈기 찢어서 눈 속에 던져 버렸습니다.
오후에 동생들과 함께 교외(郊外)의 언덕으로 스키를 타러 갔습니다. 나는 일부러 내 기술로는 힘든 급경사를 택하여 머리부터 돌격하는 자세로 미끄러져 내려갔죠. 쓰러지면 눈이 연기처럼 공중으로 튀어오르고, 눈 속에 파묻혀 숨도 쉴 수 없었죠. 간신히 다시 일어나면 머리, 눈썹, 턱, 뺨 할 것 없이 온통 눈투성이가 되어 마치 흰 유령처럼 보였어요. 목 언저리 틈으로 들어온 눈이 체온으로 녹으면, 물방울이 배밑까지 흘러내려갔죠. 그러면 몸서리칠 만큼 차디찬 냉기가 온몸을 떨게 하고 목을 움츠리게 했지요.

하지만 이렇게 대지를 덮은 눈에, 탄력있는 젊은 육체를 부딪혀 가는 것은 뭐라 말할 수 없는 스릴이고 즐거움이었죠. 내 젊은 육체의 욕망을 받아주는 것은 지금은 대지에 깊이 쌓인 눈밖에 없어요. …나는 매일 오후 빠짐없이 스키를 타러 갔습니다. 때로는 경사진 언덕 뒤, 눈 덮인 숲에서 혼자서 헤매기도 했어요

하늘은 푸른 강철처럼 차갑게 빛나고, 잡목 숲 어린 나뭇가지가 여기저기 발밑 눈 속에서, 가느다란 손을 내밀고 있었죠. 앞에는 눈 덮인 산들이 햇빛을 받아 하얗게 빛나고, 뒤엔 흰 화폭(畵幅)에 참깨라도 묻힌 듯이 도시의 풍경이 멀리 내다보였죠.

움푹 패인 땅에 들어가면 두터운 설원(雪原)의 기복(起伏) 외엔 아무것도 보이지 않았어요. 내가 지나간 두 줄의 스키 자국만이 새겨질 뿐이에요. 마치 내 자신의 그림자처럼 그

자국은 끈질기게 나를 따라붙고 있었죠.

아아, 정말 냉혹한 절대적인 고독! 우리의 인생도, 결국 가느다랗게 또렷이 난 스키 자국 같은 것이 아닐까요? 그건 되풀이할 수 없는, 애처로울 정도로 선명한 자국을 눈 위에 남겨 놓고, 얼마 후 흔적도 없이 사라질 거예요. 우리는 이웃이나 소음, 형체와 색채 등 다양한 존재에 둘러싸여 떠들썩하게 살아가지만, 사실은 이런 눈 덮인 고원을 혼자 헤매는 것이 아니겠어요?…설령 부모 자식, 남편 아내와 같은 관계가 존속해도, 우리는 모두 변함없이 고독한 존재죠.

그러나 또 흰 세상을 혼자 걸을 때처럼, 뼈저릴 정도로 사는 보람을 느낄 때도 없을 거예요. 이런 생각이 갑자기 떠오르자, '지금 여기에 야부키나 가네코가 있으면, 두 손으로 꼭 껴안고 키스해 주길 기대할 수 있을 텐데…' 하고, 현실적인 육체적 욕망이 솟아났죠. 난 그런 욕망을 조금도 부끄럽게 여기지 않았어요. 내 주위가 기막힐 정도로 흰 세계이기 때문에, 원시(原始)적인 감정이 일어나는 모양이죠….

어느 날 밤 어머니는 친척집을 찾아갔습니다. 나는 아버지와 단 둘이 거실 난로 옆에서 시간을 보내고 있었어요.

"아버지, 제가 어른 세계에 대해 여쭤어 봐도 괜찮아요?"

"괜찮아. 너도 이제 성인이 다 됐으니까…."

"아버지는 어머니와 결혼하기 전에 다른 여자를 사랑한 일이 있나요?"

"없어. 나는 소심해서 여자들 앞에선 말도 제대로 못 했어. …네 어머니 친정집과는 먼 친척관계였지. 그래서 학생시절의 어머니와 이따금 대화를 나누긴 했어…."

"그 시절부터 어머니를 좋아하셨나요?"

"그랬을 거야…."

아버지는 주름을 펴려는 듯이 손바닥으로 볼을 세게 문지르며,

"이젠 나도 이만큼 나이를 먹었으니, 정직하게 말해야겠지. 그때엔 어머니는 여자라는 존재의 전부였어. 물론 나는 그런 기분을 스스로 시인하려고 하지 않았지만. 왜냐하면 우리는 그 당시 이성을 사랑하는 것은 죄악이라고 철저한 교육을 받았기 때문이야. 나는 남자로서 패기가 부족하여 그런 상식 이하의 구속에 나 자신을 가둬 두고 있었지…."

"어머니도 아버지가 남자라는 존재의 전부였을까요?"

"그건 모르겠어. …난 물어 본 일도 없지. 어쨌든 우리는 친척의 중매로 결혼한 거야. …그러나 가정을 가진 후에는 어머니는 날 위해 정말 헌신적으로 일해 주었지. 그건 누구보다도 너희들이 더 잘 알고 있을 거야…."

"도쿄에서 학교에 다닐 때, 어머니는 어떤 여학생이었

죠?"

"그야 어머니는 미인이고 머리도 좋고 남을 정성껏 도와주고…남학생들 사이에 소문이 자자했다는 거야…."

"남학생과…그러니까…사랑에 빠진 일은 없었나요?"

"모르겠어. 난 물어 보지도 않았어."

아버지는 대수롭지 않은 듯이 대답했지만, 아버지의 마음에 뭔가 걸리는 데가 있는 것 같았어요.

"만약 어머니에게 그런 일이 있었다면 아버지는 불쾌한 기분이 들겠죠?"

"글쎄, 가정(假定)에 대해서는 대답할 수 없지. 법률적으로는―" 하고 말하다가 아버지는 쓴웃음을 짓고,

"법적인…그런 이치로 따진다면, 그 당시의 어머니는 나에게 아무런 책임도 느낄 필요는 없었지. 우린 아직 약혼한 사이도 아니고 더구나 애인도 아니었으니까. 자기의 행위에 자신이 책임을 지는 한, 무슨 일을 하든 자유로운 입장에 놓여 있었지…."

"하지만 그런 논리를 토대로 한 생각을 실제 생활에 적용시키려면, 감정적으로 어려움을 느끼지 않겠어요?"

"아마 그럴 거야. …그러나 난 네가 왜 그런 질문을 하고 싶은 생각이 들었는지, 그걸 이해하는 게 더 힘든데. …넌 지금 무엇을 생각하고 있지?"

"죄송해요. 아버지. …전 다만 아버지와 어머니에 대해 더 깊이 알고 싶을 따름이죠…."

"넌 지금 어머니에 대해 알고 싶은 거지. 네게 무슨 고민거리가 있어서 어머니라면 지금 어떻게 할까?—네 기분은 그런 것이지…. 어때 맞아?"

이번에는 내 얼굴이 빨개졌습니다. 아버지는 인간의 심리에 대해 어두운 편이라고 생각했는데, 예상외로 아버지에게 내 마음의 움직임을 간파당한 느낌이었죠.

"그럴지도 모르죠…."

"그런 일에 대해선 어머니에게 묻지 말고, 가만히 그대로 있게 해드려. 사람은 누구나 입에 올리기 싫어하는 게 있는 거야. 그걸 딸인 네가 마구 캐는 것은 불효한 짓이지. …그렇다고 해서 난 어머니에게 어떤 불미스런 과거가 있었다고 추호도 의심하지 않아. 난 네 어머니를 믿고 있지. …너도 믿도록 해."

"네, 그러죠. …아버진 참 좋은 분이셔."

"너도 그래."

우리는 얼굴을 마주보고 미소를 지었습니다.

아버지는 어머니의 과거에 대해 틀림없이 알고 있는 거예요. 그런데도 그 과거에 일절 구애받지 않고 이렇게 말하는 것은, 어머니를 용서하는 기분으로 오랫동안 살아왔기 때문이죠. 실제 연령보다 더 늙어 보이고 호인다운 인상을 주는 아버지도, 그 마음엔 메꿀 수 없는 빈틈이 있었고, 거기서 차가운 바람이 줄곧 불어왔던 거예요. 아버지도…외로운 사람이었죠.

그리고 어른이 된 나 자신도, 부모님이 그림의 성자(聖者)처럼 흠 없는 인물이 아니라 과거에 상처를 받은 선량하고 약한 인간인 점에, 감사하고 싶은 마음이 들었죠.

밤 열시쯤 되자 어머니와 요시오, 그리고 마리코가 모두 돌아왔습니다. 친척집에서 억지로 권하는 바람에 술을 좀 마셨다고 하더군요. 명랑하고 불그레한 얼굴을 하고 있었죠.

"어머니는 돌아오는 도중 계속 귀가 따갑다고 하셨죠. 틀림없이 아버지와 언니가 어머니 이야길 하였기 때문일 거예요." 하고, 마리코가 웃으면서 말했습니다.

아버지와 나는 얼굴을 마주보고 쓴웃음을 지었어요.

"귀가 따갑다고요? 술을 마신 탓이겠죠. …그래도 사실은 그 말이 맞습니다. 우린 어머니의 이야기를 하고 있었죠. 아버지는 젊은 시절 어머니만이 여자라는 존재의 전부였다는 거예요. …뭐 대충 그런 이야기였어요."

"괜찮아. …유리코가 또 나에 대해 꼬치꼬치 아버지에게 물었겠지. …너 때문에 난 옷이 다 벗겨져 감기가 들 것 같아. 이제 흡족하겠지." 하고, 어머니는 태연하게 웃었습니다.

얼마 뒤 모두 침실로 들어갔어요. 나는 도테라(褞袍)²⁶⁾로 갈아입고, 옷장 위에 둔 도쿄에서 온 연하장과 다른 편지들을 무심코 살펴보았죠. 그러자 불길한 예감이라고 할까, 가네코 다이스케에게서 온 편지를 누군가 읽은 것 같은 느낌이 들었어요. 어머니인 듯했죠. 그런데 왜 이렇게 자주 그러시는 걸까? …

그 이튿날 둘만이 있을 때 나는 어머니에게 털어놓았죠.

"어머니, 참 난처한 일이 생기는군요. 마리코가 성숙해진 탓인지 제가 가네코에게 쓴 편지와 또 그에게서 온 편지를 몰래 읽는 것 같아요…"

어머니의 얼굴이 갑자기 창백해지더니 나를 뚫어지게 쳐다보았습니다.

"너 정말 마리코가 몰래 읽는 줄로 생각하니? 그렇지 않지?"

나는 갑자기 숨막힐 듯하여 아무 말도 하지 않았습니다.

"넌 나라고 생각하고 있지? 난 분명히 알 수 있어. 그래 내가 읽었다. 몰래 읽은 거야. 미안해, 유리코. 비열한 짓을 했지…. 난 무슨 이유인지 몰라도 다이스케라는 사람이, 널 아주 행복하게 하거나 아주 불행하게 할, 어떤 열쇠를 쥔 사람같이 느껴져. 난 정말 몹시 걱정이 되는 거야. …그래도 비열한 짓임에 틀림없지. 미안해…" 하고 어머니는 마지막에 눈물을 머금고 사과했죠.

"괜찮아요, 엄마. 그렇게 대단한 일은 아니에요. 제가 만나지 말아야 어머님 마음이 놓인다면, 전 두 번 다시 만나지 않을 수도 있어요."

나는 이렇게 다짐했지만, 그건 말뿐이고 실제로는 그렇게 되지 않을 것을 이미 환히 내다보고 있었죠.

"그런 무리한 짓은 하지 마라. 자연의 섭리를 거역하는 것은 어차피 좋은 결과가 나오지 않아. 나는 다이스케라는 사람이 좋은 사람처럼 생각돼. 그러나 인간적으로 좋은 사람이 반드시 너에게 행복을 안겨 주는 것은 아니야…."

어머니의 말씀이 어떤 진실에 근거한 것 같았어요—직감적으로 느껴진 거죠. 참말 훌륭한 어머니가 아니겠어요!

"저 앞으로 조심해서 처신하겠어요. …어머니가 주신 여자로서의 몸을 귀중히 다룰 생각이에요."

"그래, 그렇게 하는 것이 현명하지…."

어머니와 나는 가볍게 손을 잡고 미소를 지었습니다.

6

 열흘쯤 고향에서 지낸 뒤 나는 다시 도쿄로 돌아갔습니다. 깊이 정든 환경에서 실컷 휴식을 취한 탓인지 완전히 원기를 회복한 듯했어요. 이렇게 심신의 컨디션이 좋으면, 어려운 일에 부딪혀도 판단을 그르치지 않고 잘 해나갈 듯싶었죠. 나는 어느편인가 하면 이치로 따져서 행동하기보다 직감으로 움직이는 사람이에요. 그런 만큼 나는 언제나 자기 자신을 균형 잡힌 조화된 상태에 두려고 노력하죠.
 아침에 우에노역(上野驛)[27]에 도착하자, 의외로 야부키가 마중 나와 있었습니다. 연한 갈색 털셔츠에 감색 양복을 깨끗이 차려입고 있었죠.
 "어서 돌아와요. …올해는 눈이 많이 온다고 하던데…" 하고, 그는 싱글벙글 웃으며 내 손에서 가방을 받아 들었습니다.
 그는 지난 일로 인해 조금도 구애받지 않는 것 같았죠.
 그에겐 미안하게 됐다고 줄곧 생각해 온 탓이라 나도 속으로 후유 하고 한숨을 쉬었어요. 그가 날 때린 일에 대해

원한을 품지 않았고, 더욱이 그런 짓을 하게끔 자극한 나 자신의 경솔한 행동을 계속 후회하고 있었죠.

"내가 이 기차로 돌아오는 걸 어떻게 알았죠?"

"마리코가 편지로 알려 주었어. 역으로 마중 나가라고…."

"마리코가—. 그 앤 촐랑거려 문제야."

왜 마리코가 그런 편지를 보냈는지 난 이해가 가지 않았어요. 그녀는 평소에도 야부키가 세계 제일의 미남인 듯 동경하고 있었죠. 그래서 이런 일을 핑계삼아 그에게 편지를 했는지도 모릅니다.

"촐랑거리다니…. 난 오히려 마리코에게 감사하고 있어. 이런 기회라도 만들어 주지 않으면 너를 만날 수 없잖아…."

"그렇게 말하니 나도 그렇군요. …그럼 더 이상 서로 사과의 말을 하지 않기로 해요."

"사과해야 한다면 내가 해야지 네가 사과할 이유는 전혀 없어."

"—나도 부주의 했었죠."

"아니야. 내가 갑자기 분이 폭발하여 폭력을 휘둘렀을 뿐이야. …이젠 그 일은 서로 입에 올리지 않기로 하지. 앞으로 화나는 일이 있으면 날 호되게 때려 깨끗이 분풀이를 해 버려…."

"어머, 난 그런 짓 싫어요. …나는 또 나대로 오빠의 솔직한 기분을 대한 것 같아 오히려 잘 됐다고 생각했는걸요."

우리는 이렇게 뒤끝 없이 완전히 화해하고 말았습니다. 뭐니뭐니해도 오랫동안 허물없이 사귀어 온 사이였기 때문이죠.

하늘은 맑고 햇빛이 밝게 비치고 있었어요. 열흘 만에 소음과 활기에 찬 도시에 돌아오니 내 육체의 피가 용솟음치는 것만 같았죠. 2, 3일 전만 해도, 눈 덮인 고향의 도시 변두리에서 스키를 신고 혼자 헤매고 있었는데…. 지금의 나는 그때와는 다른 사람인 듯했어요.

그때는 강철색 겨울 하늘과 설원의 기복―온통 흰색뿐인―외엔 아무것도 보이지 않았어요. 나는 너무나 외롭고 쓸쓸하여 가네코나 야부키가 곁에 있으면 키스해 주길 진심으로 원하기도 했죠. 하지만 지금 전차 속에 앉아 앞에 서 있는 야부키를 바라보니, 설원에서 느꼈던 실감이 전혀 일어나지 않는 거예요. 그때엔 나의 외로움이 그런 감각적인 형태로 느껴진 탓이겠죠.

하숙집에서는 아주머니가 방을 깨끗이 청소하고 날 기다리고 있었습니다. 야부키는 짐 정리하는 것을 도와주었죠. 나는 그를 위해 홍차를 끓이고, 집에서 가져온 흰 떡을 구어 김에 싸서 대접했어요. 그는 아침 식사도 하지 않았나 하고 의심날 정도로 맛있게 먹었죠.

"유리코, 너…그 가네코라는 사람과 그 후에도 만난 일이 있니?"

방안의 식탁에서 마루에 놓인 등의자에 옮겨 마주앉게 되자, 그는 조심스럽게 입을 열었죠.

"요즘 가끔 만나죠. …교제해도 불쾌한 인상을 주지 않아요."

"셋이 만나게 되면 정식으로 나를 소개해줘. …그때 내가 너무 옹졸하게 행동한 걸 후회하고 있어."

"그래요? …무리해서 만날 필요는 없을 거예요. 나는 오빠와 가네코를 따로따로 교제해도 되니까…" 나는 그의 기분을 정확히 파악할 수 없어 약간 망설이며 대답했어요.

"아니, 난 무리하게 행동하려는 것은 아니야. 여러 타입의 사람과 교제하여 서로 다른 영향을 받으려고 하는 것뿐이지. …그리고 나도 너 이외의 여성과 사귀고 있으니, 너도 당연히 그렇게 할 수 있어."

그의 마지막 말이 나의 가슴을 쿡 찔렀죠. 우린 서로 사랑하는 사이도 아닌데, 나도 모르는 사이에 그는 나에게만 매력을 느낀다고 멋대로 생각해 온 거죠. 그의 말을 듣는 순간, 남성에게 육감적 매력을 느끼게 하는 요염한 히데코의 얼굴이 떠올랐습니다.―안경 너머로 검고 끈질긴 시선을 보내는, 흰 피부의 히데코 말입니다.

"네, 맞아요. …아, 그런데 지금 생각이 나는군요. 히데코가 전에 한 번 나를 찾아왔었죠. 오빠가 하는 말을 들었다고 하더군요."

"아, 내가 너한테 난폭한 짓을 하고 의기소침해 있을 때 그녀가 찾아왔었지. 그때 무심코 너에 대해 그녀와 의견을 나누었어."

그는 얼굴을 붉히며 시선을 딴 데로 돌렸지요.

나는 심술궂은 마음이 일어나서,

"히데코는 옛날부터 오빠를 좋아했어요. 그래서 오빠에 대한 나의 기분이 완전히 식어 버렸는지 확인하려 온 거겠지요. 내 말이 맞죠?"

"글쎄, …내가 너무 우울해 하니까 안됐다고 생각하고, 화해시킬 목적으로 찾아간 건지도 모르지…." 그는 여전히 시선을 돌린 채 대답했죠.

"정말 그랬을까요? …그때 히데코는 이런 말까지 하더군요. 자기는 좋아하는 남자에겐 마음도 몸도 아끼지 않겠다고…. 그런 생각을 가진 여자에게 남자는 저항하기 힘들 거예요…."

나는 자신을 억제하지 못하고, 타오르는 불꽃 같은 감정에 이끌려 여자로서 지나친 말을 한 거죠. 질투심이라는 감정일 거예요.

그는 볼꼴사나울 정도로 당황한 표정을 하고,

"히데코 양이 무슨 생각을 하든 나와는 상관없어…."

"그래요?…난 그렇지 않다고 생각하는데…."

나는 달려들 것 같은 눈초리로 상대방의 얼굴을 뚫어지게 쳐다봤죠.

"유리코는 이상한 말을 하는군. 나와…히데코 양은 아무런 관계도 없어."

"그래. 단순한 친구 사이라면 그래도 괜찮죠…."

나는 엷은 웃음을 띠우며 그의 얼굴을 지그시 쳐다봤습니다. 당황한 그의 얼굴을 지켜보고 있으니까, 그의 적나라한 본능을 바라보는 것 같아 숨막힐 듯한 기분이었죠. 이렇게 말하면 내 마음에 여유가 있는 것 같지만 사실은 그렇지도 않았어요. 나는 빨갛게 타는, 가는 쇠줄이 가슴속을 찌르는 듯한 아픔을 느끼고 있었죠. 불 같은 질투심으로 인해 나는 그와 히데코 사이에 뭔가 있었다는 것을 순간적으로 직감했습니다. 남자에게 달라붙는 듯한 그녀의 시선, 상대방의 피부색을 빨아들이는 듯한 매끄러운 흰 살결―히데코의 이런 특징이 눈앞에 어른거려 나는 미칠 듯이 날뛰고 싶은 충동에 사로잡혔죠.

"…오빠는 거짓말을 하고 있군요. 얼굴을 보면 알 수 있어요.…히데코와 무슨 일이 있었죠?…어떤 여자와 관계한 체취가 오빠의 몸에서 스며 나오는군요….”

"그런 터무니없는…. 네 오해야."

"오해인지 아닌지…. 내 얼굴을 똑바로 쳐다봐요. 그럼 이내 알 수 있죠."

"쳐다보기만 하면 안다고?"

그는 창백한 얼굴을 들고 나를 응시했습니다. 미소를 띠우려 했지만 오히려 우는 듯한 얼굴로 보였지요. 갈색 눈이 비굴하게 깜박거렸죠. …분명히 거짓말을 하고 있었습니다. 하지만 윤나는 검은머리와 갸름한 얼굴은 생생한 아름다움이 넘쳐 있었죠. 나는 그 얼굴을 닥치는 대로 쥐어뜯고 싶은 광포한 격정을 가까스로 제어했습니다.

"거짓말쟁이. 오빠, 히데코와 관계를 맺었군요. …불결해! 그만 돌아가요! 더러운 인간 같으니!"

나는 엉겁결에 무섭게 매도하고, 방안으로 들어와 그에게 등을 돌리고 테이블 앞에 주저앉았죠. 이런 상태를 히스테리(hysteria)라고 할 거예요. 이런 생각이 들어 순간적으로 자제하려 했지만, 나는 도저히 참을 수 없었죠.

"아니 유리코. 왜 이러지? …"

그는 즉시 방으로 따라 들어와 내 뒤에 앉더니, 화가 나서 토라진 내 어깨에 손을 댔죠.

"놓으세요. 돌아가요. 안 돌아가려면 진실을 말하세요. … 오빠, 히데코와 무슨 일이 있었죠?"

나는 두 손의 손가락을 깍지 끼운 채 완고한 어조로 되풀이하여 물었습니다.

그러자 갑자기 내 머리 위에 따스한 체온이 느껴지더니,

"말하지. 말하겠어…. 난 그때 자포자기의 상태였지. 너에게 영원히 절교당한 기분이었고…가네코의 존재가 머리에서 떠나지 않았고…그런 때 히데코 양이 찾아와 위로해 줘서…."

"그래서 어떻게 했죠? 똑똑히 말해요."

나는 고개를 돌려 그를 노려봤죠. 내 얼굴은 창백하고 눈꼬리는 보기 흉하게 치켜올라 갔음에 틀림없어요. 그는 온몸을 나에게 기대고 약간 외설스러운 말투로,

"난…오래 전부터 네가 좋았어. 너도 모를 리가 없지. 하지만 내가 사랑을 고백할 분위기를 만들려고 하면, 너는 갑자기 딴소리를 하여 분위기를 깨뜨리곤 했지. 나는 언제나 만족할 수 없는 기분이었고 마음이 녹기를 끈질기게 기다렸어. 난 숨막혀 질식할 지경이였지…."

"그런 걸 물은 게 아니에요. …오빠와 히데코가 무슨 짓을 했나, 아주 간단한 것을 묻고 있죠."

사람 눈으로 볼 수 있다면, 내 질문은 불꽃처럼 빨갛게 변

적였을 겁니다.

"참 잔인하군, 너는…. 난 영원히 너에게 버림받은 것으로 생각하고…그래서…."

"그래서—?"

"히데코와 키스했어. 미안해. …내가 정말 좋아하는 사람은 너 하나밖에 없는데…. 난 마음이 허전하고 외로웠어…. 유리코!"

그는 뜨겁게 속삭이고, 자기의 얼굴을 내 얼굴에 갖다 대고 입술을 찾았어요. 나는 저항하지 않고 입술을 맡겼죠.

머리가 뻐근해지는 듯한 야릇한 감각이 일어났습니다. 나는 그의 이런 행위가 전에 다른 여자에게 해 본 적이 있음을 뼈저리게 느끼고 있었죠.

내가 그때 저항하지 않고 키스를 허락한 것은, 고향에서 어머니 그리고 아버지와 마음속까지 피로해지는 대화를 나누고, 어젯밤 기차여행으로 몸이 피곤하고, 또 얼마 동안 못 만난 야부키가 나타나 친절히 대해 주고—이런 일들이 쌓여 마음이 동요한 까닭이겠죠. 그리고 또 하나 분명한 것은, 내가 지금 히데코에게 복수하고 있다는 묘한 기분에 빠져들었기 때문이죠.

그는 여러 말을 하고 있지만 히데코는 옛날부터 그를 좋아했고, 또 그들은 서로 사랑을 맹세했음에 틀림없었죠. 그런데 지금 이렇게 나에게 키스하는 것은, 히데코를 의식적으로 배신하는 행위이죠. 나는 그로 하여금 히데코를 배신하게 하고, 그 자극이 또 내 양심을 마비시킨 겁니다.

그러다 나는 갑자기 이상한 충격을 받았어요. 그가 내 가슴속에 손을 넣고 있었기 때문이죠. 나는 그를 힘껏 밀어냈습니다.

"이제 됐어요. 알았어요. …그녀와 오빠는 키스를 하고… 오빠는 그녀의 가슴에 손을 넣고…그녀가 그렇게 하도록 유혹한지도 모르지만…. 히데코는 사랑하는 남자에게 자기의 몸을 아낌없이 바치겠다는 생각을 하는 여자예요…."

"나는 사과하고 있잖아…. 정말 좋아하는 여자는 너밖에 없다고 말했지. …난, 그러니까…약했어. 그게 전부야. …유리코! 난 옛날부터 너만을 좋아했어…"

그는 이렇게 과장된 느낌을 주는 열띤 어조로 말하고, 갑자기 난폭한 힘으로 나를 방바닥에 쓰러뜨렸습니다.

"안 돼! 큰 소리로 아래 사람들을 부를 거예요. …게다가 오빠야 어떻든 히데코는 오빠에게 진지하게 대하고 있으니, 난 그녀를 배신할 수 없어요. 오빠도 그녀에게 일단 맹세하고 벌써 배신하다니 정말 나쁜 사람이에요. 아마 오빠는 나에게 임시로 바람 피우는 기분이겠지만…그렇다면 난 너무나도 가련한 존재가 되겠죠. …남자라면 자기의 행위에 책임을 느껴야죠…."

나는 쓰러진 채 일어나지도 않았지만, 그가 내 몸에 손대는 것을 주저할 정도로 냉정한 어조로 타일렀죠.

"아니, 난… 다만, 난 너만을…."

"그래도 오빠는 히데코의 입술에 애정의 표시를 먼저 한 거죠. 그녀는 오빠가 내게 와서 이런 행동을 하리라고는 꿈에도 생각지 않을 거예요. …완전한 배신이죠. …오빠의 나에 대한 기분이 진실하다면 오빠는 히데코에게 먼저 고백하고, 그 뒤에 나에게 찾아왔어야죠. 그렇지 않아요?…"

나는 일어나서 흐트러진 머리와 옷매무새를 고쳤습니다. 그는 흐트러진 모습으로 앞을 한참 쳐다보더니 '쾅' 하고 테이블을 치고,

"내 잘못이야. …내가 마음이 약해. 다 내 탓이야. 나는 히데코 양에게 내 진정한 기분을 고백하겠어. 그리고 두 번 다시 여길 찾아오지도 않겠어. 모두 내 의지가 약한 탓이지…. 아, 지금 생각해 보니 혼자 너를 마음속으로 생각할 때가 제일 행복했어. 나는…."

이렇게 말하고 그는 털썩 테이블 위에 엎드렸어요. 머리털이 흐트러지고 어깨가 몹시 떨렸지만, 난 어쩐지 그가 눈물을 흘리고 있지는 않은 듯했죠. 왜냐하면 나와 그 사이의 대화에는 어쩐지 거짓이 숨어 있는 것 같았기 때문이죠.

예를 들면 그가 뒤늦게 가네코의 존재를 인정하고 그와 사귀고 싶다고 말한 것은, 자기에게도 히데코와의 관계가 있어 그 약점 때문에 내게 관대해졌을 겁니다. 이미 주판을 놓아 계산해 본 거죠. 그리고 그런 사실을 알고도 진짜로 화내지 않는 것은, 그의 행동을 보면서 나에게도 교활한 심리가 작용함을 예리하게 느끼기 때문이죠. 야부키에 대한 내 마음은 그를 곁에 붙잡아두고 싶지만, 그렇다고 그에 대해 충분한 보답도 생각지 않는 애매한 감정이 그 증거라 할 수 있죠. 어린아이가 흔히 하듯이, 어떤 물건이 필요치도 않은데 (실제론 어떤 의미에서 필요할지도 모르지만) 그걸 내놓으려고 하지 않는 기분―그런 심리가 어른이 된 지금도 마음속에 작용하고 있는 거죠.

　어쨌든 야부키의 언행에 나타나는 약하고 교활한 점을, 나 자신을 거울에 비추듯이, 하나 하나 또렷이 깨달을 수 있었죠. 그래서 그를 따끔하게 책망하고 싶은 마음도 일어나지 않았어요. 그러나 여기에 없는 히데코에 대한 적대감은, 내 마음속에 날카롭게 퍼져 가고 있었죠.

　"이젠 됐어요. 나한테도 잘못이 있어요. 난 오빠의 과실을―오빠가 말한 대로 표현하지만―나무라지 않겠어요. 그러나 그렇다고 해서 오빠를 지금 받아들일 기분은 아니에요. 난 앞으로 오랫동안 내 진심이 무엇인지 생각해 봐야겠어요. …그리고 오빠는 히데코에게 그런 식으로 말하지만, 그녀 자신은 진지한 기분일지도 모르고―아니 틀림없이 진지할 거예요. 그렇다면 나로서도 히데코의 입장을 생각해야 하고…. 나뿐만이 아니죠. 오빠가 제일 먼저 그녀의 입장을 생각해야 할 사람이 아니겠어요? 동시에 두 여자와 어물어물 관계를 갖는다는 것은 남자로서 칠칠치 못한 행동이죠. 난 화난 것은 아니지만…."

이번엔 반대로 내가 그의 어깨에 손을 얹고 말을 계속했어요. 어쩐지 내가 승리감에 도취된 것 같아, 그런 기분의 나 자신을 바라보고 싶지 않았죠.

그는 얼굴을 파묻고 머리를 쥐어뜯으며 듣고 있더니, 갑자기 고개를 쳐들고,

"난 비참해. 모두 내가 부족한 탓이야. 너에게나 히데코에게나 미안할 뿐이야. 나는 지금…지금 어디론가 사라져서 아주 없어져 버렸으면 좋겠어!"

그건 아마도 그의 숨김없는 진짜 기분이었을 거예요. 나는 정말 나쁜 여자일까? 그를 억지로 고백하게 하고, 내 가슴에 손까지 넣게 한 것도 바로 나 자신이었으니까….

"그렇게 자기 자신을 학대하지 마세요. 여자란, 히데코나 나나, 오빠보다 더 음험하고, 오빠를 함정에 빠뜨리고 있는

지도 모르죠. …어쨌든 우리는 시간이 더 필요해요. 그건 틀림없어요."

"알았어. 난 돌아가겠어. 또 만나게 될지 어쩔지 모르지만…. 잘 있어."

그는 일어나서 괴로운 듯 목을 흔들며 방에서 나갔습니다. 그러나 그런 제스처는 겉치레일 뿐, 마음속에 차분한 반성도 없고, 딱딱하고 천연덕스런 느낌만이 가득한 것이 아닐까 하고 생각했죠. 나는 일부러 따라나가서 배웅하지도 않았어요.

나 혼자 있게 되어 좀 진정되자, 방에서 남녀의 흥분했던 냄새가 나는 걸 깨달았어요. 그렇게 느낀 탓인지 입술에도 뺨에도 가슴에도 야부키의 피부의 감촉이 그대로 남아 있는 듯했어요.—하숙집으로 돌아오자마자 나는 도대체 무슨 짓을 저지른 것일까….

더구나 남자에게 처음으로 안기는 경험을 그런 애매한 모습으로 하다니 나도 정말 인간적으로 덜 된 여자였죠. …어제 밤잠을 제대로 자지 못한 탓일 거예요….

나는 이렇게 간단히 결론을 내리고 가까운 목욕탕으로 갔습니다. 집에 돌아와 점심을 거르고 두 시간쯤 푹 잤죠. 잠이 깨자 겨우 제정신이 든 것 같고 기분이 상쾌했습니다. 나는 이불 속에서 몇 번이나 손발을 쭈욱 뻗고 한숨을 내쉬었죠.

야부키와 만난 것은 어제 일이었고, 난 방금 하숙집에 돌아온 듯한 기분이었어요.

나는 여유있는 기분으로 아까 있었던 일을 곰곰이 생각해 봤어요. 제일 먼저 머리에 떠오른 것은 내가 질투심이 강한 여자라는 것, 다음으로 남녀간의 사랑에 몹시 민감하다는 사실이었죠. 그리고 여차할 때 우유부단하고 그때의 분위기에 질질 끌려가기 쉬운 사람이라는 거예요. 또 내가 야부키에게 한 행위는, 결과적으로 그를 히데코에게 밀어붙인 것에 불과하다는 거죠.

나는 자리에서 일어나, 외출복으로 초록색 슈트를 입고 같은 색 모자를 쓰고 밖으로 나갔어요. 시내를 산책한 뒤 긴자 근처에서 식사를 하고 영화라도 볼 생각이었죠. 고향에서 방금 돌아와 돈이 넉넉하니 오늘밤엔 돈을 좀 뿌릴 수 있기 때문이죠.

긴자에서 백화점을 돌아다니는 사이에 어느덧 어두워졌고, 네온사인이 번쩍이는 밤 거리엔 쇼핑이나 직장에서 돌아오는 남녀들이 강물이 흘러가듯 떼지어 걸어갔죠. 그러나 군중 속에서 내가 아는 얼굴은 하나도 없었고, 나는 완전히 외톨이임을 절감했어요. 이런 고독한 해방감은 도회지에서만 맛볼 수 있죠.

식사 전에 맥주라도 한잔 마셔 볼까 하는 생각이 문득 떠올랐습니다. 그전에, 가네코가 데리고 간 가로수길 옆 맥주집에서, 젊은 여성들이 태연히 맥주를 마시던 일이 생각났죠. 별로 나쁜 짓도 아니겠지. …그러나 고향의 부모님이 알게 되면 어떤 표정을 하실까? 이런 생각을 하고 미소를 지으면서 맥주집 입구 문을 살짝 밀었어요.

그런데 오늘밤엔 공교롭게도 여자 손님이 하나도 없음을 한눈에 알아차렸죠. 큰 소리로 담소하며 맥주를 마시던 남자들은 자리에 어울리지 않는 젊은 여자—나를 일제히 쳐다봤습니다. 나는 태연한 태도로 가네코와 앉았던 창가의 좌석에 자리를 잡았어요.

"조끼[28]로 한 잔…."

주문을 받으러 온 급사에게 익숙한 말투로 주문했죠.

실내에는 떠들썩한 말소리가 다시 들려오기 시작했어요. 그래도 이따금 나에게 집중되는 남자들의 시선을 의식하고 있었죠. 어떤 남자는 내 머리를, 어떤 남자는 내 등을, 이런 식으로 내 허리, 정강이 등을 흘긋흘긋 쳐다봤어요. 남자들은 대체로 이렇게 여자들을 바라보는 모양이죠.

나는 발을 꼬고 앉아서 맥주를 꿀꺽꿀꺽 마셨습니다. 빨개져서 쓰러지면 안 되는데 하고 속으로 염려하면서…. 게다가 넓은 바깥과는 달리 이런 구획(區劃)된 좁은 장소에 혼자 있으면 어쩐지 답답한 느낌이 드는 거예요. 아까 냉정한 태도로 야부키를 쫓아 버리지 말고, 함께 데려왔으면 좋았을 것을….

그때 누군지 여자 하나가 내 앞에 와 서더니, 내 어깨를 두드리면서,

"어머, 혼자서 한 잔 하다니…" 하고, 호들갑을 떠는 거예요.

얼굴을 들어 보니 히데코가 싱글벙글 웃으며 서 있었습니다. 검은 슈트, 흰 블라우스, 흰 털실로 뜬 베레모를 쓴 화려한 옷차림이었죠. 그 옷은 그녀의 몸에 썩 잘 어울렸습니다.

더 놀란 것은, 그녀의 뒤에 흰 스웨터와 초록색 잠바를 입은 가네코 다이스케가 점잖게 서 있는 사실이었죠.

"어머!"

오전에 야부키를 만난 흥분이 겨우 가라앉을 만하니까 이번엔 다시 두 남녀를 만난 겁니다. 나는 놀란 나머지 얼굴빛이 변한 것 같았어요.

"이런 곳에 혼자 와 있다니 놀랍군요. …시골에서 언제 올라오셨죠?" 하고 물으면서, 가네코는 내 맞은편 의자에 앉았습니다. 히데코와 함께 있는 사실에 대해 조금도 어색한 기색을 보이지 않았죠.

히데코는 날 약간 밀듯이 하면서 내 옆 자리에 앉았습니다.

"오늘 아침 돌아왔어요. …혼자 긴자를 산책하다가 맥주라도 한 잔 하고 싶어서요. 다른 맥주집은 모르고, 전에 당신이 데려온 이 집에 들어오게 된 거예요."

"우리는—내가 가네코 씨를 불러내어 저녁 때부터 산책하러 나왔지. …가네코 씨는 여자를 맥주집으로 안내하는데 익숙하군요. …너 다음엔 나—?"

나는 언젠가 가네코가 히데코를 알고 있는 듯이, 언뜻 말한 일이 생각났죠. 그때 어떤 사이인지 더 구체적으로 물어볼 것을….

"그건 아마 당신들 같은 예쁜 여성과 대화를 나누면 이내 목이 말라 맥주집으로 들어오게 되는 모양이죠. 하, 하, 하…" 하고, 그는 명랑하게 웃었어요.

"오늘 아침에 우에노역에 도착하자 야부키 오빠가 맞으러 나와 있어 난 깜짝 놀랐죠. 내 여동생이 돌아가는 날짜를 편지로 알려 주었대요…"

나는 혼자 지껄이듯이 이렇게 설명했습니다. 나로서는 결투를 원하는 상대에게 장갑을 던지는 격이었죠. 그러자 히데코가 내 말을 받아서,

"저런, 야부키 씨가 좋은 찬스를 잡았군. …그것으로 너에 대한 사과가 이뤄진 셈이잖아…"

"사과하든 말든 옛날부터 친구인데…. 구름이 꼈다 개었

다 여러 가지 일이 일어나도 괜찮지 뭐…. 네 격려를 많이 받았다고 하더군."

내가 아무렇지도 않은 듯이 미소지으며 말하자, 그녀도 미소를 지으면서,

"격려했다고? …뭐 그렇게 말할 수도 있겠지. 마음이 약한 사람이니까…."

"내 하숙집까지 따라와서 짐 정리하는 일을 도와주었어. 무슨 생각인지 몰라도 가네코 씨에게 소개해 달라고 부탁하더군요. 사귀고 싶다나요…."

대수롭지 않은 일이지만, 내 말 한 마디 한 마디에 불꽃이 튀는 것을 히데코도 인식했을 거예요. 그녀의 말투도 그런 식이었으니까….

"나에게…. 그야 물론 기꺼이…. 하지만 야부키 군은 신경이 예민한 듯한데, 난 이처럼 신경이 무딘 사람이라 교제하는 중에 상처를 주지 않을지 자신이 없군요."

"틀림없이 좋은 친구가 될 거예요. 유리코와 나도, 당신과 야부키 씨와 아무런 거리낌없이 교제할 수 있으니까요. 그렇지, 유리코? 호, 호, 호…" 하고, 그녀는 큰 소리로 웃어댔죠.

나는 온몸을 차가운 칼날로 베이는 듯한 기분이었어요.

가네코는 아무것도 눈치채지 못한 듯했죠. 그는 맥주만

꿀꺽꿀꺽 마시고 있었습니다.

7

나는 어떻게 해야 하나—?

어쨌든 나는 히데코에게 지고 싶지 않은 생각으로 머리가 꽉 차 있었어요. 어떻게 하면 그녀에게 지지 않을 수 있을까—이 문제에 대해서는 도무지 올바른 판단을 내릴 수 없었죠….

"히데코, 맥주 마시지 않겠어?"

무심결에 내가 물었어요. 그녀가 자기 앞에 놓인 맥주컵에 손도 대지 않는 것이 마음에 걸렸죠.

"아, 난 맥주가 싫어. 다이스케 씨가 마시고 싶다고 해서 함께 왔을 뿐이야. 너는 잘 마시는 것 같은데…, 훌륭해" 하고 그녀는 약간 놀리는 어조로 대꾸했죠.

"나도 잘 마시지는 못해…. 다만 오늘 밤 어쩐지 쓸쓸해서…. 너는 가네코 씨와 옛날부터 잘 아는 사이니?"

나는 맥주의 힘을 빌려 마음에 제일 걸리는 것을 물어 봤죠. 가네코와 그녀는 서로 얼굴을 마주보고 미소를 지었어요. 나는 그 미소를 아주 의미심장하게 느꼈습니다.

"그건 아마 너와 가네코 씨가 서로 알게 되기 일년 전쯤 될 거야…. 역시 향우회인 학생총회가 있어서, …그때 그게 무슨 문제였더라…. 가네코 씨와 나의 의견이 서로 일치했던 거야. 마치 하나지마 중의원이 후원한 총회에서 네가 가네코 씨와 의견이 맞았듯이…."

그녀의 설명을 듣게 되자 나는 최고의 모욕을 받은 것 같은 느낌이 들었죠.

"생각해 보니 그런 것 같군. …나는 어떤 동기에서 당신과 알게 됐나 잊어버리고 있었죠…" 하고, 가네코는 웃으면서 히데코의 설명을 긍정했습니다.

나는 학생총회에서 발언한 가네코의 옆 얼굴을 보고 남성다운 매력을 느낀 일을 회상했죠. 그리고 그녀도 그때 나와 같은 인상을 받았으리라고 생각했어요. 내가 남몰래 느낀 것을 다른 여자도 똑같이 느끼다니…. 더구나 나보다 앞서서….

히데코는 (당신에게 유리코를 남겨 놓고 자리를 뜰 테니 내 욕이라도 실컷 하세요라는) 여유 있는 태도로, 화장실에 갔습니다. 나는 속으로 그렇게 하지 않으려고 생각했지만, 그녀가 일부러 제공한 둘만의 시간을 이용하지 않을 수 없었죠.

"―가네코 씨. 죄송하지만 여기서 먼저 나가주시겠어요.

제발 부탁입니다. 전 히데코와 둘이 할 이야기가 있어요. 아주 중대한 문제죠. 그러니…."

"왜 그러죠? 그런 무서운 얼굴을 하고…."

그는 어리둥절하여 이렇게 말하고 내 어깨에 손을 올려놓았죠.

나는 그의 손이 불결한 것처럼 뿌리치고,

"제발 부탁이에요. 나가주세요. …우리 둘만 있게 해 주세요. 당신이 있으면 방해가 돼요. 제발…."

나도 모르는 사이에 나는 애원하는 어조가 되었어요.

"이상하군. …그래도 당신이 그렇게 부탁한다면 돌아가야죠. 뒷일은 당신을 믿고 다 맡기겠어요. …무슨 일인지 몰라도 잘해보세요."

그는 내 손을 가볍게 잡고 나서 의외로 간단히 맥주집에서 나갔습니다. 속으론 염려하고 있겠지만, 그런 기색을 보이지 않는 점이 더 고맙게 느껴졌지요.

잠시 후 히데코가 화장실에서 나왔습니다. 거기서 화장을 고친 듯 입술 빛이 더 진해졌죠.

"어머, 가네코 씨는—?"

"먼저 갔어."

"먼저 가? 왜 그랬지? 이상한데…."

그녀는 별 생각 없이 내 얼굴을 자세히 들여다봤죠.

"내가 가 달라고 부탁했어. …난 너와 단 둘이 할 이야기가 있거든…"

내 굳어진 표정을 인식한 듯 그녀도 약간 일그러진 미소를 띠며,

"그래? 내가 데리고 온 친군데…. 괜찮아. 그런데 무슨 이야기지?"

그녀는 지금까지 가네코가 앉았던 맞은편 좌석에 앉았어요. 나와 마주앉으려는 자세였죠.

"야부키 일이야…. 오늘 야부키한테 너에 대해 다 들었어."

"그래?—뭣에 대해?" 하고, 그녀는 싸늘한 미소를 보이며 물었습니다.

"뭐라니? …너희들이 키스한 이야기지. 그리고 그가 네 가슴에 손을 집어넣고 네 몸을 만진 사실이야…."

"호, 호, 호…" 하고, 그녀는 히스테리컬하게 웃었어요.

"아니, 그가 그런 말까지 했어?"

"그게 아니라 너한테 한 짓을 내게도 하려고 했지. 그래서 알게 된 거야."

이렇게 말하면서 나는 두 손으로 술잔을 깨뜨릴 정도로 꽉 쥐고 있었죠. 그녀도 얼굴이 창백해지더니 지금까지 손도 안 댔던 잔을 들어 맥주를 쭉 들이켰어요.

"그렇다면 내가 먼저 물어 보겠어…. 도대체 넌 야부키의 일로 날 비난할 권리가 있니? 너와 그는 그런 관계가 아니라고 알고 있는데…."

"그래도 그는 옛날부터 친구이고, 그가 좌절(挫折)하지 않도록 내가 따끔하게 주의를 줘야 할 의무가 있다고 생각해…."

"어머, 듣기엔 그럴듯하군. …서로 솔직하게 말하는 것이 좋겠어. …너 지금 질투하고 있지? 지금까지 그를 되는 대로 대해 오다가 그와 내 관계를 알게 되자 갑자기 화가 난 거지. 꼴 사납지 않아? 그럴 바에야 처음부터 더 다정하게 대했어야 했잖아?"

나는 목이 메어 말이 나오지 않았죠. 그녀가 진실을 지적했기 때문일 거예요.

"아니, 난 다만 네가 야부키에게 진지하게 대해 주길 원할 뿐이야."

"진지하다니 무슨 뜻이지―? 넌 야부키가 내게 한 짓을 너에게도 하려고 했다고 말했지? 그렇다면 내가 어떻게 진지해야 되겠니?…"

나는 더 신중하게 말하지 못한 것을 후회했죠. 분명히, 내가 그녀를 비난할 이유는 없죠. 내 질투심 외에는….

"난 다만 야부키에 대한 네 감정이 진실이기를 바랄 뿐이야."

"고마워. 야부키가 그만한 가치가 있는 사람인지 아닌지 방금 네가 말한 대로야. 나는… 그래, 나는 진지하게 생각하고 있어. 옛날부터 그를 좋아했고, 그를 열중하게 하는 네가 부러워서 견딜 수 없었지. …그러나 그가 너한테도 내게 한 것과 같은 행동을 했다면 나도 생각해 봐야겠어. 정말 너무하지…. 너와 만나 어떻게 그런 기분이 들었는지 다음에 만나면 철저히 따지겠어. 정말 그만의 무책임한 행동이었는지…."

"그래 너 하고 싶은 대로 하시지…."

그러자 그녀는 방안의 모든 남자들의 시선을 집중시킬 정도로 큰 소리로 웃어댔습니다. 가슴을 뒤로 젖히고 흰 이와 빨간 혀를 번뜩이면서 정말 무람없는 태도였죠.

"넌 내가 거추장스럽겠군. 야부키와 내가 약속한 것을 알게 되자 갑자기 그를 유혹하고 싶고, 가네코와 내가 함께 있으면 친절하게도 쫓아 버리고…. 넌 좀 이상한 것 같아…. 혹시 네가 나에 대한 반감으로 야부키와 깊은 관계를 맺게 됐나 하고 의심했는데, 그런 기색은 보이지 않으니 잘못 생각한 듯싶어. 호, 호, 호…."

그런 말을 듣게 되니 난 현기증이 날 것 같았어요. 그녀가 야부키를 유혹한 것은 나를 꼭뒤지르려고 했거나, 아니면 함정에 빠뜨리려고 했거나, 어느쪽으로도 해석할 수 있었죠. 야부키에 대한 내 감정만 분명하다면 판단을 주저할 까닭은 없겠지만….

그녀의 눈 속에—옆을 바라보는—눈물이 어리는 것을 나는 언뜻 쳐다보았죠. 어떤 기분인지 분명히 알 수 없지만, 그녀도 경솔한 생각으로 행동하는 것은 아닌 듯싶었어요.

"여기서 나가자. …모두 우리를 유심히 바라보고 있어. …내가 흥분해서 지나치게 말한 것 같은데, 그래도 얘기하길 잘했다고 생각해."

"나도 그래. …자, 우리 절교까지는 하지 말고 당분간 친구처럼 지내자. 그러다 보면 서로 도움이 될지도 모르니까…."

내가 맥주 값을 지불하고 우린 맥주집을 나왔어요. 다음 네거리에서 헤어져 각자 자기의 방향으로 걸어갔죠.

나는 얻어맞은 듯한 기분으로 사람들이 붐비는 뒷골목을 걸어갔어요. 추운 것도 같고 더운 것도 같고 종잡을 수 없는 기분이었죠. 어리석은 짓을 했다는 뉘우침과, 가슴속에 쌓인 걸 토해 버려 잘했다는 홀가분한 기분이 반반씩인 것 같았어요.

히데코의 입장에서 본다면, 나에게 뜻밖의 봉변을 당한 것처럼 느낄 거예요. 그러나 그녀 역시 그런 비난을 받을 만한 행동을 한 것이 아닐까요…. 나는 그렇게 생각하고 싶었죠.

갑자기 누군가 다가오더니 굵은 팔로 내 몸을 껴안듯했습니다.

"어떻게 되었죠? 걱정이 되는군요…."

내 얼굴을 들여다보며 말한 사람은, 아까 맥주집에서 쫓아 버린 가네코였죠. 얼굴엔 따스한 미소를 띠우고 있었습니다.

"어머, 왜 기다리셨어요?"

"네, …당신이 걱정되어서…."

"잘못했군요. 히데코와 함께 갔어야 하는데…. 당초 그녀와 함께 왔으니까…."

"나도 그렇게 해야 한다고 생각했죠. 그러나 둘이 함께 나오는 것을 보자, 순간적으로 히데코 양을 그대로 보내고, 당신과 함께 가려고 마음먹었죠."

"왜 그랬죠?"

"당신의 표정이 고민하는 것처럼 보였기 때문이죠. …아니면 더 매력이 있기 때문이라고 할까요…."

나는 무의식중에 미소를 지었습니다.

"어쨌든 제가 선택된 것을 기쁘게 생각해요. …히데코에겐 미안하게 됐지만…."

"괜찮아요. 그녀는 억센 편이니까…. 그런데 그녀와 당신 사이에 무슨 이야기가 있었죠?"

"…차츰 말하겠어요. 전 아직 저녁을 못 먹었는데, 같이 하시겠어요? 오늘 밤은 제가 사죠."

"좋습니다. 저도 아직 못 했어요."

우리는 스키야바시 근처의 대중요리점 3층으로 올라갔습니다. 다행히 도로를 내려다볼 수 있는 창가에 자리를 잡았죠. 가네코는 비프스테이크와 밥을, 나는 굴프라이와 야채 샐러드, 빵 등을 주문했습니다.

실내는 밝았습니다. 수족관에서는 열대어가 헤엄치고, 다른 식탁에서도 손님들이 뭔가 맛있게 먹고 있었죠. 웃음소리가 일어나고 나이프와 포크 소리가 나고, 여기 저기 음식을 씹는 남녀들의 한결같은 표정이 눈에 띄었죠. 거드름 피우는 모습도 보이지 않았어요. 아늑하고 흐뭇한 기분이 감돌았습니다.

나도 배불리 먹고 나자 힘이 났어요. 가네코도 배가 고팠던지 내가 권하자 남은 굴프라이, 샐러드 등을 먹어치웠죠.

"아까 있었던 일 말이에요. 제가 히데코에게 질투심을 느꼈나 봐요."

나는 어색하지 않게 순순히 이야기를 꺼냈습니다.

"아, 꼭 듣고 싶은 이야기군요" 하고, 그는 장난치는 듯한 눈초리로 내 얼굴을 바라보았죠.

"오늘 아침 우에노역에 도착하자 야부키 오빠가 마중 나와 있었고 하숙집까지 절 따라온 이야기는 아까 해 드렸죠. 저는 그와 싸운 뒤로 처음 만났는데, 그는 몹시 친절하고 수다스럽고 어쩐지 태도가 이상했어요. 그러자 무슨 까닭인지 몰라도, 남자들이 좋아하는 형인 히데코의 얼굴이 눈앞에 떠올랐죠. 순간 저는 분노가 끓어올랐지요. 일종의 직감이겠죠. …전 야부키 오빠를 다그쳤죠. 그러자 그는 히데코 와 애정을 맹세했다는 겁니다. 그는 내 하숙집에 놀러올 수 없게 되자 쓸쓸해져서 그녀에게 교묘하게 이용당했다는 거예요. 이렇게 솔직하게 털어놓고 제게 애정을 요구해 왔죠. …제 마음은 복잡했어요. 그녀는 진지한 감정도 없이, 보란 듯이 야부키 오빠에게 장난을 친 것 같았죠. 반대로 그녀의 감정은 진실한데 그가 벌써 내게 와서 애정을 호소하는 거라면, 고소하구나 하고 쾌재를 부른 거죠. 전 이렇게 정반대의 상황을 상상하고 있었던 거예요. 지금까지 부모의 보호를 받고 자라난 것은, 이런 터무니없는 일을 정색하고 생각하기 위한 것일까 하고 생각하니, 전 제 자신이 몹시 미워졌어요. 야부키 오빠를 돌아가게 한 뒤, 목욕하고 낮잠을 자고서 시내로 산책을 나갔죠. 그러자 뜻밖에도 당신들을 만난 거예요. …그래 공연히 짜증이 나서 그녀에게 화풀이를 했죠. 어쩔 수 없었어요…."

"솔직한 이야기라 이해가 잘 되는군요. …히데코 양의 야부키 군에 대한 마음은 본인이 아니면 알 수 없지만, 정말 중요한 당신의 마음은 어떻습니까?"

"사랑한다고는 할 수 없지만… 그러면서도 내 곁에 두고 싶은 뻔뻔스런 기분이었음을 깨닫게 됐죠."

"뻔뻔스러운지 아닌지는 몰라도 어쨌든 이해할 수 있죠. … 당신은 분명한 데가 있군요."

"야부키 오빠 때문에 짜증스러운데, 이번엔 히데코가 당신과 함께 눈앞에 나타나서, 아아 이 사람에게도―이런 느낌이 들어 화가 나서 실수를 저질렀죠. 사실 제가 당신과 히데코의 관계를 이러쿵 저러쿵 말할 자격은 없어요."

"아니죠. 당신이 마음만 먹으면 그런 자격이 생길 수도 있죠."

그는 따스한 미소를 띠우고 있었는데 그 미소가 내 마음속까지 스며드는 듯했어요. 나는 이상한 용기가 솟아나서,

"당신은 히데코를 좋아하세요?" 하고 물었습니다.

"네, 좋아하죠. 나처럼 동물적인 정력이 넘치는 남자에겐 대부분의 처녀들이 매력있게 보이죠. 서로 다른 기분으로 말입니다―마지막엔 같은 곳으로 끝날지도 모르지만…."

"젊은 여성을 즐겁게 하려면 그런 대답을 하지 않는 편이

나을 텐데요."

"당신은 진실을 받아들일 용기가 있을 거라고 생각되니까…."

나는 히데코를 좋아한다는 그의 대답을 듣고, 분명히 일종의 불안감을 느낀 듯했죠.

"글쎄요. …어쨌든 지금 생각해 보니 전 히데코에게 잘못한 것 같아요. 모처럼 당신과 즐기려고 했을 텐데…."

"요전부터 두 번이나 만나자고 하여 오늘 처음 만났죠. 그런데 당신 말을 듣고 보니, 아무래도 그녀는 당신을 의식하고 날 유혹하는 것 같아요."

"아마 그럴 거예요. 물론 그런 행동도 그녀의 자유지만…. 내가 젊은 남자라면, 저보다 히데코와 사귀는 편이 더 재미있을 거예요."

"당신은 자기 자신에 대해 더 자신을 갖는 편이 좋겠어요. …자, 이젠 그런 이야기는 그만두고 당신 집안 이야기나 들려주세요. 어머님이 나에 대해 몹시 신경을 쓰고 있다는 사실에 대해…."

"네, 배가 부르니까 차가운 공기를 마시고 싶군요. 밖으로 나가 걷기로 해요."

우리는 요리점을 나와 히비야(日比谷)[29] 쪽으로 걸어갔습니다. 낮에 날씨가 좋았던 탓인지 밤 공기는 싸늘했고, 하늘엔 별들이 가득히 반짝이고 있었죠.

오호리바타(お濠端)30)로 나가자 바람이 불어 왔습니다. 얼굴이 화끈거려 바람이 몹시 상쾌했어요. 난 외투깃에 턱을 묻듯이 고개를 숙이고 걸어갔습니다. 자동차 헤드라이트가 호수면을 환히 비추고 우리를 지나갔죠. 호수 건너편 석벽(石壁) 위에 가지를 펼친 큰 소나무가 살아 있는 괴물처럼 밤하늘에 우뚝 서 있었어요.

이따금 쥐죽은 듯이 조용해지자 고기가 물 위로 뛰어 오르는 "툼벙" 하는 물소리가 들려왔죠.

가네코는 팔로 내 어깨를 감싸고 걸어갔어요. 때때로 그가 피우는 담배연기가 바람에 실려 내 코끝에 흘러 왔습니다. 어쩐지 정다운 느낌이 들더군요.

나는 생각나는 대로 아버지, 어머니, 동생들의 이야기를 했습니다. 그는 줄곧 고개를 끄덕이며 듣고 있었죠. 내 이야기를 주의 깊게 듣는 모습이 마음에 들었어요. 어쩐지 나의 일부를 받아들이는 듯한 기분이었습니다.

우리들은 사쿠라다몬(櫻田門)31)에서 미야케자카(三宅坂)32) 쪽으로 갔죠.

불빛을 비추며 자동차가 자주 지나갔지만 지나다니는 사람들의 수는 점차 줄어들었어요. 시간도 꽤 늦은 것 같았습니다.

나는 신들린 사람처럼 줄곧 지껄이고 있었죠. 이제 가족에 대해 더 할 이야기가 없어지자, 고향의 교외 언덕에서 홀로 스키를 타며 헤매던 이야기를 시작했어요.

"…움푹 팬 곳에 들어가자 머리 위 푸른 하늘만 보이고, 사방은 흰 눈의 기복(起伏)뿐이었죠. 빛깔이 있는 것은 전혀 눈에 띄지 않는 거예요. 차가운 흰 정적만이 바싹바싹 밀어닥쳐 미칠 것만 같았죠…."

"나도 겨울에 산에서 지낸 경험이 있어요. …그래서요?"

"그런 때, 날개를 편 검은 솔개가 비상(飛翔)하는 모습을 바라보면 눈물이 날 정도로 그리웠어요. 발밑에서 흰 산토끼가 튀어나간 적도 있었죠. …그런 상황,—뼈저릴 정도로 고독한—그런 상황에 놓이면 일상생활에서 몸에 밴 더러움이 어느덧 씻기는 듯한 느낌이 들죠. …어디를 봐도 눈과 푸른 하늘뿐 아무것도 보이지 않고, 칼날을 피부에 대는 듯한 고독감 때문에, 내가 무슨 생각을 했는지 짐작할 수 있겠어요?"

"글쎄, 뭐 얼토당토않은…터무니없는 걸 상상했겠죠."

이렇게 말하고, 그는 내 어깨에 감은 팔에 약간 힘을 더한 것 같았어요. 그 움직임은 '난 다 알고 있어요'라고 말하는 듯싶었죠. 그러자 더욱더 내 마음을 드러내고 싶은 욕망에 사로잡히고 말았어요.

"난 말이죠,…난…그 흰 눈 세계에 혼자 있으니까, 만약 당신이 곁에 있으면 껴안고 키스해 주길 바랄 거라고 생각했죠. 아, 좀더 정직하게 말하면 야부키 오빠라도 괜찮다고 생각했죠.…그러나 그 심정은 당신을 정말 원해서가 아니라 미칠 정도로 외로웠다는 것을 나타내는 거죠.…그런 심리를 이해할 수 있겠어요?"

"네, 알고 말고요."

그는 약간 결연한 어조로 말하고, 난폭한 느낌을 주지 않는 이상한 힘으로 나를 돌려 자기를 바라보게 했죠. 그는 아주 자연스럽게 나를 끌어안고, 고요히 정열적으로 키스했습니다.

나는 저항하려고 한 것 같지만, 실제론 저항한 것이 아니었어요. 그의 육중한 목에 두 손을 감고 매달려서, 그의 뜨거운 입술을 받아들이고 있었죠. 마치 마음속으로 기대하기나 한 것처럼….

얼마나 시간이 흘렀는지 모르겠어요. 자동차의 경적이 몇 번이나 내 귀를 스쳐갔고, 헤드라이트 빛이 한몸처럼 붙어버린 우리 둘을 암흑 속에 몇 번씩 드러내고 지나간 듯해요.

하지만 그런 것은 조금도 문제가 되지 않았습니다. 우리가 찬 바람 속 언덕 길에서 포옹하고 있을 때, 지구는 우리 둘을 중심으로 숨쉬는 듯싶었죠. 그는 남자 선수고 나는 여자 선수이며, 적어도 그 순간 우리는 인류를 대표하는 듯한 도취감에 빠져 들었어요.

문득 아까 먹은 샐러드의 희미한 냄새가, 현실의식(現實意識)으로 살아나서 머리속에 떠올랐죠. 나는 살며시 눈을 떴습니다. 무수한, 밤하늘 별들의 반짝임이 눈물어린 내 눈 속에 들어왔어요.

나는 인생이 정말 근사하다고 생각했죠. 넘쳐 흐르는 끓는 물처럼 행복감에 도취되었어요. 행복이—행복하다는 느낌이, 내 피부를 남김없이 적시는 듯했습니다.

"유리코 양, 후회하지 않죠?"

그는 내 두 어깨를 누르고 내 두 눈을 깊숙이 바라보며 물었습니다. 그러나 그 질문은 아무런 의미도 없었고, 다만 우리의 행위를 자신과 나에게 확인하는 것이었죠.

"조금도—."

그의 눈 속에서도 무엇인가 반짝이는 성싶었어요.

"아무 절차도 양해도 없이 갑자기 키스해서 놀라게 한 것 같아서…."

"아니에요. 우리 사이엔 보통의 논리를 넘어선…사랑의 순서를 밟아 왔죠."

"우리들이 처음 만났을 때부터 서로 사랑했다는 뜻인가요?"

"그렇죠…."

나는 한쪽 뺨을 그의 넓은 가슴에 대고 있었어요. 뜨겁고 억센 가슴의 고동이 뺨을 통해 온몸에 퍼져갔습니다. 정말 숨막힐 것만 같았죠.

'어머니!' 하고, 무의식중에 가슴속에서 외쳤어요. 그러자 갑자기 뜨거운 눈물이 주르르 쏟아져 나왔습니다.

그는 내 몸에 감은 팔의 손가락 끝으로 내 귓불을 만지고 있었죠. 자기의 애정을 어떻게 표현해야 좋을지 모르기 때문일 거예요.

건너편 궁성(宮城)의 깊은 숲에서, 어떤 새가 뭔가 불만스러운 듯 울어댔죠. 그의 가슴에 안기게 되자 남자의 몸에서 풍기는 진한 냄새로 온몸이 마비되는 듯싶었어요. 슬프고도 행복한 느낌이었죠.

"…당신 어머니는 우리가 이렇게 될까 봐 염려했을 겁니다. 그러나 남자도 여자도 언젠가는 어른이 돼야 하죠. 어른이 되는 절차만 잘못되지 않으면 어머님은 오히려 안심할지도 모르죠…."

그는 내 머리에다 자기의 뺨을 문지르며 속삭였습니다. 내 머리칼 하나 하나가 남자다운 그의 애정을 느끼고 가냘프게 떠는 듯했어요.

"그래요. …어머니는 남녀간의 애정을 자기의 체험으로

잘 안다고 믿고 있지요. 어머니의 첫사랑의 대상은 아버지가 아니었던 것 같아요. …어머니의 사랑은 열매를 맺지 못한 셈이죠."

"어머니는 불행한 경험을 하셨군요. 그래서 자기의 딸도 같은 경험을 할까 봐 염려하시는군요."

"어머니의 판단으로는 내게 그런 소질이 있는 것처럼 보이는 모양이죠. …난 그런 숙명적인 생각에 반발하고 있지만…."

이런 말을 주고받는 동안에도 으스스 추운 바람이 내 가슴속을 몰아치는 듯했고, 나는 그에게 매달려 있는 자세였어요.

"어머니는 대체로 자녀들에 대해 최악의 사태를 상상하고 걱정하죠. …앞으로 기회를 봐서 아버지나 어머니에게 날 소개해 주세요. 백 번 듣는 것보다 한 번 보는 게 낫죠. 그럼 어머니도 쓸데없는 걱정을 안하실 거예요. …그렇다고 내가 뭐 훌륭한 사람이란 뜻은 아니지만…."

"네, 그러죠. 어머니는 좋은 사람을 만났다고 틀림없이 좋아하실 거예요."

"그렇게만 되면 얼마나 좋겠어요. …어쩐지 난 만난 적도 없는 당신의 어머니에게, 나도 모르는 내 약점이 간파당한 듯한 불안감이 들어요."

"염려하지 마세요. 어머니의 걱정은, 딸이 어른이 될 무렵 누구나 하는 걱정이죠, 뭐…"

나는 나 자신에게 하듯 이렇게 그를 안심시켰습니다.

"아마 그럴 거예요. …자, 이제 돌아갑시다. 이런 꿈꾸는 듯한 기분에 오래 젖어 있는 건 좋지 않을 거예요. …내가 배웅해 드리죠."

그는 한 번 더 나를 껴안고 애정 깊은 다정한 키스를 했습니다.

"제가 한 가지 분명히 말하겠어요. 히데코와 자주 만나지 않는 편이 좋을 거예요. 그녀에겐 나와 다른 어떤 이질적인 것이 있는 성싶어요. …이런 말을 하는 건 쑥스럽지만, 아무 말 없이 개운찮은 기분으로 있는 걸 난 좋아하지 않거든요."

"당신의 화장 안한 맨얼굴을 보는 듯하여…그런 말을 듣는 것이 더 좋군요. 그래도 난 당신이 야부키 군과 교제하는 걸 반대하지 않아요…."

"나만 질투심이 강한가요—?"

"그게 아니죠. 당신에겐 날 믿게 하는 점이 있지만, 나에겐 그런 점이 없는 모양이지요…."

그는 내 어깨에 팔을 감고 나는 그에게 매달리듯 하면서 가로등 비치는 거리를 걸어갔죠. 자동차가 끊임없이 달려갈 뿐 지나가는 사람도 별로 없었어요. 그 주위는 관청 건물이 즐비했는데, 밤이라 쥐죽은 듯 고요했습니다. 우리의 구두 발자국 소리만이 똑똑 울려 퍼졌죠―마치 우리들은 행복해요 하고 노래하듯이…. 난 그 거리가 무한히 계속되었으면 하고, 마음속 깊이 원했습니다.

그의 배웅을 받아 하숙집까지 걸어갔죠. 2층의 내 방에 올라가 보니 벌써 열두 시가 지났습니다. 자정이 넘어 지금쯤 추워질 때가 되었는데 나는 조금도 춥지 않았죠. 오히려 뺨과 목덜미가 뜨겁게 달아올라 어찌할 도리가 없었어요.

이불을 펴고 있을 때, 기둥에 걸린 거울에 얼굴이 우연히 비쳤죠. 내 얼굴을 보지 말아야 한다, 보고 싶지도 않다―이런 기분이 자꾸 드는 거예요. 그래도 난 보고 싶은 유혹을 끝내 물리치지 못하고, 그 앞에서 들여다보았습니다.

아아, 이것이 내 얼굴일까! 뺨과 눈 언저리에 붉은 기가 돌고, 눈에선 짐승 눈과 비슷한 광채가 나고, 입술이 이상하게 말라 붙었어요(가네코의 입술에 여러 번 닿았기 때문이겠죠). 또 흐트러진 머리털 사이로 두툼한 귀가 마치 하나의 생물처럼 불쑥 솟아나 있었죠. 입을 벌리자 하얀 치열이 슬픈 감상(感傷)을 자아냈습니다. ―아아, 이것이 성적 흥분을 느낄 때의 내 얼굴이겠지….

나는 이불 속에 들어갔습니다. 어젯밤은 급행열차 안에서 자고, 그저께 밤은 깊은 눈에 덮인 고향집에서 잤는데, 오늘 밤은 완전히 딴 사람이 되어 자는 거죠. 이렇게 격심한 변화가 잇달아 일어나도 되는 것일까?

가슴이 터질 듯 뛰던 심장도, 옆으로 누워 쉰 탓인지 점차 진정이 되었죠. 그러자 여러 가지 반성을 하기 시작했습니다. 첫째로 히데코의 일이죠. 나의 오늘 밤 행동은 그녀에 대한 반감(反感)에서 영향을 받았고, 또 불순한 동기가 숨어 있는 것이 아닐까? 히데코를 두려워하여, 그녀를 앞지르기 위해, 마음을 가다듬지도 않고 불쑥 행동한 것이 아닐까? 그렇다면 나는 감정에 움직이기 쉬운, 침착하지 못한 여자라는 결론이 나오는데….

하지만 나는 가네코를 좋아해요. 하나지마 중의원이 후원한 총회에서 그가 하는 말을 들었을 때부터, 그를 처음 바라보았을 때부터, 좋아하게 된 거죠. 따라서 그와 애정을 맹세하는 기회가 다소 빨라졌다 해도—히데코에 대한 반감으로 인하여—열등감을 느낄 필요는 없을 거예요. 애정이 무르익지 못한 것은 사실이지만, 앞으로의 생활에서 애정을 충실히 살려가면 되지 않겠어요?…

잠시 후 나는 잠이 들었죠. 꿈도 안 꾸고 푹 잤습니다. 이튿날 아침, 흡족하고 편안한 기분으로 눈을 떴지요.

날씨는 아직도 추웠지만, 하늘은 맑게 개이고 밝은 태양이 방안에 흘러 들어왔죠. 나는 열린 창문에서 느껴지는 아름다움과 박진감(迫眞感)에 놀란 기분으로 바깥 경치를 바라보았습니다.

푸른 하늘. 그 하늘을 배경으로 소묘(素描)한 듯이 쭉 뻗은 겨울철 나뭇가지들. 모밀잣밤나무 잎의 찌든 초록색. 입체감을 드러내며 우뚝우뚝 솟은 집들. 작은 콘크리트 다리. 드문드문 간격을 두고 선 전주들. 거리를 달려가는 자동차와 자전거. 사람들 그리고 개들….

나는 세계가 이처럼 힘찬 선과 깊고 아름다운 색채로 이뤄진 것을 처음으로 깨달았죠. 지금까지 눈을 가리고 있던, 소박한 얇은 막이 벗겨지고, 밝은 눈—진실을 꿰뚫어보는—으로 바라보게 된 거예요. 외계(外界)는 변하지 않았지만 그걸 바라보는 내 눈이 변한 거죠. 남자의 사랑을 받게 된 바로 그 사실 때문에….

자연의 경치만이 아니었습니다. 아래층 아주머니의 울퉁불퉁한 얼굴도, 학교 친구들의 얼굴도 지금까지 별 생각없이 쳐다보았는데, 이젠 그 하나 하나가 독특한 입체감과 음영을 가진 의미심장한 것으로 눈에 비치게 되었죠. 그들의 소박한 외모 속에 감춰진 풍부한 생명력이, 힘차게, 있는 그대로, 달려드는 것 같아요.

그런데 나 자신도, 다른 사람의 눈에, 달라진 듯이 비치는 모양이죠. 모두 예뻐졌다고 이구동성으로 치켜세우는 거예

요. 아래층 아주머니가 제일 먼저,

"유리코 양, 요즘 화장술이 훨씬 나아졌군요. 몰라볼 정도로 아름다워졌어요. 어떤 식으로 화장을 하죠?"

아주머니는 구식으로 중매결혼을 한 탓으로, 여자를 정말 아름답게 하는 것이 무언지 모르는 거예요. 그건 바로 마음속에 불타오르는 사랑입니다.

학교에서도 친구들이 부러운 듯이 칭찬해 주었고, 전차 안이나 거리에서 남자들의 야릇한 시선이 집중되는 것을, 좋든 싫든, 의식하지 않을 수 없었죠. 나는 진정 행복했어요.

그러나 나이가 들어 경험있는 사람들에겐 숨길 수 없다는 것을 알고 있었고, 누군가 나의 연애관계를 알고 있는 것이 아닐까 하고 부끄러운 마음도 들었죠. 친구들 사이에서, 남자친구나 연애 이야기가 나오면 나는 이내 얼굴이 붉어졌어요.

나는 신경이 쓰이기 시작하여 거울에 얼굴을 자주 비춰봤어요. 가네코와 처음으로 키스한 날 밤, 내 방 거울에 나타난 몹시 생생했던 그 얼굴―바로 그 얼굴이 사람들에겐 아름답게 보이는 거죠. 나는 이제 겨우 이런 사실을 깨닫게 된 겁니다.

나는 차츰 자신을 얻게 되었습니다.

그 후 어머니에게 다음과 같이 편지를 썼지요.

―도쿄에 돌아오자마자 어머니가 염려했던 일들이 실제로 일어났습니다. 저와 가네코 씨는 서로 애정을 굳게 맹세했어요.

그 일이 너무 갑자기 이루어져서―아침, 도쿄에 도착하여 그날 밤 궁성 근처를 산책하며 이야기하다가 그렇게 된 거죠―처음엔 다소 불안했지만, 그와 처음 대화를 나눌 때부터 이런 기회가 오길 기다린 것 같아 잘 됐다고 생각하고 있죠.

의외로 그런 기회가 빨리 찾아온 것에 대해, 불순한 동기―질투심 같은 심리―가 전혀 없었다고 할 수는 없습니다. 그러나 저 자신 복잡한 인간 사회에서 살아가기 때문에 어쩔 수 없다고 생각합니다.

어머니, 저는 행복해요. 매일 밤 잠자리에 들 때엔 만족한 기분으로 쉬고, 아침에 눈을 뜨면 희망으로 가슴이 설렙니다. 제가 행복한 증거는 몰라볼 정도로 예뻐졌다고 사람들이 제게 말한다는 사실이죠. 거울 속에 비친 제 얼굴에 성적 매력이 또렷이 드러나는 것 같아 오래 들여다볼 수 없어요.

어머님이 가네코 씨 때문에 걱정하는 것은, 뭔가 제

게 들려주지 않은—아니면 들려줄 수 없는—사실이 있기 때문이라고 생각해 왔죠. 어머니가 딸의 연애에 대해 흔히 염려하는 것 이상으로, 뭔가 어머니의 가슴속에 숨겨진 것이 있다고 전 느끼고 있어요. 하지만 그것이 뭣이든 우리는 이미 애정을 맹세한 사이랍니다.

저는 지금 이렇게도 생각해요. 어머니가 가네코 씨의 일로 너무 염려한다고 느낀 결과, 더 그에게 접근한 것이 아닐까…. 이렇게 말하면 어머니를 슬프게 하겠지만, 눈에 안 보이는 어머니의 마음이 절 그에게 밀어붙인 듯한 기분이 듭니다—어머니, 전 불효한 딸이 되었을까요?

싸늘한 바람이 부는 오호리바타에서 처음으로 그와 키스했을 때, 전 머리를 뒤로 젖히고 살며시 눈을 떴어요. 진한 남빛 밤하늘에 무수히 많은 별들이 반짝이는 것이 보였죠. 그 순간, 저는 한없이 슬퍼져서 가슴속으로,

'어머니!'

하고, 외친 것을 지금도 기억하고 있죠. 무슨 기분인지 잘 몰라도 어쨌든 어머니와 헤어져야 한다—그런 외로움이었어요. …남자에게 안긴 사실을 어머니에게 편지로 쓰는 딸. 제가 생각해도 전 어이없는 인간인지

도 모르죠.

그래도 저는 어머니와 딸 사이엔, 모녀관계뿐 아니라 여자끼리의 관계가 있어도 좋다고 생각해요. 어머니도 저도 그런 관계를 받아들일 만한 사람이라고 믿고 싶어요. 이 편지가 어머니를 슬프게 하지 않기를 빌면서, 이만 펜을 놓겠습니다(이 편지를 누가 읽어 볼까 걱정스러워 야마무라 양에게 보내고, 그녀가 다시 어머니에게 드리도록 하겠습니다. 편지의 내용을 아버지에게 알리는 일, 그 시기 등에 대해서는 모두 어머니에게 맡기겠어요).—

이 편지에 대한 어머니의 답장은 바로 오지 않았습니다. 어머니를 화나게 했거나 슬프게 했을 거라고 근심하고 있었는데, 2주일쯤 지나자 짤막한 편지가 왔지요.

어머니는 네가 가네코 군의 일을 알려준 데 대해 기쁘게 생각한다. 아니, 기쁘다고 생각하게 된 것은 훨씬 뒤의 일이고, 처음엔 눈물이 계속 나와 견딜 수 없었지.
너는 내 딸이고 동시에 판단력을 갖춘 어엿한 여성이므로, 새삼스레 불만스러운 말은 하지 않겠다.
너를 믿고 너를 위해 기도하고 있다. 가네코 군에게 네가 좋은 사람과 사귀게 된 것을, 어머니가 기뻐한다고 전해 주기 바란다.

　네 편지에 대해서는 당분간 아버지에게도 알려드리지 않기로 했으니, 너도 그리 알고 있거라.

　여기는 그 후 또 눈이 많이 내렸다.— "이것이 바로 마지막 집인가, 5척 쌓인 눈"—이라는 잇사(一茶)[33]의 구(句)가 생각나서 허전할 때도 있지….

그 편지 끝에 잇사의 구를 인용한 것이 내 신경을 몹시 건드렸습니다. 혹시 어머니가 일찍 돌아가시는 것은 아닐까…. 나는 불길한 예감이 들었습니다.

　그러나 이런 느낌도 편지를 받은 지 하루 이틀뿐이었고, 분주한 일상생활로 그런 예감도 차차 흐려지고 말았죠. 게다가 어머니는 날씬한 체격이고 이제껏 앓는 일이 전혀 없었기 때문이에요.

　나는 건강하게 잘 지냈습니다. 가네코 씨와 나는 그 후 일주일에 한 번쯤 만났죠. 너무 자주 만나는 것도 별로 좋지 않을 거라고 둘이 상의한 결과입니다. 배고플 때 음식이 제일 맛이 있듯이, 애인끼리도 그리움을 느낄 정도로 만나는 것이 바람직하지 않을까요….

　여자로서의 지혜가 나에게 이렇게 속삭인 겁니다. 고상한 연애에 저속한 음식의 비유를 드는 건 탐탁지 않지만, 연애도 생활에 뿌리를 둔 만큼 생활의 일부로서 슬기롭게 다뤄야 하지 않겠어요?

연애지상주의로 사는 것은, 연애 자체를 왜곡시켜 이내 허무하게 만들 가능성이 있죠. 연애를 큰 관점에서 보면, 하나의 과정에 불과하고 그 자체가 목적은 될 수 없죠—내 말은 좀 애매하지만, 요컨대 연애를 건전하게 키워 가려면 연애 이외의 생활도 신중하게 해 나가야 한다는 거예요. 물론 말하기는 쉬워도, 가네코 씨나 저나 젊은 사람이라 실제로 이런 지혜를 적용하는 것은 힘든 일이었어요. 그러나 그와 나는 참을성이 있고 집요한 성격이 아니어서, 생활 속에 연애를 지혜롭게 짜넣어 잘 다뤄갈 수 있었죠.

편안하고 명랑한 하루 하루가 지나갔어요. 학교에서 배우는 양재에도 더 열중하게 되었습니다. 새로운 착상(着想)이 자연스레 머리에 떠올라 눈에 띌 정도로 기술이 발전하게 되었죠. 친구들에게도 친절하고 관대하게 대했고 내 주위엔 언제나 친구들이 몰려들었어요. 이렇게 말하면 온통 좋은 것뿐인 것 같지만, 실제론 가네코와 애인이 된 것 이외에 변한 것은 없었지요. 아마 나한테만 그렇게 변한 듯이 보였을 거예요….

가네코와의 관계에서 항상 불안스럽게 느낀 것이 하나 있었죠. 그건 우리 둘의 교제가 오래 계속되어, 혹시 내 육체를 요구하면 어떻게 할까라는 문제였죠.

 남녀의 사랑이 자연스럽게 발전하면, 서로 육체를 요구하는 단계에 이르는 것은 당연한 일이죠. 그러나 우리들, 특히 여자인 나는, 사회적, 생리적 제약이 따르므로 연애 감정에 의해서만 행동할 수 없죠. 거기에 어려움이 따르는 거예요.

 그러나 나는 막판에 이르면 낙천가가 되므로, 만약 홍시(紅柿)가 떨어지듯 자연스런 기회가 오면 그의 요구를 받아들일 결심을 했어요.

 그 후에는—? 거기까지는 염려하지 않을 생각이었죠. 뒷일만 생각해서 눈앞의 기쁨을 망설이는 것은 노인이나 할 일이지, 젊은 사람들은 한 차례 끝까지 생각한 뒤에는 그대로 실천하는 편이 좋지 않겠어요? 그렇게 해서 앞날에 새로운 확실한 길이 열릴 것을 기대할 수도 있겠죠….

 그러나 나는 이 은밀한 결심을 누구에게도 눈치채이지 않도록 조심할 생각입니다. 그런 마지막 때가 올 때까지는…. 이런 은밀한 결심을 한 여성은 나 외에도 많을 거예요. 얌전하고 정숙한 표정을 하고, 깨끗이 차려입고 거리를 다니겠지만….

 아아, 우리는 여성입니다!

 야부키, 그리고 히데코와 그 후 오랫동안 만나지 못했어요. 둘이 심한 감정의 동요를 겪으며 연애를 한다는 소문만

들었습니다.

나는 오래 전부터 사귄 야부키가 행복하기를 빌고 있었죠. 왜냐하면 히데코는 사람을 지치게 만드는 자극적인 즐거움은 줄 수 있지만, 진정으로 위로하고 격려하는 일은 못할 거라고 믿었기 때문이죠.

물론 이렇게 보는 것도 나의 주관적인 관점에 불과하고, 히데코에 관한 한, 모든 걸 편파적으로 해석하는지도 모릅니다.

'야부키는 내가 아니면 행복하게 할 수 없지…'

이렇게 마음 한구석에서 교만하게 생각하는지도 모르죠. 그래도 그는 날 진정으로 사랑했는데 난 그에게 보답하지 못한 거예요—왜 이런 모순이 세상에 있는 것일까요? 그 결과 나도 언젠가 내 사랑에 대한 보답을 받지 못할 경우가 일어날지 모릅니다.

행복한 때일수록 세월은 빨리 흘러가는 모양이죠. 새 학기가 며칠 전에 시작된 것 같은데 벌써 여름 방학이 됐습니다. 나는 가네코와 함께 고향으로 돌아가기로 했는데, 도중에 그가 사는 M시에서 며칠간 놀다 가기로 결정했죠. M시는 내가 사는 K시보다 겨우 세 역 앞에 있을 뿐이죠.

자기의 가족에게 소개하고 싶으니, 꼭 그렇게 하라고 그가 고집을 부렸기 때문입니다. 나도 그를 알기 위해서는, 그가 자란 환경을 확인하고 싶은 마음이 들어 좀 내키지 않았지만, 그의 말을 따르기로 했죠. 마음이 내키지 않은 이유는, 내 고향에선 나 같은 여자는 양가자제(良家子弟)를 유혹하는 여자로 오인받기 쉽기 때문이죠.

"가네코 씨, 우리의 이야기를 언제 집에 알렸죠?"

나는 언뜻 마음에 걸려, 밤 급행열차 옆 좌석에 앉아 있는 다이스케에게 물었지요.

"특별히 알렸다고 할 것까지는 없지만…. 친하게 사귀는 여학생이 있어서 방학 때 데리고 가겠다고 한 거야."

"우리들의 관계에 대해서—?"

"자세한 이야기는 하지 않았지만… 다 알고 있는 거야. 남녀간의 교제라면 딴 뜻이 있을 수 없지…."

"그래요? …난 어쩐지 중대한 테스트라도 받으러 가는 것 같아 걱정이 돼서…"

"평상시대로 하면 돼. 누구든 당신에게 호감을 갖게 되니까…. 그런데 나는 한 가지 약간 마음에 걸리는 게 있어. 내가 처음 아버지에게 K시 변호사 딸과 사귀고 있다고 편지로 알렸더니, 내 일에 전혀 간섭하지 않던 아버지가 찬성하지 않는 듯한 답장을 보냈어. 그것도 여자와 교제하지 말라는 뜻이 아니라, 특히 당신의 경우에는 찬성하기 어렵다는 뜻이야. 당신의 어머니도 나에 대해 특별히 신경을 쓰신다는 일이 생각나서, 약간 이상한 느낌이 들었지. 그러나 아버지는 그때 한 번뿐이고, 그 뒤엔 아무 말도 없으셔…."

"그럼 난처한데요. 난 불청객이잖아…."

"그렇지 않아. 나는 아버지의 그런 염려를 없애 주기 위해 실물인 당신을 보여 주고 싶은 거야. 아버지와 난 취향(趣向)과 기호가 신통할 만큼 일치하지. 그러니 아버지도 틀림없이 당신이 마음에 들거야. 예를 들면, 내가 의사가 되는 것도 아버지의 희망 때문이 아니라 나 자신이 좋아하기 때문이지. 아버지가 그랬듯이 말야…."

그의 아버지가 특히 나에 대해 선뜻 찬성하지 않았다는 것은, 여간해서 지워지지 않는 개운찮은 응어리를 남겨 놓았죠. 하지만 언제까지나 그 일로 구애받고 싶지 않아서,

"좋아요. 어떻게 되든 부딪쳐 보죠."

그러고 나서, 나는 그의 어깨에 기대어 기차의 진동에 몸을 맡긴 채 깊이 잠들고 말았죠.

그 이튿날 오전 열 시경에 M시에 도착했습니다. 역광장 주위에는 이삿짐 센터, 잡화점, 자전거점 등 7, 8개의 큼직한 건물이 있고, 거기서 논길을 200미터쯤 걸어가면 진짜 M시가 나타났죠. 그곳은 초록색 수목에 둘러싸여 있었고, 수목 사이에 흰 페인트를 칠한 벽, 소방서 망루, 무슨 뾰족탑 등이 보였으며, 평화로운 분위기가 감돌았습니다.

"이게 웬일이지? 아무도 안 나왔어. 도착시간을 정확히 알려 줬는데…" 하고, 그는 이상한 듯이 광장 주위를 자세히 훑어보았죠.

나는 정말 불청객인 듯한 느낌이 들어 불안해졌으며, 다음 기차를 기다려 그대로 돌아갈까 하고 생각했어요.

바로 그때 즐비하게 늘어선 집 사이에서 고교생 하나가 자전거를 끌고 나타났죠. 그리고 지지미오리(縮み織り)³⁴⁾ 겉옷을 입은 50대의 여자가 얼굴에 땀을 흘리며 우리 쪽으로 다가왔습니다.

"형님 미안해. 자전거가 펑크났어. 그래서 엄마와 함께 달려왔지."

"정말 미안해요. 난 일찍 나오려고 했는데, 다카오(高雄)가 글쎄, 자전거로 가면 자동차보다 더 빠르다고 하면서 자리에서 일어나는 바람에…. 게다가 자전거가 펑크난 건 내가 너무 무거운 탓일 거야."

"유리코 양. 동생 다카오와 어머니예요. …이 여대생은 K시의 시로야마 유리코 양입니다" 하고 그는 나를 자기의 가족에게 소개했죠.

다카오는 응석받이 같은 인상을 주는, 검은 피부에 키 큰 소년이었죠. 어머니는 시골 유서깊은 집안에서 흔히 보는, 착한 가정주부 같은 인상을 주었어요. 몸매는 땅딸막하고 얼굴색은 흰 편이었습니다.

　인사가 끝나자 어머니와 다이스케, 그리고 나는 역전의 구식 마차를 탔고, 다카오는 펑크를 때우고 가기로 했죠.

　나는 푸른 리본을 감은 맥고모자, 물색 원피스, 흰 샌들을 신은, 산뜻한 옷차림이었죠. 시골 사람들의 눈에 거슬리지 않도록 깊이 생각해서 옷을 차려입었는데, 그의 어머니는 별로 눈여겨보지도 않았어요. 그녀는 다이스케의 묻는 말에 무뚝뚝한 표정으로 대답만 하고 있었죠. 어머니는 다만 눈앞과 발밑만을 지켜볼 뿐이었습니다.

　그의 어머니의 딱딱한 태도가 혹시 나를 환영하지 않는 의사표시가 아닐까 하고 처음엔 의심도 들었죠. 그러나 잘 살펴보니, 연령도 집안 환경도 다른 나에게 조심해서 대하느라고, 그런 태도를 취하는 것 같았어요.

　논길을 달려가자 상쾌한 미풍이 마차 안으로 흘러 들어왔고, 딸가닥 딸가닥하는 가벼운 말발굽 소리가 들려왔죠. 마차가 지나간 뒤에는 흰 먼지가 자욱히 솟아올랐습니다.

　"어머니, 요새 집안 경기(景氣)는 어때요?"

　"별로 좋지 않아. 환자는 많지만 치료비를 제대로 지불하지 않아…."

　어머니는 내가 있어 조심하면서도 사실대로 말하는 것 같았어요.

"그래서는 안 되는데. 작년엔 쌀과 사과가 풍년이었죠. 농가에는 돈이 있을 겁니다. …방학 동안에 아르바이트로 치료비를 받으러 다니겠어요. 병자의 이불이고 뭐고 다 벗겨 올 결심을 하고, 하, 하, 하…."

"저런, 그런 말을 하다니…" 하고, 나는 엉겁결에 그를 비난했죠.

"아, 그건 농담이고. 그러나 치료비를 내지 않는다면 우리에겐 중대한 문제지. …어쨌든 수금하러 다닐 겁니다. 끈기와 억지로 받아내야죠. 시골에서 의사 노릇 하려면 치료비를 받아내는 기술이 절대 필요하죠. 아버지는 그런 기술이 부족한 편이야…."

"우리 아버지도 그래요. 어머니도 전엔 상당히 안타깝게 여기셨죠. 요즘엔 어찌할 수 없다고 체념한 듯하지만…."

"게다가 요새는 농부들 중에도 사상이 불온한 사람들이 있어요. 현대는 민주주의시대이니 무리해서 치료비를 낼 필요가 없다는 거예요."

어머니는 이렇게 나에게 말을 걸었어요. 하지만 그 말이 어쩐지 핀트가 맞지 않는 것 같아, 난 다이스케의 얼굴을 보지 않으려 하면서 고개만 끄덕였죠. 다이스케도 그걸 느꼈는지,

"여자 친구를 집으로 데려와도 되는 민주주의는 고맙지

만…" 하고, 끼여들어 큰 소리로 웃었어요.

어머니는 여자 친구를 데려온 사람이 마치 자기인 양 주저주저하는 모습이었어요. 아들이 여자 친구를 데려와서 자기 집에서 재운다—그런 일이 이 고장에선 이웃에게 꺼림직한 일임에 틀림없었죠.

잠시 후 시내에 들어가 그의 집 앞에서 마차를 내렸습니다. 그 집은 색바랜 검은 판자울로 둘러싸인 큰 저택이었죠. 큼직한 대문기둥—벌레 구멍이 많이 나 있는—에는 "가네코병원"이라는 문패가 걸려 있었습니다. 대문을 들어가자 텅 빈 공터가 나타나고, 오른쪽엔 벽에 흰 색을 칠한 곳간, 벽에 초벽만 바른 곳간, 두 개가 나란히 서 있었죠. 왼쪽엔 칠이 벗겨진 서양식 진료실이 있고, 좁은 복도로 안쪽 2층 안채와 연결되어 있었어요. 장지가 다 열려져 객실 너머로 저 멀리 초록색 논이 바라다보였습니다.

나는 듬직한 집 전체의 구조를 바라보고, "그럴듯해…" 하고 감탄했습니다.

9

"자, 어서 올라오세요."

다이스케의 어머니는 넓은 객실로 안내했습니다. 거기에 앉아 주위를 자세히 살펴보았지요. 천장 반자널은 검게 그을리고, 기둥, 윗 미닫이틀, 문지방 등엔 오랜 세월을 드러내는 색깔이 스며 있었죠. 집 전체가 약간 오른쪽으로 기울어진 듯한 느낌도 들고요. 그러나 문벌있는 집안다운, 믿음직한 분위기가 넘쳐 있었죠.

정원에는 인공으로 꾸민 작은 산과 연못이 있고, 소나무와 기석(奇石)들이 균형있게 배열되어 옛날엔 몹시 아름다웠을 것 같았죠. 그러나 지금은 손질과 수리를 하지 않아 황폐한 상태였습니다.

정원을 바라보고 있으니까 그의 어머니가 다시 나에게 정중하게 인사했습니다. 그녀의 뚱뚱한 몸매와 흰 얼굴이 집 분위기와 잘 어울렸고, 옛날 대가의 며느리다운 관록이 느껴졌죠.

"오늘도 더워서 목이 마를 거예요. 차 대신 밭에서 따온

시원한 수박이 있으니 그걸 드세요."

이렇게 말하는 중에 몸뻬를 입은 젊은 하녀가, 쟁반에 시원한 수박을 산더미처럼 담아서 가져왔습니다. 난 정말 목이 말라 체면 차릴 여유도 없이 먹기 시작했죠. 신선하고 단 수박은 목이 시원할 정도로 맛이 좋았어요. 내가 입을 크게 벌려 수박살을 덥석 물고, 수박물을 입언저리에 묻히고, 쟁반 위에 씨를 퉤퉤 뱉는 모습(사실 수박은 얌전하게 먹기가 힘들어요)을, 어머니는 흐뭇한 표정을 하고 바라보고 있었죠. 그녀는 빨리 허물없는 사이가 되도록 이렇게 수박을 대접했는지도 모릅니다….

다이스케는 수박을 별로 좋아하지 않는지 겨우 한 조각 먹었을 뿐인데, 나는 네 조각을 연달아 먹었죠. 사실은 더 먹고 싶었지만, 처음 온 집에서 그렇게 할 수 없어서 참은 거예요.

정원에 교복차림의 여학생이 네댓 명 살그머니 나타나더니, 이쪽을 자세히 살펴보고 있었죠.

"도모코. 엿보는 건 실례예요. 들어와서 손님에게 정식으로 인사해요."

어머니가 이렇게 말하자 다이스케와 썩 닮은 이목구비가 또렷한 여학생이 마루에서 올라와,

"도모코라고 합니다. 잘 부탁드립니다" 하고 인사했어요.

"시로야마 유리코입니다. …여기에 머물러 있는 동안 친구가 돼 주세요."

"야, 도모코. 함께 온 친구들이 뭐라고 하던? 아마 유리코 양을 살펴보기 위해 왔겠지" 하고, 다이스케가 빙긋이 웃으며 물었죠.

도모코는 얼굴이 빨개지더니 다이스케와 나를 번갈아 바라보면서,

"말쑥하고 예쁘대요. …오빠에겐 좀 과분하다고 말했어요."

"뭐라고…."

다들 웃었지만, 난 그 말이 이 집 사람들의 의견을 대변하는 것 같아 무척 기뻤습니다.

"자, 그럼 전에 우리 아들이 썼던 뒤채 2층을 아가씨 방으로 준비했으니, 그리 가서 편히 쉬세요."

나는 어머니의 안내를 받아 뒤채 2층으로 올라갔습니다. 천장이 낮은 좁다란 긴 방이었죠. 도코노마 쪽에 가벼운 여름철 침구가 가지런히 놓여 있었습니다.

열어제친 창문으로 확 트인 초록색 논이 끝없이 펼쳐지고, 미풍이 방안을 지나갔어요. 이 방에서 조금 있으면, 몸속 그윽이 녹색으로 물들 것만 같았죠.

혼자 남게 되자 가방에서 갈아입을 옷과 세면도구 등을

꺼내어 가지런히 정리했습니다. 정리가 끝나서 침구 위에 누워 쉬었죠. 밤기차를 타서 피곤한데도 이상하게 마음이 흥분되어 잠이 올 것 같지 않았습니다. 나는 다시 일어나 창가의 책상에 멍하니 앉아 있었죠. 언뜻 눈앞의 기둥을 보니 여러 가지 어구(語句)가 칼로 새겨져 있었지요.

―Boys be Ambitious!(청년이여!, 야망을 가져라!)―

―정신일도하사불성(精神一到何事不成)―

―두드려라! 그러면 열릴 것이다―

―인생은 노력이다―

새긴 자국이 오래 된 것을 보니 중학교시절이나, 고등학교시절에 새긴 것임에 틀림없었죠. 모두 다 용기를 주고 힘을 주는 문구였습니다. 소박하고 한결같은, 다이스케의 소년상이 아련하게 떠오르는 듯했어요. 입가에 따스한 미소가 나도 모르게 번졌습니다.

그 시절의 다이스케는 여자에 대해 어떤 생각을 하고 있었을까?

주위는 고요했습니다. 그런 고요한 분위기는 도시에선 맛볼 수 없는 것이었죠. 차원이 다른 고요함이었습니다. 내가 살아 있는 사실에 대해 깊이 반성하게 하는 정적이랄까요.

나는 창틀에 턱을 괴고 초록색 논이 넓게 퍼져 있는 광경을 멀리 바라보았죠. 이 저택의―한가로운 환경에 있는―

주부가 될지도 모른다고 생각하니 웃음이 떠올랐어요. 하지만 절실히 느껴진 것은 아니에요. 다이스케를 사랑하고 있지만, 그의 아내가 되어 오래된 이 저택에서 살 것 같지는 않았죠. 어떤 남자를 사랑하는 것과 그의 아내가 되는 것은 서로 다른 것인지···.

그런 상상을 하고 있으니까, 아래에서
"시로야마 언니" 하고, 부르는 소리가 들렸어요.
내려다보니 도모코가 밤나무 밑에 혼자 서 있었죠. 눈을 크게 뜨고 뭔가 호소하는 듯한 표정을 하고 있어요.
"올라오세요. 같이 이야기할래요?"
"정말 올라가도 괜찮겠어요?"
집 안으로 모습이 사라지더니 이내 2층으로 올라왔습니다. 방에서 가까이 마주보니 생각했던 것보다 더 성숙해 보이고 철이 난 듯했지요.
"친구들은 돌아갔나요?"
"언니를 보더니 만족하고 돌아갔어요."
"아가씨는 오빠를 많이 닮았네요."
"사람들이 그렇게 말해요. 그러나 여자로서 더 부드러운 인상이었으면 하고 저는 이따금 생각하지요."
"그렇게 생각할 필요는 없어요. ···여자란 대체로 자신의 매력을 스스로 모르기 마련이니까요. ···아가씨는 조금만 더 크면 남자들이 좋아할 스타일이에요."

"호, 호, 호…그랬으면 얼마나 좋겠어요. …저, 언니에게 꼭 한 가지 묻고 싶은 것이 있는데, 물어 봐도 괜찮아요?"

"좋지요. 그래도 대답은 내 자유예요."

"네, 좋아요. …언니랑 오빠는 연애하나요?"

"그렇죠. 우리는 서로 사랑하고 있으니까."

"오빠가 자립하게 되면 결혼하실 거예요?"

"아마 그렇게 되겠죠. 그러나 현재는 결혼문제를 심각하게 생각하지는 않아요."

"전 결혼을 전제로 하지 않는 연애는 나쁘다고 생각해요" 하고, 그녀는 눈을 크게 뜨고 대드는 듯한 어조로 말했습니다.

"그렇지 않은 경우도 있다고 생각하지만…. 그래도 아가씨만한 나이에선 나도 그렇게 생각했지요."

"전…잘 모르겠군요" 하고, 그녀는 의심스러운 듯이 나를 쳐다봤습니다.

"결코 내 경우가 그렇다는 뜻은 아니에요. …아가씨는 날 올케로서 환영하겠어요?"

"네" 하고, 그녀는 얼굴을 붉히며 고개를 끄덕였죠.

"전 직접 만나 보고 나서 결정하기로 생각했어요. 만약 오빠가 불쾌한 인상을 주는 여자를 데려오면… 최대한 냉정하게 대하려고 마음먹고 있었죠. 전 그렇게 할 수 있거든요."

"어머 무서워라. …그래도 난 지금 내 마음을 숨기고 얌전한 체하는지도 모르죠. 경계를 풀기엔 아직 이를 거예요…."

"괜찮아요. 저에겐 아름다운 것이 절대적인 조건이니까요. 마음이 좀 나빠도 상관없어요. 아름답기만 하면…."

"어머! 내가 마치 마음이 나쁜 사람인 것 같군요. …난 별로 예쁘지도 않아요. …아가씨의 마음을 잘 알겠는데 다른 가족들은 어떻게 생각하고 있죠?"

"엄마는 오빠에게 모두 맡겨 버렸어요. 아까 역으로 맞으러 나간 다카오 오빠는 자기에게 용돈을 잘 주는 형수라면 좋겠다고 하더군요. 전에 다카오 오빠와 둘이 시내에서 외국영화를 봤어요. 거기에 남녀가 열렬히 키스하는 장면이 여러 번 나왔는데, 오빠는 형과 형수도 그런 짓을 할까 하며 지긋지긋하다고 했지요."

"그런 말을 들으니 나도 지긋지긋한 기분이 드네요. 호, 호, 호…. 아버지께서는—?"

"솔직히 말하면 아버지는 언니에 대해 좋은 인상은 아니에요. 아버지는 생각이 구식인 분도 아닌데…. 그래도 언니를 직접 만나면 달라질 거예요."

갑자기 기분이 우울해졌습니다. 전에 다이스케도 그런 말을 했었고 아가씨도 그렇게 말하니, 뵙지도 않은 아버님께

홈이 잡힌 것 같아 걱정이 됐어요. 이제껏 이렇다 할 잘못을 저지르지도 않았는데…. 내가 여자인 것, 내가 인간인 것 자체가 가책을 받을 일이라면 모르지만….

그때 계단을 올라오는 발자국 소리가 들리더니 다이스케의 아버지라 생각되는 분이 입구에 나타났죠. 키가 크고 흰 털이 섞인 턱수염을 기르고, 검은테 안경을 썼습니다. 속에 노타이셔츠를 입고 쥐색 양복을 입었어요. 다이스케와 도모코와 썩 닮은 이목구비가 뚜렷한 얼굴이었죠.

"아, 아버지시군요. …아버지, 전 벌써 시로야마 언니와 다정한 친구가 되었어요."

"잘했다. 이번엔 아버지가 친구가 될 차례니까 넌 아래층에 내려가 점심 준비하는 것을 도와주렴."

아버지는 도모코를 방에서 내쫓고 적당한 간격을 두고 앉았습니다. 우리는 서로 인사를 나누었죠. 이분에게 호감을 얻지 못했음을 생각하니 자연히 딱딱한 자세를 취할 수밖에 없었습니다.

'나는 이분에 대해 도대체 무슨 잘못을 저질렀을까? 그의 아들을 사랑하는 것이 죄가 되는 것일까?…'

그는 안경 너머 날카로운 눈초리로 나를 지켜보고 있었죠.

"유리코 양, 몇 살이죠?"

"스물 두 살입니다."

"옛날식으로 스물 셋이나 넷이군. …부모님께서는 당신이 여기 온 것을 물론 알고 계시겠죠."

"네, 도쿄를 떠날 때 편지를 보냈습니다. 내일쯤 아시게 될 겁니다.

"그럼 사후승낙이군요."

"도쿄를 떠날 때까지 이곳에 오는 문제를 결정하지 못했습니다. …저는 이 댁에서 환영을 받을지 못 받을지 자신이 없었습니다."

"당신은 솔직하게 말하는 성격이군요. …다이스케가 내 기분에 대해 무슨 말을 했나요?"

"네."

"내가 불만스런 말을 한 것은 당신의 인품에 대한 것이 아니에요. 알지도 보지도 못한 사람에 대해 좋고 싫음의 감정을 품을 까닭이 없지요. …그것보다도…글쎄, 말하지 않는 편이 좋을지도 모르겠군…."

아버지는 턱수염을 비비며 시험하듯 나를 쳐다봤지요.

"제발 말씀해 주세요. 전 다이스케 씨와의 관계에서 최대한으로 노력해 왔으니까요…."

이렇게 말하면서, 내 가슴은 가냘프게 떨리고 있었죠.

"그럼, 내가 하는 말을 다이스케에게 하지 않겠다고 약속해 주겠어요?"

"네, 약속해요. 다이스케 씨를 배신하는 일이 아니라면…."

"그렇다면 말해도 되겠군요. 나는 다이스케가 당신을 행복하게 해 줄 수 있을지 없을지 의심스러워요. 물론 다이스케에게 무슨 문제가 있어서가 아니라 어쩐지 그런 느낌이 듭니다. …남녀관계에선 서로가 다 선의에 차 있어도 한쪽이 상대방을 불행하게 하는 일이 있죠."

그 말은 상상에서 하는 말이 아니라, 자기의 경험에서 나오는 듯한 진솔함이 배어 있었습니다. 그러나 나는 여기서 굴복할 수 없다고 생각하고,

"자기가 좋다고 판단하고 한 일에 대해서는, 그 결과가 어찌 되든 후회하지 않을 생각입니다."

"당신이 그렇게 말하니 다이스케의 아버지로서 마음이 한결 놓이는군요.. …그럼 이 이야기는 더 하지 맙시다. 내가 지금 한 말을 언젠가 당신이 생각하지 않기를 바랍니다. …그런데 당신은 아마 어머니를 쏙 닮은 듯하군요. 어쩐지 어머니의 느낌이 당신의 모습에서 풍기는 것 같아요."

나를 쳐다보는 그의 눈초리가 여러모로 변해도, 뭔가 변하지 않는 것이 그 눈 속에 번쩍이는 듯했어요. 지금 한 말

이 바로 그것과 관련된 것 같았죠.

"그 말씀은 맞습니다. 그런데 어떻게 아실 수 있지요?"

나는 당연히 캐묻는 어조가 되었습니다.

"하, 하, 하…. 나만큼 나이를 먹으면 여러 가지 경험으로 알아낼 수 있는 거죠. …당신의 어머니도 틀림없이 미인일 겁니다…."

"어쩐지 전 이상한 느낌이 드는데요…."

"아니, 그건 내 공상에 불과해요. …당신이 침착하게 앉아 있는 모습을 보니 부모님도 가정도 원만할 거라고 추측이 가는군요."

"네, 원만해요" 하고 대답하고, 이어서 그에게 유도된 것으로밖에 느껴지지 않는 말을 엉겁결에 하고 말았죠.

"아버지는 어머니에게 만족하고 있지만, 어머니는 아버지에게 불만스러운게 아닐까 하고 의심스러울 때도 있지만요…."

그러자 갑자기 그의 눈빛이 달라지더니,

"시로야마 양, 그만두세요. 당신의 입으로 부모에 대해 그런 식으로 말하다니, …그런 말은 듣고 싶지 않군요."

"그래도 전 그런 설명을 원하시는 것 같아서…."

우리의 눈은 뭔가를 알아내려고 서로 똑바로 쳐다보고 있었죠. 그 정체가 뭔지 똑바로 알 수 없지만, 나 자신이 이 집과 무슨 관계가 있는 것 같았어요.—다이스케와의 관계를 따지지 않아도. 그러자 으스스 추운 느낌이 들었죠. 하지만 나는 이내 깨달을 수 있었습니다. 그의 아버지는 지금 이것 저것 내 마음을 찌르는 말을 하지만, 결코 악의에서가 아니라 호의에서 하는 말임을….

계단 쪽에서 도모코의 말이 들려 왔어요.

"점심 준비가 됐으니, 언니와 아버지는 내려오시라고 하는데요."

"그럼 내려갑시다. 집에서 느긋하게 놀다 가세요. …지금 이야기한 것은 다이스케에게 말하지 마세요. …아니, 말해도 되지만 그 때문에 뭔가 좋지 않은 일이 조금이라도 일어날까 해서 그러죠. 요컨대 미혼 여성은 모든 일을 신중히 처리해야 한다는 걸 말하고 싶었을 따름이죠…."

아래층에 내려가니 부엌에 연결된 거실에, 요즘 보기 드문 개다리소반이 두 줄로 놓여 있었죠. 나는 아버지 옆에 앉게 되었습니다. 다이스케는 앞 마당에서 상의를 벗고 장작을 패고 있었죠. 어머님이 부르자 그는 샘에서 몸을 닦고 올라왔습니다.

밥상에는 소금에 절인 연어, 삶은 고기, 우무[35], 호박, 두부, 가지 넣은 된장국 등 시골 요리가 가득히 나와 있었죠. 나도 그런 요리를 먹고 자란 터라 새삼 식욕이 일어났습니다. 아버지의 상 옆에 오지 주전자—술이 들어 있는 듯한—하나가 놓여 있었죠. 그는 혼자서 홀짝홀짝 마시고 있었습니다.

"아버지, 경기는 어때요?" 하고, 다이스케가 문득 생각난 듯이 물었죠.

"좋지도 나쁘지도 않다고 해야 할까…."

아버지는 대수롭지 않은 듯이 대답했어요. 그러자 도모코가 옆에서 불쑥 말참견을 했습니다.

"환자는 많지만 수입이 시원찮아. 그래서 불경기지."

"네가 관여할 바 아니야…." 하고, 아버지는 얼굴을 찌푸리며 말했습니다.

"아버지, 이번 여름방학 때, 절 미수금징수원(未收金徵收員)으로 채용하시면 어떻겠어요? 가차없이 받아내죠. 수수료는 10%로 하구요…."

"쓸데없는 소리. 시로야마 양은 정나미가 떨어질 거야…. 그런 여가가 있으면 원서라도 한 권 더 읽는 편이 낫지."

"맞아요. 학생인 아들을 시켜 돈을 수금했다는 소문이 나면 나중에 입장이 난처해져요." 하고, 어머니도 반대 의견을 말했죠.

"그래요? 대수로운 일이 아닐 것 같은데…. 유리코 양은 어떻게 생각하지요?"

"제가 독촉받는 입장이라면, 다이스케 씨는 제일 거절하기 쉬운 사람일 거예요. 콧대만 세지 끈기가 부족해요…."

"오빠의 성격을 너무나도 잘 아시는군요" 하고 도모코가 감탄하자 모두 킬킬 웃었고, 다이스케는 쓴웃음을 지었죠. 나는 얼굴을 붉히고 말았습니다.

맛있는 점심으로 배를 가득히 채우자 이내 졸음이 오기 시작했습니다. 나는 2층 방에서 두 시간쯤 푹 잤어요. 푸릇푸릇한 논을 건너오는 미풍이 줄곧 불어와서 기분이 아주 상쾌했습니다.

잠이 깨어 요 위에서 멍하니 누워 있으니까, 도모코가 올라와 함께 강으로 수영하러 가자고 했지요.

"그쪽 논길을 따라가면 바로 강이 나오죠. 그래서 집에서 아주 수영복으로 갈아입고 나가요."

수영복 차림으로 집에서 출발하여 모두 맨발로 가는 겁니다. 나는 도대체 몇년 만에 발바닥으로 땅을 밟았는지! 푸른 논 사이 오솔길을, 몸에 딱 붙는 수영복을 입고 맨발로 걸어갔죠. 그러자 오랫동안 잊었던 뭔가 중요한 것이 생각난 듯한, 그리운 기분이 들고 말았어요.

다카오, 도모코, 그리고 그녀의 친구들은 앞장서 가고, 나와 다이스케는 조금 떨어져 따라갔습니다.

"아버지가 당신 방으로 들어갔는데 무슨 말씀을 하셨지?"

"물론 말없이 앉아 있진 않았죠. 마주보고 대화를 나눴지만 중요한 내용은 아니에요. 난 아버지가 하신 말씀을 당신에게 말하지 않겠다고 약속했으니 묻지 마세요."

"그럼 묻지 않겠어. 아버지의 인상은 어때?"

"무척 호의적인 인상 같았어요."

"아, 그럼 잘 됐군."

"아버지는 예스러운 턱수염을 길렀지만, 상대방의 기분을 깊이 이해하시는 분인 것 같아요."

"아버지는 정말 지나치게 높은 평을 받았군…"

우리는 푸릇푸릇한 논들 한가운데를 걸어갔습니다. 하늘은 맑게 개이고 우윳빛 구름이 여기저기 돛단배처럼 떠 있었죠. 논 사이에 멀리 숲들이 보였는데, 거기가 하나의 작은 마을인 듯했어요.

앞서 걸어가는 무리들이 "오, 솔레미오"를 부르기 시작했죠. 우리도 그걸 따라 합창했습니다. 노래하면서 내가 오른손을 흔들자 다이스케는 내 손을 잡았죠. 우리는 앞에 가는 사람들을 경계하면서 한참 손을 잡고 걸어갔어요. 나는 언뜻 장난치는 기분으로 뒤돌아서 그에게 다가가 키스를 요구했죠. 그는 엉겁결에 당황하여 한쪽 발을 논 속에 텀벙 빠뜨리고 말았어요.

도모코의 친구들은 그런 것도 모르고 맞지도 않는 합창을 계속하고 있었죠. 나는 우스운 느낌이 들어 갑자기 깔깔거리며 웃기 시작했습니다. 방안이었으면 몹시 큰 소리였겠죠. 그러나 넓은 여름 하늘 아래에선 그 소리도 이내 흐려져 사라지고 말았지요.

얼마쯤 걸어가자 제방이 나타났습니다. 작은 나무다리를 하나 건너자 넓은 모래밭인 강가에 이르렀죠. 저쪽 기슭을 따라 푸른 물이 햇빛에 반짝이며 천천히 흘러가고 있었어요. 강가의 모래밭은 햇볕을 받아 뜨거워서 우리는 차례로 춤추듯이 뛰어갔죠.

모두 헤엄치기 시작했어요. 물은 미지근했습니다. 몸은 가볍게 물 위에 떴죠. 나는 팔을 교대로 물 위로 뻗기도 하고, 두 발로 차기도 하고, 반듯이 눕기도 했으며, 잠수도 했어요. 지쳐서 녹초가 될 정도로 물 속에서 장난을 친 거죠. 그 후 차가운 몸을 뜨거운 모래밭에 눕혀 쉬기로 했어요. 다이스케는 줄곧 내 곁을 따라다녔습니다.

젖은 몸을 넓은 창공 밑에 내던지고… 얼마나 근사한 해방감인지! 나라는 존재가 빛의 분자가 되어 무한히 퍼져 가는 느낌이었죠. 이런 순간에 다이스케가 무엇인가 요구했다면 나는 아무것도 아끼지 않았을 거예요. 왜냐하면 나는 모든 윤리나 계약을 초월한 세계에서 떠돌고 있었기 때문이죠.

두 손을 쭉 뻗고 눈을 감고 있으니까 눈꺼풀 뒤에 여러 가지 색채가 아른거렸죠. 숨막힐 듯한 기분이었어요. ─ 우리보다 젊은 아이들은 아직도 물 속에서 외치며 떠들고 있었죠.

"다이스케 씨."

"왜요…"

"나 말이죠. 이렇게 뜨거운 모래밭에 알몸으로 누워 있으니까 평소에 갇혀 있던 좁은 껍질에서 벗어나 어떤 '하나', '전체인 하나'[36)]에 완전히 융합될 것 같은 느낌이 드는데…"

"그건…환상이지. '하나'에 융합되는 느낌이 들어도 그건 착각에 불과해. …당신이나 나나 각자의 좁은 껍질에서 영원히 빠져 나올 수는 없어…. 우리는 인간이라는 한계 속에서 살아가고 있으니까…"

"그래도 '하나'로 융합될 수 있다는 환상이 전혀 쓸모없는 건 아닐 거예요…"

"그럴지도 모르지. …그러나 나는 의사이니까 그런 환상을 별로 믿고 싶지 않아…"

"그런데 당신말이에요. …나를 행복하게 할 자신 있어요? …있겠죠. 그런 자신감으로 가슴이 부풀어 있겠죠…"

나는 마음에 걸렸던 그의 아버지의 말이 생각나서 물어봤어요.

"당신의 행복은, 그 반 이상을 당신 자신이 만드는 거야.

당신답지도 않은 감상적인 말을 하는군…."

"그건 사실이지만…당신은 자신이 없나요?"

"모르겠는데. …시시한 말 그만해…."

내 눈꺼풀은 햇빛에 가려지는 걸 느낀 듯싶었어요. 하지만 그건 다이스케의 얼굴이 내 얼굴을 위에서 덮었기 때문이죠. 내 입은 그의 뜨거운 입술로 숨쉴 수 없을 만큼 가려지고 말았죠.

나도 그의 몸을 열렬히 껴안고 뜨겁게 키스하여, 그의 키스를 되갚아 주었어요.―도모코와 친구들이 외치는 소리가, 멀리서 꿈속에서처럼 가냘프게 들려 왔습니다. 그들과 같은 어린 시절이 나에게도 있었지만, 지금의 나는 그들과 완전히 다른 존재임을 절실히 느꼈죠. 난 울고 싶은 기분이었어요.―짧은 순간이었지만 그 시간은 틀림없이 활활 불타며 지나간 듯했죠.

나는 일어나서, 아직도 모래 위에 엎드린 다이스케의 머리칼을 만지면서,

"…나는 크게 외치며 모래밭을 뛰어다니고, 또 걷고 싶군요. 나는 살아 있다, 살아 있다 하고 소리치면서…. 아까 2층 창틀에 턱을 괴고, 끝없는 푸른 논을 바라보았죠. 그러자 언뜻 처마 밑 사다리가 눈에 띄었어요. 그러자 로미오와 줄리엣 이야기가 머리에 떠오르지 뭐예요. 한밤중, 당신이 사다

리를 타고 2층 창문으로 들어오면, 어떻게 할까 하고 생각해 봤어요. …내가 어떻게 생각했는지 알 수 있겠어요?"

그는 우울한 표정으로 나를 쳐다보며,

"이상한 것을 생각하는군. …젊은 여자의 머리에 그런 공상이 떠오르다니, 정말 있을 법하지도 않은데…."

"그렇지 않아요. 남자의 머리에 떠오르는 망상은 여자의 머리에도 똑같이 떠오르는 거예요."

"…어쨌든 사다리를 당신의 방 밑에서 딴 곳으로 옮겨 놔야겠어…."

―이렇게 내가 한 말을 글로 쓰면, 나 자신에 대해 이상한 느낌이 드는 거예요. …정상적인 신경의 소유자인지 의심날 듯한 말을 종종 무심결에 지껄이기 때문이죠. 그러나 그와 함께 있던, 넓고 뜨거운 모래밭에서, 나는 분명히 건전한 사람이었다고 확신해요.

아아, 나는 정말 다이스케가 좋아서 견딜 수가 없어요….

10

나는 다이스케의 집에서 4, 5일 지낼 생각이었는데, 분위기가 너무 좋아서 열흘 동안이나 머물렀습니다.

집안 식구들은 날 등한히도 하지 않았고, 지나친 서비스로 성가시게도 하지 않았습니다. 이런 인간적인 대우가 나에게는 정말 고마웠죠.

내가 처음으로 묵게 된 그 시골 마을은, 도쿄는 물론 내 고향인 소도시와도 전혀 다른 환경으로 느껴졌어요. 신기한 기분이 드는 거예요. 무엇보다도 자연을 가슴 깊이 느꼈습니다.

예컨대 밤에 잠들 때, 여기선 자기가 한 알의 모래나 어떤 신비인 양 깊고 새까만 태고의 정적 속에 빨려 들어가는 거예요.

하루의 일로 지친 혼은, 하룻밤, 엿처럼 진한 원시의 정적 속에 휴식을 취하고, 아침엔 아이의 혼처럼 새 힘을 되찾는 거죠.

아아, 매일 아침 잠이 깨었을 때의 그 상쾌한 기분! 나는 누에고치에 둘러싸인 번데기처럼 어둠에서 꿈틀거리죠. 조금씩 의식이 깨기 시작합니다. 점차 새소리가 들려 옵니다. 참새 등 이름도 모르는 새들이지만 그 울음소리는 상쾌하죠. 그러나 그 소리는 놀랄 만큼 날카롭습니다. 덧문 틈새로 흰 아침 햇살이 살그머니 비쳐 오죠. 여기저기 하루의 일과가 시작되는 소리가 들려 옵니다.

나는 이불 속에서 아직도 의식이 몽롱한 상태지요. 가슴은 서서히 숨쉬고 있습니다. 두 다리를 쭉 뻗고, 뭔가를 받아들이려는 듯 두 팔을 벌리고 있죠. 눈꺼풀 뒤와 신경의 주름 속엔, 엿처럼 끈덕진 것이 아직도 남아 있어요. 하지만 이것이 차차 흐려져서, 어린아기의 아침처럼 상쾌한 아침이 찾아오는 거죠.

잠이 깰 때처럼 잠들 때의 장면도 인상적입니다. 흐릿한 전등불이 푸른 모기장을 친 방안을 희미하게 드러나게 하죠. 나는 요 위에 깐 꽃무늬 돗자리에 누워 가벼운 삼베 이불을 가슴까지 덮고 공간의 한 점을 바라봅니다. 이 세상이 아닌 곳을 보려고 하는지도 모르죠….

집 밖에서는 개구리 소리가 요란하게 들립니다. 거대한 오케스트라의 합주처럼 말이에요. 그 노랫소리로 대지가 가냘프게 떨고 있는지도 모릅니다. 먼 산맥까지 ─지방의 경계를 이루는─ 퍼져 간 논두렁에도 못자리에도 매끈매끈한 개구리가 무수히 엎드려, 시작도 끝도 없이, "가아, 가아" 하는 단조로운 리듬으로 울어대죠. 혹시 저 개구리는, 밤 하늘 무수한 별에서 하나씩 떨어져 밤새도록 울다가, 미명에 별의 제 구멍으로 되돌아가는 마성(魔性)의 생물인지도 모르죠.

그들의 어마어마한 리듬에 흔들리는 중에, 내 몸은 차차 나른해지고 해체되어, 어딘가 끝도 없는 어두운 곳으로 끌려

가죠. 아니, 때로는 옛날 세계가 아니라, 오랜 세월의 냄새─방안에 배어 있는, 건조한 곰팡내 나는─속으로 끌려오는 듯한 기분도 듭니다. 그러고 나서 꿈도 꾸지 않고 깊은 잠으로 빠져드는 거죠.

이 집에서 지내게 된 뒤, 시골 생활의 영향 때문인지 식욕은 몹시 왕성해졌어요. 세 끼 식사가 기다려지고 얼마든지 먹을 듯한 기분입니다. 처음엔 자제했지만, 시간이 흘러가자 살찔 것을 각오하고 양껏 먹기로 했죠.

오전중에 두 시간쯤, 집에 있는 낡은 재봉틀로, 나는 도모코와 그녀의 친구들에게 양재를 가르치기로 했어요. 오후에는 낮잠을 자거나 강에서 수영을 하거나, 비가 오면 집안일을 조금씩 도와주기도 했죠. 다이스케는 진찰실에서 아버지의 조수 노릇도 하고, 세무서, 동사무소 등에 아버지 대신 찾아가기도 했어요. 때로는 집안의 힘드는 일도 했죠.

도착한 날, 우리는 뜨거운 모래밭에서 몰래 키스했는데, 그 뒤엔 둘만이 이야기한 적도 없고, 그런 욕망이 일어나지도 않았어요─이상한 일이지만. 나는 흐뭇한 만족스러운 기분으로 하루하루를 보냈습니다. 같은 지붕 밑에서 가족들과 함께 지내게 되니 그런 정열이 누그러진 듯싶었죠.

어느 날 오후부터 비가 내리기 시작했습니다. 각자 자기의 일들을 하고 있어 집안은 조용했지요─가정엔 이런 고요한 시간이 종종 있게 마련이죠. 2층 방에서 나는 창틀에 기대어 삶은 옥수수를 먹으면서 여성잡지를 뒤적이고 있었죠. 두 발을 쭉 뻗고 긴장이 풀린 듯한 자세를 하고 있었던 것 같아요.

이따금 눈을 들어 바깥 경치를 내다보곤 했습니다. 푸릇푸릇한 넓은 논은 비 때문에 흐려 보였고, 묵화처럼 아늑한 운치가 그윽했어요. 가까이에선 비스듬히 내리는 흰 빗방울이 보이고 조금 떨어지면 부옇게 흐려졌습니다. 비오는 중에 삿갓을 쓰거나 도롱이를 걸친 농부들이, 제초작업을 하는지 여기저기 어른거리며 돌아다녔습니다..

언뜻 귀를 기울이니 나직이 끙끙거리며 계단을 올라오는 발소리가 들려 왔어요. 육중한 움직임 때문에 그분이 다이스케의 어머니—이름은 후사코인데—임을 이내 알 수 있었죠.

"유리코 양, 있어요? 잠깐 실례해도 되겠죠…."

이렇게 말을 걸면서, 검은 지지미오리 겉옷을 입은 어머니가, 흰 피부의 뚱뚱한 모습을 방안에 드러냈어요. 과자를 담은, 작은 둥근 칠기(漆器)를 두 손에 들고.

나는 쭉 뻗은 두 발을 얼른 오므리고 어머니를 맞이했죠.

"이렇게 비가 와서 밖에 나갈 수 없으니 난처하겠어요. 혼자 심심할 듯하여 이야기를 나누려고 들어왔죠."

"네, 심심하지는 않습니다. 전 여기서 지내니까 어쩐지 몸도 커지고 마음도 넓어지는 듯해요."

"그럼 잘 됐군요. 이건 아까 만든 과자인데 드세요."

칠기 과자그릇 속에 센베이(千餠)37)를 구워 간장에 무친 것이 서너 개 들어 있었죠. 그 과자는 많이 먹으면 속이 거북하지만, 그래도 내가 좋아하는 과자였어요.

어머니는 나와 마주보고 앉았는데, 어딘지 어색한 느낌이 들었지요. 어떤 비밀스런 용무 때문에 찾아와서는 정직한 성격이라 그걸 감추지 못하는 것처럼 느껴졌죠. 예상대로 몇 마디 무난한 세상 이야기를 하더니, 내 얼굴에서 딴 데로 시선을 돌리고,

"…저어 엉뚱한 걸 물어 보는 것 같은데, 유리코 양은 아마 어머니를 많이 닮았겠죠?"

그 순간 내 가슴이 덜컥 했습니다. 그리고 섬세한 감정을 드러내지 못할 듯한, 묵직한 표정의 어머니 얼굴이 무서워졌죠.

"네, 사람들이 그렇게 말하죠. …그런데 어떻게 그걸 아시나요?"

"아, 그건…알 수 있지요" 하고, 어머니는 억지로 미소를 띠우며 대답했습니다.

나는 어쩐지 캐묻고 싶은 마음이 일어나서,

"제가 여기 도착한 날, 아저씨도 같은 말씀을 하셔서… 제 얼굴에 뭔가 특별한 표시라도 있는지 알고 싶군요."

그러자 어머니의 억지로 띠운 미소가 싹 가시고 두 볼이 굳어지더니,

"아니…우리 집 선생도 그렇게 말했군요…."

"네. …제가 어머니를 닮았는지 않았는지, 나이 든 경험 많은 사람은 보면 알 수 있다고 하셨죠."

"그래요? …선생은 잘 알 수도 있겠지만…."

환자가 의사에게 쓰는 '선생' 이라는 말로 남편을 부르는 것이, 어쩐지 냉정하게 들렸습니다.

"그런데…아가씨의 어머니는, 여기서 지내는 것을 승낙하셨나요?"

"아, 그것도 아저씨께서 물어 보셨죠. …어머니에게 상의하지 않고 왔습니다. 여기에 와서 편지로 알려 드렸죠."

"알겠어요. …그러면 다이스케와 교제하는 것을 어머니도 알고 계시군요…."

"네.…"

"어머니는 찬성하셨나요?"

"글쎄요. 마음속으론 별로 찬성하지 않는 것 같아요. 그래도 전 제가 옳다고 믿는 것은 부모님에게 보고는 하지만, 일일이 허락을 받으려고 하지는 않아요…."

"저런. …요즘 처녀들은 그런 식으로 하나요?" 하고, 어머니는 의외로 부드러운 어조로 말했죠.

내 어머니가 다이스케와의 교제를 찬성하지 않는다는 말이 그녀의 마음에 든 거죠!—몹시 예민해진 내 신경은 이내 그 사실을 알아챘습니다.

"도모코 양도 머지않아 그렇게 될 겁니다. 아주머니" 하고, 대수롭지 않은 듯이 농담조로 말했죠.

"그럴까요. 정말 무섭군…. 우리 집 선생은 그 밖에도 무슨 말씀을 하셨나요?"

"별로. …다이스케 씨에 관해서만 말씀하셨죠. 아저씨는 저와 교제하는 걸 그다지 찬성하지 않는 듯한 말씀이었죠. 제 어머니가 그렇듯이 말입니다…"

"음…" 하고, 어머니는 약간 끄덕였는데, 내게는 냉소하는 것처럼 느껴졌죠.

"아가씨의 어머니와 우리 집 선생은 생각하는 것이 똑같군요. 호, 호, 호…"

그 순간, 이 집 주부—뚱뚱하고 살결이 흰, 표정의 변화가 별로 없는—에게서, 나는 분명히 적의를 느꼈습니다.

나는 속으로 그녀의 적의에 대해 방어할 자세를 취하고,

"아주머니도 혹시 제가 다이스케 씨와 교제하는 걸 반대하시나요?"

어머니는 또 억지로 미소를 짓고,

"유리코 양. 이 집에서는 여자는 자기의 의견을 말하지 못하게 되어 있죠. 남자만이 집안일에 대해 말할 자격이 있죠. 그러니까 나는 선생이 하는 일에 말없이 따라가기만 하면 됩니다. 다이스케한테도 큰 소리를 칠 수 없어요. …그것이 이 집안의 가풍(家風)입니다. …그렇게 된 건 아마도 내게 그만한 기량(器量)밖에 없는 탓이겠지만…"

이렇게 말하는 어머니의 무딘 표정에도, 뭔가 몸에 사무치는 것을 느낄 수 있었죠. 나는 나도 모르게 흥분하여,

"믿을 수 없군요, 아주머니… 전 여기서 지내면서 몹시 분위기가 따스한 가정이라고 느꼈어요. 손님이 있을 때 연극으로는, 그런 느낌은 들지 않죠."

"그건 주부인 내가 자기를 억제하는 것에 익숙해졌기 때문이죠…"

"선생님이 그렇게 냉정한 분으로는 생각되지 않는데요…"

"나도 그를 냉정한 사람이라고 여기지는 않아요. 그래도 마음속으론 여자인 나를 무시하는 거죠. 틀림없이…"

"그래도… 자녀들이 셋이나 태어났는데…. 전 믿을 수 없어요, 아주머니."

"그건 말이죠, 유리코 양. 부부가 한 지붕 밑에서 살면, 서로 미워해도—우리가 그렇다는 건 아니지만—아이들은 태

어나게 마련이죠. 사람이란 남자고 여자고 그런 점에선 무력한 거예요. 난 당신이 그런 일을 모르고 인생을 살아가길 바라고 있어요…."

뭔가 저항할 수 없는, 묵직한, 설득력 있는 말이었습니다. 나는 숨이 가빠져서 비 때문에 흐릿하게 보이는 논을 바라보았죠. 어느 사이엔가 안개가 끼더니 큰 원을 그리며 강둑으로 흘러갔습니다.

나는 아버지와 어머니의 일이 반사적으로 머리에 떠올랐지요. 어머니는 아버지에 대해 한결같은 깊은 애정—어머님 성격에서 드러나는—을 품은 적이 있었는지 의심스러운 점이 있었어요. 그런데도 나뿐만 아니라 요시오, 마리코 등 세 아이들이 태어난 것이 사실입니다. 한 지붕 밑에 사는 남녀는 그렇게 무기력한 존재가 되는 모양이죠….

그러나 나만은 그런 존재가 되고 싶지 않습니다. 몸과 마음을 불태워 사랑하는 남자의 아이만 낳을 작정이에요. 태어날 아이에 대한 엄마로서의 본질적인 책임은, 그 아이의 아버지를 진정으로 사랑했느냐 그 여부에 달린 거죠.—나는 이렇게 믿고 있어요.

그때 "어머니, …어머니" 하고 부르는 도모코의 목소리가 들려 왔습니다. 어머니가 어디 있는지 알 수 없어 찾고 있는 어조였죠.

"…나한테 무슨 일이 있는 모양이네요. 실례했어요. …며칠이고 좋으니 여기서 느긋하게 지내세요. 내가 쓸데없는 이야기만 한 것 같군요…"

어머니는 나와 대화를 나눠 기분이 좋아졌는지 이번엔 정말 호의가 느껴지는 미소를 보이며 방에서 나갔죠.

어머니로부터 나는 뭔가 무거운 짐을 맡은 것 같아 우울하고 견딜 수 없는 기분이 들었어요. 다이스케의 말에 의하면, 어머니는 자기의 의견이 없고, 남편에게 절대 복종하는 것 외에 아무 능력도 없는 사람이라고 했죠. 하지만 지금 어머니의 말을 들어 보니, 남편에게 강요당해 할 수 없이 그런 식으로 사는 듯한 느낌이 드는 거예요. 인간에겐 누구나 남이 알 수 없는, 그 자신만의 입장이 있는 것을 새삼스레 느꼈죠. 나는 다이스케의 어머니를 동정하고 싶은 기분이 들었습니다.

그런데 '선생'인 다이스케의 아버지도 그리고 어머니도, 왜 내가 어머니를 닮은 것을 문제삼을까요? 딸이 부모의 어느 쪽이든 닮는 것은 당연한 일이 아니겠어요? 이 부부간엔 표면에 나타나지 않지만 뭔가 속에 숨어 있는 응어리가 있는 것이 아닐까요? …나는 창틀에 축 기대어 비 내리는 전원의 풍경을 바라보며, 마음속에 내 어머니의 이미지를 가득히 채우고 있었죠.

그런 일이 있는 뒤부터 다이스케의 어머니는, 지금까지 해 온 이상으로 나에게 신경을 쓰는 듯했죠. 어떤 때는 기분이 썩 좋고 어떤 때는 기분이 언짢았지만, 어쨌든 나를 관심의 대상으로 삼는 것이 분명했습니다. 나는 그 사실을 다이스케에게도 말하지 않았죠. 언젠가 모든 일이 자연히 밝혀질 때까지 기다리기로 결심했습니다.

그 후 이틀 뒤에, 나는 무슨 일로 관공서에 찾아가는 다이스케와 동행하기로 했죠. 돌아오는 도중, 그는 마을 경계에 있는 용수용(用水用) 늪에서 낚시질을 한다고 알려 주었어요. 그래서 집에서 나올 때에 나는 낚싯대와 양동이를 들고 나왔어요. 원피스에 차양이 넓은 맥고모자를 쓰고, 누군가의 닳아빠진 게다를 신었습니다. 여름엔 이런 차림새가 시원해서 좋지요.

다이스케가 관공서에서 일을 보는 동안, 나는 먼저 늪으로 가서 낚싯줄을 드리우고 그를 기다리기로 했어요. 상당히 큰 늪이었죠. 헤엄쳐서 횡단할 수는 있지만, 종단(縱斷)하기엔 기슭을 따라가지 않으면 무서워 헤엄칠 수 없을 정도의 크기였어요. 둑은 주위의 논보다 일 미터쯤 높고, 키가 가지런한 버드나무들이 빽빽이 자라고 있었죠. 이 둑도 강의 제방처럼 전망이 좋았습니다. 늪 안엔 맑은 물이 가득히 고여 있고, 수면에 푸른 하늘과 흰 새털구름이 비치고 있었죠.

목덜미가 붉은 새들이 수면 위를 스치며 날아다니고 있었습니다. 늪의 오른쪽 수면에서 물이 흘러내리며, 주위가 조용한 탓인지 물소리만이 크게 울려 왔어요.

나는 나무그늘 풀숲에 앉아 낚싯줄을 드리웠습니다. 미끼는 지렁이인데, 산 지렁이를 잘게 찢는 데도 익숙해져 있었죠(지렁이야, 정말 미안해). 오후의 햇볕이 쨍쨍 내리쬐고 있었지만, 수면 위를 불어오는 미풍 때문에 그리 덥지는 않았습니다.

나는 쭈그리고 앉아 물에 떠 있는 찌를 지켜보고 있었죠. 처음엔 주위의 풀 훈김 때문에 숨막힐 듯했지만, 조금 참으니까 곧 익숙해졌어요. 물 속 푸른 하늘에, 성채(城砦) 모양의 여름 구름이 느릿느릿 지나갔습니다.

문득 찌가 두 번 물 속에 들어가고, 낚싯대를 쥔 손에 갑자기 끄는 힘이 느껴졌죠. 나는 당황해서 얼른 대를 올렸지만 미끼만 떼이고 말았어요. 미끼를 다시 달고 이번엔 멀리 낚싯줄을 던졌습니다.

멀리서 오토바이 달리는 소리가 났어요. 점점 가까워지는 듯싶더니 이내 엔진 소리가 멈추고, 누군가 둑으로 올라오는 것 같았어요. 뒤돌아보니 다이스케의 아버지였습니다. 왕진 가는 도중인 듯, 색 바랜 사냥모자에 노타이셔츠, 옛날 군대용 카키색 바지를 입고 있었죠. 두 눈엔 먼지를 막는 검은 안경을 썼습니다.

"어때요, 잡힙니까?" 하고 아버지는 안경을 벗고, 눈부신 듯 두 눈을 끔벅거리며 다가왔습니다.

"아직요. 방금 왔는 걸요…."

"다이스케는 어디 갔죠?"

"관공서에 갔어요. …멀리서 저라는 걸 용케 알아보셨네요."

"아가씨가 일어나서 낚싯줄 던지는 것을 우연히 봤지요. 시골 처녀는 당신처럼 키 큰 여자가 드물어 이내 알 수 있어요. 시골에선 생활조건이 나빠, 도시에서 흔히 볼 수 있는 것처럼, 다리가 길고 반듯한 젊은이는 전혀 볼 수 없지요. 길고 반듯한 발로는 논일하기가 힘들죠."

"―아저씨, 먼지가 묻었네요."

나는 손수건을 꺼내어 턱수염에 묻은 뿌연 먼지를 털었습니다.

"아, 고마워요. 시골은 길이 험해서…. 여기서 담배나 한 대 피워야겠군…."

아버지는 내 옆에 앉아 담배를 피우기 시작했습니다.

찌가 또 물 속에 빨려 들어갔죠. 내가 당황하자 다이스케의 아버지는,

"아직, 아직…더…" 하고, 낚싯대를 올리지 못하게 했어

요.

 그러자 낚싯대가 물 속 풀숲으로 끌려 들어갈 지경이 되었죠. 그제서야 "잡혔죠. 올려요" 하고 말했습니다.

 낚싯대를 올리자, 6인치 정도의 붕어가 은빛 비늘을 번쩍이고 날뛰면서 낚싯줄 끝에 매달려 있었죠. 너무나 좋아서 큰 소리로 난 뭐라고 외쳤습니다.

 "마치 고래라도 낚은 듯이 외치는군요. 하, 하, 하…" 하고, 아버지는 놀려댔죠.

 붕어를 양동이에 집어넣어 물 속에서 헤엄치게 했어요. 나는 또 낚싯줄을 드리웠죠. 한참 소용돌이가 일어났던 수면은 다시 잔잔하게 가라앉았습니다. 아버지가 내뿜는 담배 연기가 여러 가지 형상을 그리면서 물 위를 지나 사라져 버렸죠.

 "―유리코 양" 하고, 아버지가 불시에 나를 불렀습니다.

 담배꽁초를 수면에 던지자 '지익' 하는 소리가 들렸죠.

 "아가씨에게 한 번 물어 보려고 했는데… 다이스케와 함께 잠자리에 든 적이 있나요?"

 "네? 뭐라고요?" 하고, 나는 엉겁결에 되물었죠.

 아버지가 한 말의 의미는 이해했지만, 너무나 뜻밖의 질문이라 실감하지 못한 겁니다.

"다이스케와 동침한 일이 있느냐고 물은 거죠…."
"아, 그 말씀이군요. 동침한 일 없습니다."

나는 조금도 불결한 느낌을 받지 않고 '동침한다'는 말을 입에 올릴 수 있었죠. 이제껏 그런 경험은 한 번도 없었고 앞으로도 없을 것으로 생각하죠. 그런 질문을 받고 대답하면서 얼굴을 붉히지 않는 것은, 그분이 의사였기 때문인지도 몰라요.

"다행이군요. …앞으로도 그러는 것이 좋을 겁니다…."
"왜 그렇죠? 남녀가 서로 사랑한다면, 그런 기회가 자연스럽게 찾아올지도 모르잖아요…."

나는 아버지의 진의를 알고 싶어 다른 경우엔 입에 올릴 수 없는 말을 하고 말았죠. 어쩐지 거역하고 싶은 마음이 든 겁니다.

"그 말이 틀린 말은 아닌데…" 하고, 아버지는 자주 하는 버릇으로 턱수염을 잡아당기며, 물 속의 먼 하늘을 들여다보았죠.

"그러나 인간이란 앞으로 자기에게 무슨 일이 닥칠지 모르는 거죠. 이 말은 당신과 다이스케의 경우에만 해당되는 것이 아니라 일반론(一般論)이지만…. 정식 부부가 되기 전에 당신의 몸에 남자의 '표시'가 새겨지면, 어떤 사태가 발생할 경우, 여자인 당신에게 평생 상처를 주게 될지도 모르죠. 그러니…."

낚싯대에 또 끄는 힘이 느껴졌지만 나는 그걸 무시해 버리고, 단단히 항변하기로 했습니다.

"아저씨의 말씀은 억지 주장인 듯하지만, 그래도 이상한 현실감이 뒷받침하고 있는 듯해요. 전 가슴이 답답해졌어요…. 혹시 아저씨는 어떤 분명한 것을 말씀하는 대신, 에둘러서 이런 일반적인 말씀을 하는 것이 아니세요?…"

"아니, 아니. 나는 다만 의사로서, 그리고 연장자로서 상식적인 충고를 하고 있을 뿐이죠…."

아버지의 답변은 분명히 내 질문을 얼버무리는 말투였어요.

"그래도 아저씨. 다이스케 씨와 제가 무난히 결혼하는 것이 힘들다고 선고하시는 것 같아요. 그런 선고,—아저씨의 말씀으로는 상식적인 충고인데—그런 말씀에 대해 전 힘껏 투쟁할 결심이죠. 그래도 괜찮겠어요?"

아버지는 검고 큰 깊이 있는 눈으로, 나를 지그시 쳐다보았습니다. 그 눈빛에는 나에 대한 호의가 스며나오는 것 같았죠.

"—유리코 양. 당신은 정말 매력있는 처녀이군요. 당신 같은 딸을 가진 어머니, 아니 부모님은 틀림없이 자랑으로 여길 거예요. …좋아요. 당신이 하겠다는 투쟁을 힘껏 해 보세요. 그러는 중에도 내 말을 이따금 상기한다면 난 만족하겠소. …이제 난 가야겠어요. 시골 의사는 마차 끄는 말처럼 열심히 일해야 먹고 살 수 있지요."

이렇게 말하고 자리에서 일어서다가 다시 주저앉더니,

"유리코 양. 내가 당신이라는 인물에 반했다는 표시로 이마에 키스해도 되겠어요?"

"네, 좋아요. 아저씨."

내가 낚싯대를 쥔 채 얼굴을 내밀자, 그는 내 머리를 어색하게 끌어안고 이마에 키스했죠. 담배 냄새가 코를 찌르고 턱수염이 간지러웠습니다.

"고마워요. 매끄럽고 희고 부풀어올라 정말 멋진 이마군. …당신이 낚싯줄을 드리우고 있으니 늪 속 숫놈 물고기들은 모두 잡히고 말겠군요. 하, 하, 하…."

아버지는 유쾌한 듯이 둑을 내려갔어요. 이내 엔진을 시동시키는 폭음이 나더니, 그 오토바이는 엄청난 먼지를 날리며 뿌연 시골길을 달려갔죠.

혼자 남게 되자 나는 낚시질 할 마음이 없어졌어요. 낚싯대를 옆에 둔 채 풀숲에 벌렁 드러누웠죠. 자랄 대로 자란 잡초의 생생한 냄새가 코를 찔러 신경이 마비될 것만 같았어요. 머리 위로 똑바로 보이는 하늘은 점점 멀어지고, 동시에 나락(奈落) 속에 끝없이 빠져드는 듯한 착각에 사로잡혔죠. 흰 구름 덩어리만이 올라가지도 내려가지도 않고 창공에 떠돌고 있었습니다.

(당신은 다이스케와 동침했나요—)

얼마나 소박하고 솔직한 질문일까요! 너무나 노골적인 표현이라 나쁜 아니라 누구든 화를 내지 않을 수 없었을 거예요. 그런데 다이스케의 아버지는 도대체 무슨 충고를 하고 싶었을까요? 대충 알듯도 하지만 최후의 요점이, 마치 목에 걸린 가시처럼, 드러날 것 같지 않았습니다.

우스꽝스런 시골 의사 선생님—. 젊은 처녀인 내 이마에 키스해도, 지겨운 느낌을 일으키지 않으니 불가사의한 인물이라고 할 수밖에 없죠. 그를 난처하게 하기 위해—바로 그 목적으로—다이스케와 동침해 버릴까… 나는 이렇게까지 생각했습니다.

어쨌든 뭔가 감추는 것이 있는 것 같았죠. 하지만 조급히 서둘러 그걸 캐내려고 하지 않는 편이 나을 듯싶었어요. 머지않아 그 정체가 자연히 드러날 테니까 말입니다….

갑자기 베갯머리에서 소리가 났죠.

"이런 데 드러누워 있었군. …어디 있는지 보이지 않아 굉장히 찾아 헤맸지. 혹시 늪 주인인 큰 거북이에게 물 속에 끌려 들어간 것이 아닐까 하고…."

노타이셔츠를 입은 다이스케의 거무튀튀한 얼굴이 내 머

리 위에서 미소짓고 있었죠. 나는 깜짝 놀라 풀숲에서 일어났어요.

"방금 당신의 아버지가 여기 계셨어요. 왕진가는 중이라고 하시며 오토바이를 타고 오셨더군요. 여기에 잠시 앉아서 대화를 나눴지요."

"아버지가―무슨 이야기를 했죠?"

"흔히 있는 세상 이야기죠 뭐" 하고, 나는 시치미를 떼고 거짓말을 했습니다.

"허, 참…. 아버지가 젊은 여성 곁에 찾아오다니 희한한 일이군. 예사로운 이야기라고?"

"그래요. 또 물고기를 얼마나 낚았나 궁금하셨나 봐요. … 아, 한 가지 색다른 행동을 하셨어요."

"뭔데?"

"떠나시려다가 내 이마에 키스해도 되느냐고 물으셨어요."

"그래서―?"

"내가 얼굴을 내밀자 이마에 멋지게 키스하고 가셨어요…."

"아버지가…무슨 행동이지? 유리코 양, 몹시 난처했겠지?"

"아니에요. 턱수염 때문에 약간 간지러웠을 뿐이죠."

"―아버지는 당신을 좋아하는 거야. 그래도 좀 이상한 행동을 하셨군. …자, 고기나 낚읍시다."

그는 낚싯바늘을 갈아 끼우고, 낚싯대를 휘이 흔들어 멀리 낚싯줄을 던졌어요. …나는 그의 허벅다리를 베고 몸을 구부려 땅바닥에 누워 있었죠.

오랫동안 침묵이 흘렀습니다.

"나 말이죠. 단 둘이 있을 때 당신을 다이스케라고 막 불러도 되겠어요?"

"괜찮아. 그렇게 할 수 있다면…."

"할 수 있죠. 다이스케―씨…."

"저런, 야무지지 못하군…."

"정말 둘이 동침하지 않으면 못하는 모양이죠…?"

"아니!" 하고, 그는 흠칫했어요.

"지금 뭐라고 했지?"

"둘이 함께 살게 된 뒤부터라고 했죠."

"그렇게 안 들렸는데…."

"당신의 신경 탓이지요…."

그는 말없이 한쪽 손으로 내 턱 언저리를 쓰다듬었죠. 나는 그 손을 잡아 가운뎃손가락을 가볍게 물었습니다.

푸른 하늘이 끝도 없이 멀리 내다보였지요. 나는 조금도 부끄럽게 생각하지 않았습니다.

11

그는 내 머리를 무릎에 올려 놓은 채 낚시질을 계속했습니다. 잠깐 사이에 네댓 마리 낚는 것 같았어요. 이따금 생각난 듯이 낚싯대를 잡지 않은 손으로 내 볼을 어루만지곤 했죠. 물고기를 만진 손이라 차갑고 고기비늘 냄새가 코를 찔렀어요.

나는 낚시질 따위는 아무래도 좋았어요. 사랑하는 남자의 무릎을 베고 풀 위에 누워 먼 푸른 하늘을 바라본다는 것 — 이런 싱숭생숭한, 마음 들뜨는 경험을 내 생애에 몇 번이나 하게 될런지….

수문에서 떨어지는 물소리가 단조로운 리듬을 반복하고 있었습니다. 주위가 고요한 탓으로 그 물소리가 온 세계를 가득히 채울 듯한 느낌이 문득 들었지요. 시작도 끝도 없는 '쏴아' 하는 굉음(轟音) — 그 소리는 영원한 시간의 흐름의 일부인 듯했어요.

나도 다이스케도 나이를 먹고… 우리 사이에 서너 명 아이들이 있고… 어언간 가정주부로서의 관록(貫祿)도 붙고…

남편은 자기의 일 외에는 모든 것을 나에게 맡겨 버리고…. 끝도 없는 물 떨어지는 소리를 듣고 있으니까 이런 미래의 환영(幻影)이 머리속에 떠올랐죠. 제일 먼저 다이스케가 어엿한 의사가 되고, 나도 한 집안을 다스릴 지혜와 기술을 터득하고, 다음에 결혼해야죠. 결혼은 그의 아버지의 말에 의하면, 함께 동침한다는 뜻이 되지만—이런 식으로 일이 진행돼야 할 거예요.

사람의 머리속이 타인의 눈에 보이지 않는다는 것은 정말 잘된 일이죠. 다이스케는, 자기의 무릎을 벤 내 머리속에 그런 외설스런 생각이 떠오르는지 꿈에도 깨닫지 못할 거예요. 나는 젊은 처녀이고, 꽃·푸른 하늘·음악·초콜릿 등에만 관심이 있는 단순한 인간으로 그는 생각하겠죠. 천만에 말씀입니다.—나는 주간지의 지독한 성적인 기사도 몰래 애독하고…선정적(煽情的)인 '에로소설'도 그 의미를 분명히 이해하고 있으며, 또 남편 조종술도 이것저것 머리속에 정확히 정리되어 있죠. …나뿐 아니라 대부분의 처녀들도 다 이런 따위의 지식과 기술을 간직하고 있을 거예요. 그러면서도 겉으론 시치미를 떼고 천연덕스러운 얼굴을 하고 있을 뿐이죠.

그렇다고 해서 우리들 여성이 저속한 인간이라고 할 수는 없을 거예요. 왜냐하면 우리들이 앞으로 살아가야 할 세계는 꽃으로 장식된 온실이 아니라, 생존경쟁이 격심한(남녀관계도 그중의 하나겠지만), 거칠고 혼탁한 세계이기 때문이죠. 우리들도 낙오자가 되지 않으려면 여러 가지 이런 지혜를 갖춰야 할 필요가 있죠.

"유리코 양. 낚시질하지 않겠어요? 오늘은 미끼가 잘 물리는데…."

"난 당신 같은 근사한 남자를 낚았으니 물고기 따위는 관심도 없어요…."

"그래요? …사람은 모두 자기가 낚은 고기를 큰 것으로 여기려고 하지…."

"그래도 당신은 묵직한 쓸 만한 물고기에요. 틀림없이…."

"쓸 만하다는 말은 당신에게도 똑같이 들어맞을 거야."

"가끔 내 머리에 떠오르는 생각을 알려 드리죠. 우리는 아직 결혼한 사이가 아니므로 너무 이르기는 하지만…. 만약 내가 그 학생총회에서 당신을 알게 될 기회가 없었다면, 난 야부키 오빠와 결혼하게 됐을지도 모르죠. 옛날 친구이고 미남이고 날 오랫동안 좋아하고 있었으니까…. 그리고 나도 젊으니까 비록 그의 인품에 불만이 있어도, 외로워서 그와 정을 통하게 됐을 거라 생각해요. 사람은… 특히 여자는 본질적으로 몹시 외로움을 느끼는 존재죠. 그 결과 나는 뭔가 흡족하지 못한 기분으로, 그런 기분을 남편이나 아이들에겐 알아채지 못하게 하면서, 일생을 보냈을 거라고 생각해요. 마치 내 어머니처럼…. 그런데 이처럼 당신과 사랑하는 사이가 되었으니, 이젠 후회 없는 인생을 보낼 수 있으리라 생각해요."

"그렇게 간단하게 결론을 내리기엔 당신 말처럼 너무 이르지 않을까…. 지금 생각하는 것과 정반대로 야부키 군과 결혼하지 않은 것을 후회하게 될지도 모르지. 그 때문에 평생 후회 속에 살지도 모르는 거야. …인생이란 그렇게 쉽사리 앞을 내다보기가 힘든 게 아닐까…."

"그런 일은 있을 수 없어요. …어떤 확신 같은 것이 내 마음속에 분명히 자리잡고 있으니까…. 물론 나는 야부키 오빠와 히데코 양이 행복하게 되기를 원해요. 아주 자연스런 기분으로 말입니다."

"나는 말이지 유리코 양, 어느편인가 하면, 당신처럼 머리속에서 장래의 일까지 미리 살아가는 주의엔 반대하는 사람이야. 계획은 있어야 하지만 대충만 세우면 되고, 나머지는 하루하루 지혜롭고 주의깊게, 그리고 충실하게 살아가면 되는 거지…."

수면을 바라보며 하는 다이스케의 말이, 확실한 뼈대있는 생각 같아서 내 가슴에 와 닿았습니다.

"옳은 말이라고 생각해요. 그래도 당신을 좋아하는 사실을 여러모로 내 자신에게 들려주지 않고는 견딜 수 없군요. …당신에겐 그런 섬세한 감정이 없는 듯해요."

그는 대답 대신 몸을 약간 구부리고 자기의 입술을 내 귀에 가볍게 댔습니다. 낚시질을 중단한 것은 아니었죠. 밑에서 올려다 보니 검은 큰 콧구멍이 제일 두드러지게 눈에 띄었습니다. 얼마나 우스꽝스런 얼굴인지….

나는 눈을 감았습니다. 이젠 하고 싶은 말도 없었습니다. 나 자신이 민들레 솜털처럼 가벼워져서, 향기로운 여름 평야에 끝없이 퍼져 가는 듯싶었죠. 그래서 마지막엔 나도 사라지고 다이스케도 사라지고, 수문에서 떨어지는 물소리만이 이 세상에 남아 있을 듯했어요. 나는 조금 뒤에 잠들고 말았습니다.

언뜻 눈을 떴죠. 그때도 제일 먼저 물소리를 의식했어요. 그리고 뺨이 타는 듯이 뜨겁게 느껴졌지요. 그렇지! 나는 다이스케의 무릎을 베고 누워 있었죠. …그렇게 기억을 더듬어 보니, 물소리를 듣기 전에 다이스케가 누구와 이야기하는 것을 꿈속에서 들은 것 같았어요.

눈 뜬 순간의 멍한 머리로 이런 생각을 하고 있으니까, 주위의 공기가 완전히 달라진 것을 갑자기 느꼈어요. 눈을 크게 뜨고 바라보니 도모코의 얼굴이 보였죠. 그 주위에 그녀의 친구들이 세 명 앉아 있었습니다. 그들은 내가 마치 진기한 동물인 양 유심히 바라보고 있었어요.

나는 당황해서 그의 무릎에서 일어났습니다.

"저런, 여기에 와 있었네. 난 전혀 몰랐어. …어떤 얼굴을 하고 잠자고 있었지?…"

그들은 입을 다문 채 내 얼굴만 쳐다보았죠. 비난하는 듯, 의심하는 듯, 부러워하는 듯—복잡한 눈빛으로 지켜볼 뿐이었죠.

"오랫동안 베개가 된 탓으로 여기가 저리는데…" 하고, 낚싯줄을 내리고 있던 다이스케는 허벅지 언저리를 손바닥으로 주물렀죠.

"아무도 말을 하지 않는데…우리를 이상하게 여기는 것 아니에요?"

"아니에요, 언니…." 하고, 도모코가 고개를 가로저었죠.

"하지만 자칫했으면 그럴 뻔 했어요."

"자칫하다니 무슨 뜻이지?"

"언니나 오빠가 당황했으면 그렇게 생각했을 거예요. 그런데 두 분 다 침착하고 태연하잖아요…. 어쩐지 우리가 부끄러워졌어요. …우리들은 좋은 걸 배웠네요."

"뭣을—?"

"자기의 행위가 옳다고 생각하면, 누가 지켜보든 기가 질려서는 안 된다—이거예요. 어때 맞지?" 하고 도모코는 친구들을 둘러보았습니다. 한 사람, 한 사람 분명히 고개를 끄덕였죠.

"너희들 바보구나… 유리코 양도 나도 배짱이 있다는 것뿐이야. 그걸 진정으로 감탄하다니 머리가 좀 이상한데…. 이제 상당히 햇볕에 탔으니 물 속에 들어가야겠어. 너희들도 들어와."

다이스케는 겸연쩍은 듯이 이렇게 말하고, 낚싯줄을 끌어올린 뒤 옷을 벗었죠. 팬츠만 입고 그는 일미터 높이의 굵은 그루터기 위에 서서 물 속에 뛰어들 자세를 취한 후 '텀벙' 하고 뛰어들었죠. 그를 따라 도모코와 친구들도 옷을 벗고 차례로 그루터기 위에서 늪 속으로 뛰어들었습니다.

잔잔했던 수면은 엉망진창으로 깨지고, 반사되는 햇빛이 번쩍번쩍 흩어지고, 은빛 물보라가 튀어 올랐죠. 여학생들의 환성이 미풍을 타고 멀리 들판으로 흘러갔습니다.

나는 수영복을 준비하지 못한 까닭에 풀 속에 다리를 뻗고 그들의 헤엄치는 모습을 바라보고 있었죠. 도모코와 친구들이 상당히 흥분하여, 학대한다고 할 만큼 헤엄치면서 몸을 마구 움직이는 모습을 보고, 은밀한 공명(共鳴)이 가슴속에 일어났어요.

다이스케는 그 넓은 늪을 종단하려고 누키데(枚手)[38]로 천천히 헤엄쳐 나갔습니다. 넓은 푸른 물 위에 까만 작은 머리가 하나 외로이 떠서, 뒤돌아보지도 않고 조금씩 멀어져 갔어요. 그대로 떠나가 영원히 돌아오지 않을런지요….

한나절의 태양이 쨍쨍 내리쬐고, 여학생들의 환성이 울려오는 중에도, 수문에서 떨어지는 물소리가 단조롭고 끈질기게 들려왔지요.

―내가 다이스케의 집을 떠나는 날, 가랑비가 촉촉하게 내렸어요. 2, 3일간 몹시 더운 날이 계속되어 먼지가 일었는데, 거리의 먼지도 차분히 가라앉아 오히려 기분이 좋았습니다.

어머니와 다이스케, 도모코와 다카오, 그리고 도모코의 친구 두 명이 역까지 나와서 배웅했습니다. 우리는 작은 마차를 불러 함께 타고 갔죠.

정오에 가까운 시간인데도 대합실은 한산했고, 상쾌한 아침 기분이 남아 있는 듯했어요. 노천의 플랫폼은 깨끗하게 청소되고, 여기저기 설치된 화단에는 노란 색, 흰 색 여름국화가 비에 젖어 고요히 피어 있었죠.

철길 건너편은, 지형이 점점 높아져서 넓은 사과밭이었습니다. 가지런한 키의 과수들―가지를 팔방으로 펼치고 있는―이 가득히 줄지어 있어 마치 수목의 바다처럼 느껴졌어요.

기차를 기다리는 동안, 어머니와 나는 다른 사람들과 우연히 떨어져서 둘만이 있게 되었죠(지금 생각해 보니 어머니가 그런 기회를 일부러 만든 것 같지만…).

"정말…제대로 대접도 해 드리지 못해 미안해요." 하고 어머니는 부드러운 얼굴로 말하고, 다시 더 진지한 말투로,

"유리코 양. 돌아가시거든 어머님에게 안부 잘 전해 주세요. …그리고 이 말은 우리 선생님이 내가 나가려 할 때 진찰실에서 한 말인데, 다음 번엔 어머님도 함께 찾아와 주십사 하고 전해 달라는 거예요…."

이렇게 말할 때의 어머니의 얼굴은, 전에 한 번 본 적이 있는 묵직하고 변화없는, 딱딱한 표정이었죠.

"네, 그렇게 전하겠어요." 하고, 나는 애매하게 대답했습니다. 그 말에 납득이 가지 않았기 때문이죠.

"잊지 말고 꼭 전하세요. 어머님도 함께요. …그렇게 안 하면 내가 선생님에게 꾸중을 듣게 되죠."

마치 돌 같은 표정으로 변해 있었죠. 이 여자는 이따금 머리가 이상하게 되는 것이 아닐까 하는 의심이 들 정도로….

"네. 잊지 않고 꼭 전할게요. …어머님도 틀림없이 기뻐하실 겁니다…."

나는 어쩐지 기분이 좋지 않아 그렇게 대답하고, 다른 사람들이 있는 곳으로 다가갔습니다. 어머니도 따라왔어요. 돌

아다보니 그 돌 같은 표정은 얼굴에서 이미 사라져 버렸죠.

조금 지나자 기차가 도착했습니다. 나는 텅 빈 3등차 중간쯤에 자리를 잡았어요. 어머니와 도모코, 그리고 친구들은 창가에 서 있었죠. 다이스케는 앞을 검은 끈으로 묶는 흰 셔츠, 카키색 바지, 차양 넓은 맥고모자 차림에 닳은 게다를 신고 있었어요. 그는 좀 떨어진 뒤쪽에 팔짱을 끼고 혼자 서 있었습니다.

발차의 기적이 울리자 그는 성큼성큼 창가로 걸어와 손을 내밀어 악수를 청했죠. 크고 따뜻한 손이었습니다. 그 손은 그에 대한 육체적인 신뢰감을 새삼스레 느끼게 했어요. 열차가 움직이기 시작한 뒤에도, 그 따스한 촉감이 얼마간 내 손에 남아 있었습니다.

고향인 K시에 도착했지만, 집에 돌아간다는 편지를 보내지 않아 아무도 역에 나오지 않았습니다. 다이스케의 집에서 받은 선물이 많아 역전에서 택시를 타고 돌아갔죠. 떡, 꼬챙이에 꿰어 말린 붕어, 옥수수 등이 그 집에서 받은 선물이죠.

그 무렵 가랑비는 이미 그치고 흰 구름 사이로 밝은 햇빛이 비치기 시작했죠. 지상은 물로 깨끗하게 씻긴 듯이 상쾌하고 기분이 좋았어요.

집에서는 어머니가 혼자 빈 집을 지키고 있었죠. 거실 마루에 앉아 무슨 책을 보고 계셨어요. 한눈에 얼굴빛이 희어지고…, 희다기보다 창백해지고 몸이 한층 야윈 것 같았지요.

"어서 오너라. 잊지 않고 잘 돌아왔군. 네가 그 가네코 씨 집에 그대로 눌러앉아, 여기론 돌아오지 않을 줄 생각했지. …지금도 출가한 딸이 친정으로 돌아온 걸 맞이하는 기분이야…."

어머니는 창백한 얼굴에 미소를 띠우며 약간 가시 돋친 말을 했습니다. 아프다기보다 오히려 기분 좋은 가시였지만….

"어머니, 어디 편찮으세요? 안색이 좋지 않고 많이 마른 것 같아요."

"뭐 어디가 특별히 나쁜 건 아니지만, 요즘 어쩐지 쉽게 피로를 느껴. 게다가 밤엔 푹 잠을 잘 수 없어. 나이 탓일 거라 생각하지만…."

"나이 탓이라고요. …연애라도 할 수 있는 연배(年配)인데, 스스로 늙었다고 생각하는 건 좋지 않아요…."

"그래, 젊다고 생각하기로 하지. …나와 반대로, 넌 햇볕에 탔지만 눈부실 만큼 예뻐졌네."

"요즘, 제 생활에 사는 보람을 느끼기 때문이죠. 틀림없어요. …기다리세요. 짐을 대충 정리하고, 그 집안 이야기를 들려 드릴게요. 듣고 싶어요, 어머니?"

"그래 듣고 싶다…."

나는 2층에 올라가, 일하기 쉽게, 소매 없는 겉옷에 짧은 바지를 입고 급히 짐을 정리했어요. 이렇게 정리하면서 한 가족이 오래 살았던 집은 독특한 '냄새'가 난다고 생각했지요. 가네코 씨 집에서도 냄새가 있었고, 우리 집에서도 그런 냄새가 나죠. 사람에게도 각자의 체취가 있는 건지 알 수 없지만요….

거실에 내려가자 어머니는 아까 앉았던 자리에 그대로 우두커니 앉아서, 정원을 멍하니 바라보고 있었죠. 비 갠 하늘에서 햇빛이 비쳐 정원은 아주 밝았습니다. 나를 보자 당황한 듯 미소를 띠우고,

"집에 돌아오는 것도 잊어버릴 정도였으니, 아주 재미있게 지낸 모양이지?"

"즐거웠어요. …첫째로 밥이 맛이 있어 처음엔 억지로 사양했지만 차차 실컷 먹었구요."

"모두 다 친절하게 대해 주셨군."

"네…" 하고, 그 집의 주택·가족·환경·일과 등에 대해 대충 설명해 드렸습니다.

"그런데 이따금 납득이 가지 않는 일이 있었어요. 집에 돌아가면 어머니에게만 말씀드리려고 생각했지요…."

"무슨 일인데?"

"예컨대 다이스케의 아버지도 어머니도, 서로 따로따로 아가씨는 꼭 어머니를 닮았을 거라고 말하는 거예요. 어떻게 그런 걸 아시느냐고 물었더니, 나이를 먹으면 이렇다 할 이유없이 알 수 있다고 하시더군요. …이상하지 않아요?"

"그건 그분들이 별 생각 없이 말했을 뿐이야. 틀림없어. 그 부인은 어떻게 생겼지?"

"뚱뚱한, 대가(大家) 마님다운 관록이 있는 분이에요. …하지만 표정이 부족하고 말수가 적어요. 저에겐 퍽 친절하셨지만 이따금 두려워질 때도 있었죠. 절 미워하는 것이 아닐까 하고 의심이 날 정도로…"

"그럴 리야 없지. 너를 미워하다니. 미워할 이유가 없잖아…" 하고, 어머니는 볼을 붉혀가며 강한 어조로 부인했죠.

그런데 어머니도 자기의 부자연스런 어조를 의식했는지 침착한 어조로 돌아와서,

"시골에서 살면 생활이 단조로워 무뚝뚝하게 되기 쉬운 거야. 부인은 착한 분임에 틀림없어…"

"그래도 좀 이상한 데가 있어요. 아까도 역까지 모두 절 전송하러 나왔는데, 잠깐 틈을 내어 저에게 다가오더니,

'우리 선생님이 이번엔 어머님도 함께 오시라고 전해 달라고 하셨어요. 잊지 말고 꼭 전해 주세요. 안 그러면 내가

선생님에게 꾸중을 듣게 돼요.' 하고, 무서운 표정을 하고 말하는 거예요. 선생이란 자기의 남편이죠. 저는 좀 실례되는 말이지만, 이분이 이따금 머리가 이상해지는 것이 아닐까 하고 의심했어요."

"당치않은 말 하지 마. 부인은 친절하게도 그렇게 전해 주었을 뿐이잖니…."

어머니는 나를 타일렀지만, 그 말투엔 힘이 없었죠. 얼굴에서 미소도 가시고 몹시 숨가쁜 듯이 보였습니다. 어머니와 내 기분이 통하는구나 하고 생각하지 않을 수 없었죠.

"선생이라는 분은─?" 하고 묻고 나서, 어머니는 내게서 정원 쪽으로 시선을 돌렸습니다.

"좀 별스러운 데도 있지만 좋은 분이에요. 두터운 검은테 안경을 쓰고 있어요. 안광이 날카로운 점은 다이스케 씨와 똑같죠. 흰 털이 섞인 뻣뻣한 턱수염을 기르고…."

"턱수염을─" 하고 중얼거리더니, 무슨 뜻인지도 알 수 없는 한숨을 쉬고, 다시 밝은 미소를 지었죠.

"그분은 인품이 좋고 따뜻하지만, 때때로 지나치게 노골적인 말을 하여 깜짝 놀라게 하죠. 언젠가 용수용 늪 제방의 풀숲에 혼자 앉아 있는데, 오토바이로 왕진가던 길에 저 있는 데까지 어슬렁어슬렁 찾아왔어요. 그리고 저한테 뭐라고 물었는지, 상상이나 하실 수 있겠어요?"

"글쎄, 내가 알 턱이 있겠니?"

어머니의 얼굴엔 몸 속에서 솟아나는 듯한 호기심이 넘쳐 있었죠.

"…당신, 다이스케와 동침한 적이 있어요?—이렇게 묻잖아요…."

"저런!"

그 순간 어머니의 표정은 복잡하게 변했지만, 결국 몸을 가누지 못할 만큼 웃고 말았죠. 눈물까지 흘리고요. 다른 감정으로 눈물을 흘렸는데, 웃음으로 얼버무리는 것이 아닐까 하고, 나는 언뜻 의심이 들었어요.

어머니는 손수건으로 눈물을 닦고 나서,

"그럼 나도 너에게 똑같은 질문을 해야겠군. 넌 다이스케와 동침한 적이 있니?"

어머니의 말투에는 부모가 자녀를 염려한다기보다, 한 여자가 다른 여자에게 뭔가 호소하는 듯한 깊은 울림이 들어 있었죠. 그래서 나도 정성껏 대답했습니다.

"없어요.—그래도 우린 서로 사랑하고 있으니까 앞으로 어떻게 될지 알 수 없지만요…."

어머니는 말없이 내 얼굴을 지켜봤죠. 그러고 나서,

"너무 자신있는 대답을 듣기보다, 그런 염려스런 대답을 듣는 편이 더 신용이 가는군. 나는 그대로 믿기로 하지…."

 나는 어머니로부터 뭔가 무거운 짐을 떠맡은 것 같은 기분이었죠. 어머니는 내 대답을 지혜롭게 이용한 겁니다.

 "그리고 그 턱수염 난 선생의 의견은—?"

 "인생이란 누구도 앞일을 알 수 없으니, 앞으로 후회를 남길 일은 하지 않는 편이 낫다고 하셨죠. 평범한 말이지만 자기의 절실한 체험이 뒷받침된 듯한 말투였어요."

 "특별한 체험이 없어도 그분 정도의 연령이면 그만한 지혜는 자연히 얻게 되는 거야. 나도 그분과 같은 의견이지…."

 "약간 다른 점도 있어요. 그러고 나서 그 선생은 내 이마에 키스하고 떠나갔지요. …시골 의사인 그 선생님이 전 정말 좋아요. 제 이야기로 그분의 인품을 어느 정도 상상할 수 있겠어요?"

 "어느 정도 짐작이 가는군…" 하고, 어머니는 부끄러운 듯이 미소를 띠우고,

 "부부 사이는 좋은 것 같던?"

 "표면상은요. 언젠가 비가 몹시 내리고 있을 때, 2층의 제 방에 부인이 올라와서 집안 이야기를 넌지시 들려주었죠. 가네코 씨 집안에선 여자는 자기의 의견을 말할 수 없게 되어 있다는 거죠."

 "그건 안 될 말이지. 요즘 그렇게 시대에 뒤떨어진 일은

있을 수 없어. 선생은 그런 분이 아닌 듯싶은데…."

"다이스케 씨는 오히려 아버지를 동정하고 있었어요. 어머니는 좋은 분이지만, 교양이라고 할까 생활 감각이라고 할까, 그런 점이 좀 모자란다는 거예요. 그래서 아버지는 이미 체념한 기분으로 살아간다는 거죠. …그러니까 부부 사이도 겉으론 원만한 것 같지만, 감정의 깊은 곳엔 화해되지 않은 뭔가가 있는 듯했어요."

"그건 남편이고 아내고 독립된 인격자인 이상 모든 점에서 깊이 화해할 수는 없겠지…."

"언젠가 다이스케 씨는 '아버지는 혹시 실연한지도 몰라. 그래서 될 대로 되라는 기분으로 지금의 어머니와 결혼한 것 같아'라고 말한 적이 있어요. 어쨌든 부인이 폭군이라고 원망하는 선생은, 또 선생대로 마음속에 뭔가 사라지지 않는 외로움을 지닌 듯해요."

"…너는 세상일을 너무 소설처럼 생각하고 있어…."

"그렇잖아요. 전 2주간 그 집에서 사는 동안, 하나의 느낌으로서 그런 인상을 받은걸요."

"그래? 네가 그렇게 느꼈다면 어쩔 수 없지만…."

어머니는 서운한 듯이 그렇게 말하고, 더 이상 반대하려고 하지 않았죠.

그 순간이죠. 내 가슴속에 심술궂은 작은 악마가 들어온 것은….

"어머니."

"왜?"

"제가 왜 그런 느낌을 느끼게 된지 알겠어요?"

"그야 네가 그 집에서 지내는 동안 자연스럽게 느낀 것이 아니겠니? 게다가 다이스케의 설명도 있었고…."

"그뿐만 아니라 더 큰 이유가 있어요."

"그게 뭔데…. 그 이야긴 이제 별로 중요하지 않은 것 같아…" 하고, 어머니는 겁나는 듯한 표정을 하고 대꾸했죠.

"그래도 전 말하고 싶어요. 꼭 말이에요. …전 가네코 씨 집안의 부부관계를 관찰하는 동안에, 반사적으로 어머니와 아버지 사이도 생각하게 되더군요. 우리 집에선 거기와 반대로, 어머니가 뭔가 채워지지 않는 쓸쓸한 기분으로 살아감에 틀림없다고…. 전 평소에 아버지, 어머니에 대한 그런 느낌을 받고 있어서, 그 반대의 가네코 씨 집안의 부부 사이도 틀림없는 느낌으로 알 수 있었죠…."

어머니의 얼굴이 보기 흉하게 일그러지더니, 갑자기 내 뺨을 호되게 때렸습니다.

"유리코! 넌 무슨 말을 하는 거야. 아버지와 어머니를 모욕해도 된다고 생각해? …내가 언제 아버지에게 불만을 품고 있었지? …나는 오히려 아버지에게 미치지 못하는 여자로 여기고, 아버지에게 늘 죄송하게 생각하고 있었어. 언제 내가…."

 너무 흥분하여 어머니는 말이 막히고 말았죠. 끝도 없이 눈물이 흘러 나오는 것이 보였습니다. 나는 멍하니 서 있었죠. 철이 든 후 어머니에게 맞은 일은 한 번도 없었기 때문에, 내가 받은 충격도 컸습니다. 나는 뺨을 꼭 누르고 입을 벌린 채, 이성을 잃고 흐트러진 어머니의 모습을 지켜보고 있었죠.

 갑작스런 충격이 진정되자 끈질긴 반항의식이 가슴속에 끓어올랐습니다. 어머니가 울고 있으니 나는 울지 않겠다! 어머니가 부정한 것을 나는 끝까지 긍정하겠다!…

 나는 억지로 냉정한 척하고 입을 열었습니다.

 "그래도 저는 그렇게 생각하지 않아요. 전 아버지와 어머니 곁에서 20년간 살아왔어요. 그러니 제가 느낀 건 확실해요. …어머니는 뭔가 체념하고 있지요. 아버지가 채워 주지 않는 외로움을 가슴 속에 품고 줄곧 살아온 거예요…."

 "호, 호, 호…" 하고, 어머니는 눈물로 얼룩진 얼굴을 억지로 일그러뜨리며 웃었습니다. 그러자 한층 더 그로테스크한 얼굴이 되고 말았죠.

 "우리 사이엔 너와 요시오, 마리코 등 셋이나 튼튼한 아이들이 태어났어. 풀리지 않고 맺힌 감정이 있다면 그런 일이 있을 수 있겠니?"

"호, 호, 호…" 하고, 이번엔 내가 웃었습니다.

"저도 불만이 없는 사이여야 그렇게 되는 줄 생각했지요. 그래서 다이스케 씨 어머니에게 그런 뜻으로 말했더니, 절 안타깝게 바라보면서, '유리코 양. 부부가 한 지붕 밑에서 살면 서로 미워해도 아이들은 태어나게 마련이죠. 사람이란 남자고 여자고 그런 점에선 무력한 거예요. 난 당신이 그런 일을 모르고 일생을 살아가길 원하고 있구요' 라고 가르쳐 주셨어요. 그 말이 제 가슴속에 몹시 깊은 인상을 준 모양이죠. 전 그 말을 지금도 그대로 기억하고 있어요."

"제발 너 어디론가 가 버렸으면 좋겠다. …난 이제 네 얼굴을 보기도 지겹구나. 내 앞에서 썩 없어져라. …네가 그런 딸인 줄 지금까지, 정말 지금까지 모르고 있었지. 난 괴로워…."

어머니는 다다미 위에 쓰러져 소리내어 울었습니다. 가늘고 흰 목덜미에 흐트러진 머리카락이 엉켜 있었죠. …아, 얼마나 안쓰럽고 슬픈 어머니의 모습인가! 그래도 마음속으로, '나도 사람들이 말하듯이 어머니를 닮았지' 하고, 반항의식을 버리지 않았습니다.

정원을 바라보니 한쪽 구석에 채송화가 퍼져 있고, 햇빛을 받아 빨간색, 흰색, 푸른색, 노란색 등 예쁜 꽃들이 피어 있었죠. 꽃들을 바라보는 사이에 색깔이 서로 번져서 뒤범벅이 되고 말았어요. 내 눈에서 눈물이 나온 탓이겠죠.

그래도 어머니 앞에서 울고 싶지 않아 얼른 2층으로 뛰어 올라갔습니다. 나는 다다미 위에 쓰러져서 소리 없이 울었어요. 얼마나 심하게 울었는지 창가의 낡은 옷장 쇠고리가 가냘프게 울리고 있었죠.

아아, 다 큰 줄 알았지만 나는 아직도 어리고 미숙한 거예요. …어머니와의 사이에 그렇게 절박한 장면이 벌어졌지만, 눈앞에 다가온 진실을 아직도 깨닫지 못한 겁니다. 나는 최후까지 어머니의 응석받이에 불과했어요.

12

얼마 동안 울고 있는 사이에 눈물이 말라 버렸죠. 그런데도 뭔가에 응석부리듯 우는 시늉을 계속하고 있었죠. 그러자 시간이 옛날로 되돌아가 어린 유년시절로 돌아온 것 같은 기분이 들었어요.

창 밖 오동나무에서는 매미가 끈질기게 울고 있었죠. 사람의 감정 따위는 무시한 듯한 뻔뻔스런 울음소리였습니다.

그 허무적인 리듬에 말려들어 갔는지 어머니와의 사이에 일어났던 일도 까맣게 잊고, 건성으로 흐느껴 울었죠.

언뜻 누군가 쓰러져 있는 내 어깨를 만지는 듯했어요. 바로 그때 나는 흐느껴 우는 걸 깜박 잊고, 어린 시절의 어떤 추억에 사로잡혀 있었죠. 당황한 나머지 어깨를 흔들며 다시 울기 시작했습니다.

"유리코, 미안해. 널 때려서 정말 잘못했어. 왜 그렇게 난폭한 짓을 했는지 나도 모르겠어. …요즘 어쩐지 몸이 약해져서 자제력이 없어진 모양이야, 틀림없지…. 엄마는 너한테 사과하러 왔어. 집에 막 돌아온 너를 느닷없이 때리다니 정말 미안해. 용서해라, 유리코…."

"아니에요!" 하고, 나는 일어나서 약간 억지로 웃는 얼굴을 하고,

"저 울지 않았어요. 저야말로 어머님에게 심술궂은 말만 해서 어떻게 용서를 빌까 하고 생각했지요. …어머니, 제가 잘못했어요."

나는 어머니의 손을 잡고 흔들면서 진심으로 사과했습니다. 그러나 어머니의 창백해진 표정은 조금도 변하지 않았죠. 머리를 약간 흔들면서,

"아니야, 내 잘못이지. 유리코….널 때린 내 손이 썩어버렸으면 좋겠다고 생각할 정도야. …어때, 아팠지?"

"아니에요. 아플 만큼 때릴 힘도 없으면서…" 하고, 내가 농담조로 일부러 거칠게 말하자, 그제야 희미하게 쓴웃음을 지으며,

"그래, 정말이지. 요즘 난 몹시 힘이 빠져 버렸어. …자, 그럼 아까의 일은 깨끗이 잊어버리자. …그리고 너도 말했듯이, 그 이야기는 어머니와 둘만의 것으로 하고 아버지에겐 말하지 않기로 하자…."

"말할 까닭이 없지요. 말하려고 마음먹어도 할 수 없어요. 그래도 가네코 씨 집안의 일에 대해 물으시면, 무난할 정도로 말씀드려도 되겠지요?"

"그래 괜찮아. 우리들과 다이스케 씨 양친을 비교하는 말만 하지 않는다면…."

"어머니이니까 했지요. 전 언젠가 어머니에게 아기 낳을 때 알아야 할 일까지 배워야 하잖아요…."

"알았어. …이제 요시요와 마리코가 돌아올 때가 됐으니 아래층으로 가야겠다. …매미가 울고 있군. 저 울음소리가 너무 시끄러워 난 머리가 아플 지경이야. 살아간다는 것은, 저렇게 격렬하게 악을 써야 하는 것인지. 몸이 약해지니까 그런 것까지 의식하게 되는군. …모처럼의 휴가이니 느긋하게 잘 지내도록 해라…."

어머니는 이런 충고까지 하고 내려갔어요. 어깨가 축 처

져서 몹시 외로운 듯한 뒷모습이었죠.

나는 지금까지 다다미에 엎드려 있었는데, 두 손을 깍지껴 베개로 삼고 반듯이 눕기로 했습니다. 한참 천장을 응시하고 누워 있었죠.

어머니에게 맞은 충격이 아직도 몸 안에 남아 있는 듯했어요. 이 충격이 어쩐지 어머니에 대한 새로운 감정을 싹트게 한 것 같아요. 이 감정을 설명하기는 좀 힘들지만, 요컨대 어려서부터 지금까지 받은 영향으로 어머니를 만능의 존재로 여겨왔지만, 뺨을 맞은 순간부터 보다 더 객관적으로 바라보게 된 거죠. 만능인 사람이 아니라, 결점도 있고 약한 점도 있는 하나의 인간으로서, 반쯤 연민을 느끼는 눈으로 보게 되었습니다.

이것은 내가 그만큼 성장했음을 나타낼지도 모르지만, 나에겐 한없이 외로움을 느끼게 하는 일이기도 했죠.

창 밖 오동나무에는 아직도 유지매미가 울어대고 있었습니다. 어머니의 말을 생각하며 그 소리를 듣고 있으니까, 산다는 것은 겉으론 평온한 것 같지만 실제로는 엄청난 정력이 필요하다고 절감했죠. 우리 안에도 삶에 필요한 힘, 그 연료—한결같은 매미 소리가 상징하는—를 끊임없이 연소시키고 있음에 틀림없어요.

—얼마 후 죽을 것 같지 않은 매미 소리—

옛날 사람은 이렇게 읊었지만, 어쩐지 진리를 깨달은 입장에서 인생을 관조(觀照)하는 것 같아 실감이 나지 않았습니다. 내 속에 있는 유지매미야! 앞날의 일은 염려하지 말고 울고 울고 끝까지 울어다오….

얼마 뒤 요시오와 마리코가 돌아와서 나도 아래층으로 내려갔어요. 저녁 때 아버지가 돌아오셨습니다. 식구가 다 모이자 내가 제일 뼈저리게 느낀 것은 동생들과 아버지까지도 날 아주 반갑게 맞이한 사실이죠. 물론 언제 돌아와도 환영을 받았지만, 이번엔 반갑게 맞이할 뿐 아니라 나에게 의지하려는 기미마저 보이게 된 거예요.

나는 그 까닭을 몰라 이상하게 생각했는데, 며칠 지내자 마침내 그 이유를 깨닫게 되었어요. 어머니—가정의 중심 역할을 하는—가 몸이 쇠약해져서 기분이 정상이 아닌 듯하여, 아버지나 동생들이 마음을 기댈 곳을 잃어버렸기 때문이죠.

어머니는 정말 평소의 원기가 보이지 않았어요. 무슨 일에도 쉽사리 싫증을 내고, 신경질적이고 화를 잘 내는 겁니다. 더구나 자신에 나타난 이런 변화에 대해 반성할 만한 기력조차 없어진 거예요—그래도 나는 어머니가 쇠약해진 이유를 더위 때문일 거라고 안이하게 생각하고 있었죠.

어쨌든 이런 이유로 집에 돌아오자마자 나는 어머니가 해야 할 일까지 떠맡게 되었습니다. 집안일을 처리하는 데도, 가정의 분위기를 조성하는 데도, 어머니의 역할을 해야만 했어요. 구체적으로는, 아버지 일상생활의 자질구레한 일을 보살펴야 했고, 동생들이 외로움을 느끼지 않도록 신경을 써야 했죠. 그리하여 어머니를 격려하고 기운을 북돋우는 데 식구들의 모든 노력을 집중하게 했어요.

이렇게 하는 중에도 좀 가슴아픈 일이 없는 것은 아니었죠. 어머니가 건강했을 때엔 남동생이든 여동생이든 종종 나한테 맞서고 대항하여 싸움까지 했지만, 이젠 말없이 순종하고 의지하려는 기색마저 보이게 된 거죠. 이것만 보아도 아이들에게 어머니가 얼마나 큰 존재인지 알 수 있을 듯해요. 그리고 나 자신 그런 큰 존재가 될 날이 점점 다가오는 것 같아, 그렇게 생각해서인지, 가슴과 어깨에 육중하고 상쾌한 힘이 은근히 가해지는 듯싶었죠…

어느 날 오후, 나는 시내에 나가 쇼핑을 했습니다. 우연히 큰 거리에서 아버지와 마주쳤어요. 아버지는 흰 파나마모자를 쓰고 부채질을 하면서 멍한 표정을 하고 걸어 왔죠. 뭔가 혼잣말을 중얼거리고 있었습니다.

'더 씩씩한 모습으로 걸으셨으면 얼마나 좋을까. …정말 당당하지 못한 모습인데…'

이런 느낌은, 지난날 어머니가 아버지에게 자주 느꼈던

느낌과 같을 거라고 생각했어요.

"아버지."

서로 부딪칠 정도가 되어도 알아채지 못하는 아버지를, 제가 불렀죠.

"아, 이건 정말…" 하고, 아버지는 뭔가 착각한 듯 모자를 벗고 정중하게 인사했죠. 그러다 겨우 나인 것을 깨닫고,

"아니, 네가…. 깜짝 놀랐잖아…."

"아버지야말로 멍하니 계셨어요."

"아, 나는 좀 힘든 사건을 맡아 그걸 생각하면서 걸어왔었지…. 저 가게에서 빙수라도 먹을까?"

"좋아요."

우리는 가까운 빙수가게로 들어갔죠. 본게이(盆景)³⁹⁾식으로 꾸민 안뜰 한쪽에 있는 테이블에 마주보고 앉았습니다. 아버지와 단 둘이 있게 된 것은 이번에 돌아와서 처음이었죠.

"정말 덥군. 이렇게 더우면 견뎌낼 수 없어. 어머니가 쇠약해지는 것도 무리가 아니지. 우리만한 나이가 되면 더위와 추위가 제일 몸에 벅찬 거야. 넌 모처럼 편히 쉬려고 돌아왔는데, 어머니를 도와야 하니 힘들겠구나."

아버지는 접은 수건을 꺼내어 얼굴과 목덜미, 머리카락이 많이 빠진 머리 등을 구석구석까지 문질렀죠.

"괜찮아요. 자신이 조금이나마 필요한 존재임을 깨닫는

것은 보람있는 일이에요…."

"그렇게 생각하니 다행이구나…."

잠시 후 팥빙수가 나왔죠. 아버지는 스푼으로 삭삭 저어서 얼음을 녹인 후, 입을 크게 벌려 맛좋은 듯이 마셨습니다. 치열이 고르지 못하고 의치가 여럿 보였죠. 그걸 보자 정말 생존경쟁에 시달린 사람처럼 느껴졌어요.

"그런데, 유리코…" 하고, 아버지는 하던 이야기를 계속하는 어조로 말을 꺼냈죠.

"어머니는 이미 들었겠지만, 나도 네가 2주일이나 머물렀던 가네코 씨 집안 이야기를 듣고 싶은데…."

"어머, 이미 들으셨을 텐데요."

"아니야, 난 한 번도 못 들었어. 나도 아버지로서 네 남자친구의 가정에 대해 관심을 갖지 않을 수 없지…."

아버지와 나 사이에 가네코 씨 집안 이야기가 한 번도 나오지 않은 것은 누구보다도 내가 잘 알고 있었죠. 어머니에게 충격을 준 일도 있고 해서 나는 되도록 말하지 않으려 했고, 아버지도 그 동안 묻지 않은 것은 뭔가 내키지 않는 점이 있는 것 같았어요.

"전 아버지가 어머니에게 이미 들어서, 제가 어머니에게 한 이야기는 다 알고 계시리라고 믿고 있었죠. …그래도 좋아요. 아버지가 물으시면 무엇이든 설명해 드리겠어요."

"그래. 이것은 네 의사를 확인하려는 것인데, 너는 다이스케라는 청년과 결혼할 생각이냐?"

"네. 전 그렇게 약속했어요."

"그래서 그쪽 부모님도 그런 네 의사를 인정하고, 널 손님으로 받아들인 거지?"

"네. 그렇게 생각하고 있어요. …모두 저에게 친절하게 대해 주셨죠. 그렇지 않으면 어떻게 2주일이나 머물러 있겠어요?"

"주인 어른은 어떤 사람이지?"

이렇게 물으면서 아버지는 시선을 제 얼굴에서 딴 데로 돌렸어요.

"남자답고 매력 있는 분이에요. 턱수염을 길렀지만 마음은 본디 따스한 분 같았어요. 절 퍽 귀여워하셨어요. …말투는 솔직하고 난폭한 점도 있지만…"

"그래 잘 됐군. 넌 귀염받는 성질이라 참 다행이지…"

아버지는 미소를 보이려 했지만, 볼 근육이 굳어져 있는 것이 분명했어요.

"그리고 그쪽 어머니도 널 귀여워했니? 며느리의 입장으로는 그게 더 중요하지…"

"아버지만큼은 아니었어요. 여자 사이는 아무래도 점수가

짤 수밖에 없죠. …시골 가정주부의 눈으로 보면, 남자 친구의 집으로 태연히 놀러 오는 여자를 곱게 볼 수 없을 거예요. 그렇게 생각해 보면, 어머니의 태도에서 이따금 숨겨진 가시 같은 것이 느껴졌어요."

"그래…" 하고, 아버지는 무의식적으로 신음 소리를 냈고, 안색이 좀 창백해졌습니다.

"그건 네 지나친 생각일거야. 그럴 리가 없지. …그래서, 그런 모든 것을 어머니에게 이야기했니?"

"했을 거예요. …달리 할 이야기도 없는데…."

"어머니는 뭐라고 하셨지?"

"특별히 하신 말씀은 없어요. …주인 어른이 턱수염을 기른, 특이한 시골 의사라고 설명하니까, 눈물을 흘리며 웃어 댔어요."

"눈물을 흘리고…."

아버지는 다시 신음 소리를 냈습니다.

그때 아버지의 표정이 부드럽지 않은 것은, 다이스케와 내가 결혼하는 것을 속으로 찬성하지 않기 때문이라고 생각했죠. 마음이 약한 아버지는 자기의 생각을 노골적으로 표현할 수 없으므로, 한층 더 무뚝뚝해지는 듯싶었어요.

내 추측은 표면상으로는 분명히 맞았습니다. 그러나 우리가 결혼하는 것을 아버지가 왜 반대하는지 그 이유를 알 수 없었고, 그런 이유가 과연 존재하는지조차 생각이 미치지 못했죠. 부녀간에는 타인이 할 수 없는 이해도 가능하지만, 때론 양자의 거리가 너무 가까워 타인이면 이내 알 수 있는 것도 눈치채지 못할 때가 있죠. 나무는 보이지만 숲은 보이지 않는 격이죠. 그때 나는 이런 입장에 있었던 거예요.

아버지는 언뜻 내 얼굴을 물끄러미 쳐다보면서,

"유리코. 너는 커 가면서 점점 어머니를 닮아 가는구나. 젊었을 때의 어머니와 똑같아. 옛날 어머니를 알고 있는 사람이 보면 다 그렇게 생각하겠지…. 여유있는 아름다운 얼굴이 되었어…."

"정말 기뻐요. …다이스케 씨 부모님도 절 보고 어머니를 닮았을 거라고 했어요. 어른이 되면 저절로 알게 된다나요. 제가 아버지보다 어머니를 닮아도 괜찮으세요, 아버지?"

"괜찮지. …그래, 거기서도 그런 말을 하셨군…."

이렇게 말하고 아버지는 나를 지그시 쳐다보았죠. 그 순간 아버지의 눈 속에서 그 냉정한 가시 같은 빛—다이스케의 어머니가 나를 볼 때 언뜻 드러냈던—이 번쩍임을 느꼈어요.

"무서워요. 아버지의 눈. 아버지는 저와 다이스케의 결혼에 반대하시는군요. 그래도 제 마음은 어쩔 수 없어요. …앞으로 다이스케 씨와 만나게 되면 그가 좋은 사람임을 깨달게 될 거예요…."

"내가 반대한다고…. 천만에…. 네가 행복해지는 것에 반대할 리가 없지…. 다만 내 딸이 어느새 이렇게 자랐는지 두려운 마음이 드는 거야. …자, 이제 이야기는 그만 하자. 나도 해야 할 일이 있고, 너도 쇼핑을 얼른 마치고 집으로 일찍 돌아가라. …어머니가 기다리고 있을 테니…."

아버지는 빙수값을 지불하고 서둘러 나갔습니다. 나도 뒤를 따라 밖으로 나갔죠. 어쩐지 기분이 답답해졌습니다. 그래서 발길 가는 대로 슬슬 공원 쪽으로 걸어갔습니다.

공원은 옛 성터의 돈대(墩臺) 위에 있었죠. 오래된 나무가 많았고, 어느 때 찾아와도 어딘가 시원한 그늘이 기다리고 있었습니다. 주성(主城) 터가 있는 광장에는, 서쪽 하류방향으로 흘러가는 강에서 상쾌한 미풍이 불어왔죠. 강 건너에는 초록색 논들이, 먼 산기슭까지 멀리 똑바로 뻗어 있었죠.

나는 큰 소나무 아래 풀숲에, 두 다리를 쭉 뻗고 앉아 있었습니다. 절벽 밑에서 불어오는 산들바람에 울적해진 머리를 내맡기고서….

인간의 생활이란 얼마나 복잡한 것일까요. …내가 사랑에 빠지게 되니 주위에 여러 가지 반향(反響)이 일어나는 거예요. 우리의 연애는 우리 둘만의 문제가 결코 아닙니다. 어떻게 생각하면, 그런 마찰이나 저항이 일어나니 인간이 사는 보람이 생기는지도 모르죠.

하지만 내가 한 남자를 사랑한다는 그 이유로, 어머니는 물론 아버지까지 그토록 신경질적으로 되어야 할까요? 나는 부모님에게 더 많은 신용을 받고 있다고 믿고 있었는데….

내 머리속엔 다이스케 씨 부모의 언동(言動)뿐 아니라, 내 부모님 언행도 엉클어진 실처럼 뒤죽박죽 되었죠. 그런 말과 거동의 마디마디에 분명한 의미가 들어 있는 것 같은데, 그 핵심의 엉킨 것이 풀리지 않아 무슨 뜻인지 도무지 알아낼 수 없는 거예요. 쥘부채의 사북이 풀어지면 모든 엉클어진 것이 쉽게 풀릴 것이 분명하지만….

오른쪽 벚나무 가로수 밑에 벤치가 하나 있었죠. 그 위에 웬 남자 하나가 자고 있었습니다. 누워 있는 모습을 봐도 키 큰 남자임을 알 수 있었죠. 흰 바지를 걷어 올리고, 두 발을 포개고, 얼굴을 큰 밀짚모자로 덮고 있었죠. 벤치 밑에는 낡은 게다가 흩어져 있었습니다.

잠을 자는지 꾸벅꾸벅 졸고 있는지 분명히 알 수는 없었죠. 그 사람도 나처럼 겉으론 편안한 것 같지만, 머리속엔 각박한 세상사로 가득 차 있는지도 모르죠. 돈 문제…, 여자에 관한 문제…, 아니면 서로 겨루고 있는 경쟁자의 문제….

언뜻 내가 그 남자를 바라본 순간, 그도 우연히 얼굴에 덮은 모자를 제치고 일어나서 벤치에 앉았죠. 의외로 그 남자는 야부키였습니다.

"아, 야부키 오빠!"

"야아, 유리코로군. …정말 우연인데. 내가 그쪽으로 가지…."

그는 뒤집어진 게다를 되는 대로 끌고 절뚝거리면서 뛰어왔어요. 허름한 옷차림에 얼굴도 좀 야위었지만, 눈은 검게 윤이 나고 어른스러운 데가 있었죠.

나는 몸을 약간 옮겨서 그가 앉을 수 있게 자리를 만들었어요. 그는 몸을 비비듯이 하면서 내 곁에 앉았습니다. 고교 시절엔 어깨를 맞대고 앉을 만큼 다정한 사이였으니까요.

"언제 돌아왔어요? 아르바이트 때문에 줄곧 도쿄에 있는 것으로 알고 있었는데…."

"도쿄에 있다가… 기분풀이로 2, 3일 돌아왔지. 모레 또 도쿄로 가야 해. …너와 나, 정말 오랫동안 만나지 못했군…."

"맞아요. 그토록 다정했는데…. 남녀 사이란 언제 갑자기 멀어질지 알 수 없군요."

"누구의 탓이지?"

"책임은 둘 다 져야죠. … 오빠의 눈이 정말 근사해졌는데. 히데코와 다정하게 지내는 탓이겠지만…."

"너도 어딘가 여유있는, 여자다운 느낌을 주는데. 누구 때문인지 말하고 싶지는 않아…."

"그렇게 되어 버렸네요. 우린 자기가 선택한 길에 자신을 갖도록 해요. … 오빠, 정말 히데코와 잘 지내죠?"

"글쎄, 그게 문제야…."

그는 고개를 숙이고 두 손으로 머리카락을 쥐어뜯으면서 한숨을 지었습니다. 그의 거동은, 연극 같은 느낌이 아닌 솔직한 것이었죠.

"나는 거짓말을 하지 않아. 이제 와서 그녀와 떨어질 수는 없겠지. 그런 상태가 행복하다고 한다면 그렇게도 말할 수 있겠지만…."

"히데코가 제멋대로 행동하나요? 그건 어쩔 수 없어요. 오빠가 또 그만큼 온순하니까…. 고교시절 오빠와 둘이 고지키(古事記)⁴⁰⁾를 읽는 중에, 이자나기노 미코토⁴¹⁾·이자나미노 미코토⁴²⁾가 서로 자기 육체의 특징을 말하고 부부가 되는 대목에서 얼굴을 붉힌 일이 있었죠. 나는 그 대목이 부부간의 정신적인 관계에도 적용되는 우화(寓話)라고 생각해요. 한쪽이 나오면 한쪽이 들어가고…. 어떤 부부도 다 그렇겠지요."

이렇게 말하면서 나는 다이스케의 부모와 내 부모의 생활방식, 성격 차 등을 생각하고 있었죠.

"그렇지 않아."

그는 얼굴을 들고 대들 것 같은 표정을 지으며 나를 쳐다봤죠.

그의 손은 신경질적으로 가랑이 사이의 풀을 쥐어뜯고 있었어요.

"히데코는 뭣이든 다 알고 있고, 또 부끄러워할 줄도 몰라. 나는 일시적으로 그녀에게 끌리지만, 시간이 지나면 이런 여자와 일생 함께 산다면 과연 행복해질 수 있을까—하고 회의적인 느낌이 들어."

"오빠와 그녀는…이자나기·이자나미의 이야기처럼, 각자의 육체적 특징을 서로 사랑했나요?"

"그래, 난 그녀의 유혹을 물리칠 수 없었어…."

그 말을 듣는 순간, 그의 몸이 몹시 불결한 것으로 느껴져, 무의식중에 내 몸을 빼어 그와의 간격을 넓혀 놓았죠. 약간 먼지 묻은 흰 다리, 정맥이 들여다보이는 손가락, 긴 손, 검은 윤기나는 머리, 갸름한 멋진 얼굴, 앉아 있는 긴 몸—. 이 모든 것에 히데코—피부가 희고, 두꺼운 안경 너머로 호색적인 눈을 번쩍이는—의 체취가 배어 있는 듯싶었어요. 그가 내 눈앞에서 즉시 사라졌으면 좋겠다고 생각할 정도였죠.

평소에 친구들과 이야기할 때, 나는 육체의 순결이란 그리 중대한 문제가 아니라고 주제넘은 말을 한 적도 있죠. 그러나 지금 생각해 보니 소녀다운 감상이 내 안에 이토록 깊이 뿌리박혀 있는 줄 미처 몰랐어요. 그 순간 등골이 오싹해지는 전율을 느꼈죠. 다이스케를 아무리 깊이 사랑해도 이 감상만은 소중히 하겠다고 마음먹었습니다.

또 혹시, 오래 친숙했던 야부키 오빠를 손쉽게 빼앗아 버린 히데코에게 질투를 느끼는지도 모른다고 생각했어요.

"그런 일로 고민하다니 오빠 너무 보수적인 게 아니에요? 오빠의 머리속엔, 여자는 정숙해야 하고, 여자는 자기의 욕망을 표현해서는 안 되고 등등, 전근대적 관념이 남아 있는 것 같아요…. 틀림없어요…."

나는 침착한 어조로 내 본심과 정반대의 말을 했습니다.

"아니, 그렇잖아. 유리코는 몰라. …그녀는 집요하고 적극적이고, 게다가 너무 감각적이야."

마치 구린 입김을 내게 뿜어댄 것 같아 나는 얼른 얼굴을 돌려 버렸어요.

"그래도 오빠는 히데코를 사랑하고 있으니, 그녀의 그런 행동은 오빠를 오히려 행복하게 할 수도 있죠."

"글쎄, 나는 약하니까 질질 끌려 들어가지만, 나중엔 그녀를 비난하고 싶은 마음이 솟아나는 거야. 물론 말로 할 수는 없어도…. 내가 머리속에 그리고 있던 연애란 더 절도(節度) 있는 밝은 것이었어…. 난 이제 희망이 없는 것 같아…."

이렇게 말하고, 그는 될 대로 되라는 듯이 풀숲에 털썩 누워 버렸습니다. 약간 과장된 몸짓처럼 느껴졌죠. 나는 다이스케와 알게 되어, 그와 갈라지게 된 것을 정말 다행스럽게 생각했어요.

"오빠는 히데코를 헐뜯지만, 이제 두 사람은 깊은 사이가 됐으니, 나는 여자로서 그녀를 동정하지 않을 수 없어요. 오빠는 그녀와의 사랑이 건설적이 아니라고 불만을 품고 있지만, 그에 대한 책임은, 정확히 그 책임의 반은, 오빠에게 있지요. 감각적인 것도, 쾌락에 빠져들기 쉬운 것도, 또 상대방을 존경하는 마음이 별로 없는 것조차도…. 오빠는 자기 자신을 너무 두둔하고 있죠. 그렇다면 히데코가 너무 안됐지요. …난 오빠와 오랜 친구이니까 말하기 거북한 것도 거침없이 말하는 거예요. …화났어요?"

나는 누워 있는 그의 얼굴을 위에서 들여다보았죠. 그는 불쾌한 듯이 얼굴을 돌리고,

"네가 하는 말이 맞을지도 몰라…. 너무 늦긴 했지만, 같은 결점을 가진 남녀끼리는 관계를 맺지 말았어야 했어. 마음이 약하고, 빠져들기 쉬운 나를 끌어 올려주는 상대를, …그런 여자를 선택했어야 했지…."

"오빠, 혹시 나를 말하는 것 아니에요? 그건 이미 늦었어요. …어쩔 수 없는 일로 고민하지 말고, 지금부터라도 자신

의 생활에 자신을 갖도록 해요. 자, 힘을 내세요!"

"유리코. 넌 참 좋아. 자신을 분명히 파악하고 있으니까. …지금도 다이스케와 원만하게 교제하고 있겠지…."

"언제나 변함없는 마음으로 사귀고 있죠. …그래도 오빠. 오빠가 사실대로 털어놓았으니까 하는 말이지만, 이따금 우리도 언뜻 불안한 느낌이 들 때가 있어요. 그의 탓도 내 탓도 아닌데, 뭔가 불길한 그림자가 나타나는 것 같아…."

이따금 마음속에 스치는 불안감을 처음으로 표현한 것이지만, 일단 입으로 말하고 나자, 그 불안감이 실재(實在)하는 듯한 기분이 들었죠.

"그런 것은… 네가 너무 행복한 탓이야" 하고, 그는 별일 아닌 듯이 말했습니다.

"그렇다면 얼마나 좋겠어요…. 오빠는 몰라요. …사실은 지금도 그 어두운 그림자 때문에, 기분이 우울해져서 여기로 온 거예요."

"나도 마찬가지야. …히데코에 대해 언제나 미덥지 않은 감정을 느끼면서도, 조금만 떨어져 있으면 목이 마르듯 얼굴이 보고 싶은 거야…. 얼굴이라기보다 육체겠지. 하, 하, 하, …"

억지로 웃은 탓인지 야윈 복부 언저리의 근육이, 삐끗삐끗 움직이는 것이 눈에 띄었죠. 어쩐지 비참한 느낌마저 들었습니다.

갑자기 그는 자리에서 일어났죠.

"난 수영하러 가겠어. … 우리 사이는 점점 멀어지겠지만 마음속으로 언제나 너를 생각할 거야."

"―하지만 나는 차차 오빠를 잊어버릴지도 몰라요…."

나는 중요한 일로 생각되어 사실대로 말했습니다.

"그래도 괜찮아. 안녕!"

그는 가슴 높이의 울짱을 뛰어넘어, 돌담 밑 벼랑의 오솔길로 뛰어내렸죠. 그의 모습이 사라지고 휘파람 소리도 멀어져 갔습니다.

그가 찾아가는 강은 햇빛을 반사하여 번쩍이면서, 녹색 논 사이를 느슨히 구부러져 흘러갔죠. 그 강물은 차갑고 맑았습니다. 친구여! 그 물 속에서 마음껏 헤엄쳐 몸과 머리에 들러붙은 혼탁한 때를 말끔히 씻어 버리기를….

혼자 남게 되자, 나는 그 대신 풀숲에 길게 드러누웠습니다. 그러자 돌풍이 불어와, 광장을 둘러싼 소나무 가로수 우듬지를 스치며 상쾌한 멜로디를 울리게 했죠.

13

 북국(北國)에서는, 구월이 되면 아침 저녁으로 서늘한 느낌이 감돌게 됩니다. 이제 조금 있으면 도쿄로 돌아가야 합니다.

 그 무렵 어느 날 오후, 고교시절에 마음이 맞았던 열댓 명의 여자 동창생들이 친목회를 열었어요. 장소는 시가지 변두리의 강변에 있는 찻집이었죠. 푸른 강물이 마루 밑을 흘러가고, 그 너머에는 흰 조약돌 강변이 있고, 건너편 기슭엔 띠지붕의 농가와 채마밭들이 보였죠. 멀리에 산들―차분히 누워 있는 모습을 하고 있는―이 줄지어 뻗어 있었습니다. 소박하고 아늑한 풍경이었죠.

 이 친목회에 뜻밖에도 히데코도 나와 있었어요. 뜻밖이라고 느껴진 것은, 휴가중, 신슈(信州) 산속 온천에서, 소설을 쓰고 있다는 소문을 들었기 때문이죠.

 공원에서 야부키 오빠를 만나, 히데코와의 애욕의 고민(일방적인 것임에 틀림없지만)을 들은 적이 있어 관심이 솟아났어요. 내가 놀란 것은 그녀가 눈에 띌 정도로 아름답게 성숙한 사실이죠. 나도 모르게 숨죽일 정도로….

　피부색은 원래 흰 편이었지만, 이제 싱싱하고 윤기가 나는 거예요. 안경 너머의 눈은 은근히 까맣게 빛나고, 얇은 입술은 생기가 돌아 매력이 넘쳐났어요. 산뜻한 백마(白麻) 원피스를 입었는데, 뭐라고 표현할 수 없는 성적 매력이 배어 있었죠. 거기에 모인 어떤 동창생에게서도 찾아볼 수 없는 성숙한 아름다움이, 눈빛, 턱 모습, 몸의 곡선 등에 드러나 있었어요. 특별히 신경을 쓴 탓으로 내 눈에만 그렇게 비치는 것은 아닌 듯했어요.

　흔히 젊은 처녀가 성생활을 하면 갑자기 아름다워진다는 미신이 있어요. 히데코를 보자 바로 그 말이 머리에 떠올랐습니다. 부끄러운 말이지만, 허리 부근의 곡선에 증거가 나타날지 모른다고 생각하고 슬며시 눈여겨보았죠. 그러나 아무것도 알 수 없었습니다.

　오해받고 싶지 않은 점이 한 가지 있다면, 나는 그녀를 조금도 멸시하지 않는다는 사실이죠. 이런 말을 하고 싶지 않지만 나는 오히려 그녀를 부러워하고 있어요. 친목회 도중 화장실에 갔는데, 거울에 비친 내 얼굴이 히데코의 얼굴에 비해 너무 학생다워서 낙심하고 말았죠. 그때까지만 해도 내 얼굴이 여성다운 성숙미를 지니게 됐다고 속으로 자부하고 있었거든요. 양재 기술 따위(나는 학교에서 우수한 편이지만)는 어찌 됐든, 그녀가 지닌 성숙된 아름다움을 지녔으면 얼마나 좋을까 하고 진지하게 생각했죠. 나 자신을 위해서보다 다이스케를 위해서 말입니다. 내가 더 아름다워지면, 그를 지금보다 몇 배나 행복하게 할 수 있기 때문이죠. 다이스케의 튼튼한 심장이 파열할 정도로….

친목회에서는 모두 거리낌없이 이야기를 할 수 있어 즐거웠습니다. 처음엔 히데코가 신슈 산속에서 집필한 소설이 화제가 되었죠.

"소설의 주제는 뭐지?"

"글쎄, 과장해서 말하면 현대의 고민이라고 할까…."

"구체적으로는—?"

"애인 있는 젊은 여성이, 가정을 가진 중년 남자와 사랑에 빠져 고민하는 내용이지…."

"그건 혹시 네 경험이니? …부러운데. 나도 그런 경험을 해 보았으면…."

"현대의 고민은 그런 뜻이구나. 베드 신(bed scene)도 나오지?"

"그래 나와. …너희들 너무 저속하구나. 더 이야기하지 않겠어."

"모두 너를 응원하는 거야. 신인(新人)으로 문단에 등장하려면 아주 충격적인 내용을 쓰는 것이 유리할 거야…."

"히데코라면 멋진 연애소설을 쓸 수 있다고 확신해. …경험이 풍부한 것 같으니까…."

"너무해. 난 어쩔 수 없이 이렇게 웃고 있지만, 작품 하나를 완성한다는 건 정말 엄청난 일이야. 예컨대 베드 신을 묘사해도 작가의 고민이 뒷받침되어 있어야 하는 거지…."

"원고가 있으면 거기만 읽고 싶은데. 내가 채점해 줄게…."

"어리석긴…."

모두 이러쿵저러쿵 떠들어대니 몹시 소란스러워졌어요. 말대꾸 잘 하는 히데코도 어찌할 도리가 없는 모양이었죠. 물론 창작이 어떤 것인지 모르는 사람은 하나도 없지만, 모두 어려서부터 알고 있는 사이라 어느덧 희롱하는 말투가 되어 버렸죠.

나는 별로 말을 하지 않았어요. …그러나 히데코의 태도를 보고 몰라보게 어른스러워졌음을 느꼈습니다. 여러 사람의 집중적인 질문과 희롱을 받으면서도 침착하게 대했기 때문이죠. 이따금 나와 눈이 마주치면, 나중에 느긋하게 이야기하자고 말하는 듯, 눈만 깜박거렸죠.

친목회는 대체로 이런 분위기에서 진행되었어요. 모두 혼기(婚期)에 가까운 여자들만 모여서, 나중엔 여자들만의 억압된 분위기에 질려 답답해졌습니다. 남자들이 끼어 있으면 이런 분위기는 절대로 되지 않겠지만….

다섯 시쯤 되어 친목회는 끝났습니다. 히데코와 나는 미리 약속이나 한 듯이, 일부러 찻집에서 늦게 나와, 둘만이 대화를 나눌 기회를 만들었죠. 모두 다리에서 왼쪽으로 돌아 시내로 들어갔지만, 우리는 다리 앞을 지나 냇물을 따라서 둑에 난 길을 거슬러 올라갔습니다.

"얼마 동안 못 만났지. 아주 건강한 것 같은데…."

"너야말로. …정말 예뻐졌네. 부러울 정도야. …네가 쓴 소설은 어떻게 됐지?"

"내 친구가 어떤 여성잡지 편집부에 갖다 줬어. 하지만 출판되긴 어려울 것 같아…."

"이런 걸 물어도 되겠니? 네 소설을 읽지도 않고…."

"괜찮아. 뭣이든…."

"애인 있는 여자가 처자 있는 중년 남자와 사랑에 빠진다 ― 이런 줄거리라고 말했지. 물론 픽션(fiction)이지만, 그런 관계를 쓰는 무슨 필연성이라도 있니?"

"제일 힘든 질문이군. 그것이 분명히 나와 있다면 성공한 거지. …나는 필연성 있는 주제라고 생각하고 썼지만, 그것이 표면적인 관념으로 끝난다면 실패한 거야. …원고가 반환된다면, 다른 사람은 필요 없고 너만은 꼭 읽어 주었으면 좋겠어."

"읽고 싶어. …난 여러모로 너를 알고 싶은 거야."

"호의에서?"

"글쎄, 심술과 반반이겠지."

"정직하게 대답해서 기분이 좋네. 그렇게 솔직히 말하기가 힘들지…."

강변과 사과밭 너머 멀리 뻗친 서쪽 하늘엔 저녁놀이 지기 시작했죠. 발밑 가까이 흐르는 강물은 푸른 하늘을 비치며 고요히 흘러갔습니다. 둑에 난 희끄무레한 길은 종일 햇볕을 받아 먼지가 자욱했고, 마차바퀴 자국이 멀리까지 깊숙이 나 있었죠.

우리는 도중에서 왼쪽 논둑길로 들어갔습니다. 그 길을 따라가면, 시내 중심가 부근으로 나오게 되어 있어요. 단단하게 다져진 좁은 오솔길이어서 히데코가 앞서고 나는 뒤따라갔죠.

오른쪽엔 검은 삼목숲에 둘러싸인 묘지가 있고, 정면엔 집들이 겹겹이 쌓인 시가(市街)의 언덕이 바라다보였습니다. 양철지붕과 유리창이 햇빛을 반사하여 이따금 번쩍번쩍 빛나고 있었죠.

"나는 요전에 야부키 오빠를 만났어. 공원에 산책하러 갔다가 우연히 말이야."

"그래? 반가워했겠구나…."

"나도 반가웠어. …그런데 오빠는 변한 것 같아."

"어떻게?"

"얼굴에 진지한 생활을 하는 사람의 깊이 같은 것이, 배어 있다고 할까…."

"진지한 생활이라니?"

"여러 가지 면에서…."

"나와의 관계이겠지. …우리는, 남자와 여자로서의 진정한 생활을 하고 있어. 저속하다고 생각하니?"

"그렇게 생각하고 또 한편으론 질투하는 기분이지…. 너에게는 거짓 없는 진실을 말할 수밖에 없어."

"그는 무슨 말을 했어?"

"글쎄. …난 가벼운 사람은 되고 싶지 않은데…."

"짐작이 가는군. 너에게 무엇을 호소했는지…. 내가 감각적이고 어떻고 등등. 틀림없을 거야…."

"부정하지는 않겠어."

"그는 말이야, 남녀관계에 대해 아직도 케케묵은 봉건적 윤리에 사로잡혀 있어. 그렇다면 연애도 하지 말아야지…. 남자고 여자고 간에 어떤 때엔 감각적 쾌락에 빠지는 것이 인간의 자연스런 생활태도라고 생각해. 자신의 성을 긍정하는 거지…."

앞서 걸어가는 히데코의 등, 허리 등의 곡선이, 그녀의 말 이상으로 자기의 생각을 여실하게 설명하는 듯했죠. 나까지 그녀의 주장에 끌려 들어가는 느낌이었어요.

　벌써 여물기 시작하는 벼이삭이, 이따금 손과 허벅지 등에 툭하고 와서 닿았지요. 묵직하고 간질거리는 감촉이었습니다.

　히데코는 벼이삭을 뽑아 입에 물고 있었는데, 그걸 뱉고 나서 태연한 말투로 들려주기 시작했죠.
　"내 생각을 말한다면, 그는 아주 질투심이 강한 남자야. 가벼운 질투는 좋을 때도 있지만, 정도가 지나치면 성가신 느낌이 들지. 내 모든 것이 자기의 것이 돼야 한다고 생각하는 듯싶어. 그러면서도 자기는 무슨 일이 있을 때마다 너만을 생각하고 있지."
　"나를 미워하니?"
　"아니야…. 그는 나를 신뢰하지 않지만, 그래도 나한테 깊이 매이는 모습을 지켜보고 있지. 무언가 보람있는 기분이야…"
　"…무서운데."
　"그래? 남녀간의 행복이란 서로 상대방을 소모시키는 것인지도 몰라."
　나는 남녀간의 진짜 애정은 상대방을 높여 주는 것이라고 말하려 했죠. 하지만 그녀의 말을 듣자 쓸모없는 말 같아서 입을 다물었습니다. 경제학에서 악화(惡貨)는 양화(良貨)를 구축한다는 법칙이 있는데, 각자의 의견을 말할 때에도 이 법칙이 적용되는 것이 아닐까요…. 좋은 말을 주장하고 싶지만, 떳떳하지 못하고 시대에 뒤떨어진 느낌이 들어 포기할 때도 있거든요.

언뜻 주의해 보니, 벼이삭 물결 위에 괴물 같은, 긴 두 그림자가 비치고 있었죠. 우리가 걸어감에 따라 그것은 흔들거리며 앞으로 앞으로 나갔습니다. 다른 이에게 말할 수 없는 여러 복잡한 생각이 머리에서 빠져 나와, 그 그림자가 된 것 같았어요.

"야, 유리코. 나 여름 방학이 시작되어 신슈 산속에 있을 때, 가네코 씨에게 편지를 한 적이 있어. 괜찮겠지?"

나는 무어라고 말할 수 없는 불쾌한 기분이 들었습니다. 아마 얼굴빛까지 변한 것 같았지만, 다행히 그녀가 등을 돌리고 있어 들키지 않았지요.

"괜찮아. …왜 그런 것을 묻지?"

"네가 감정적으로 불쾌하게 생각할 것 같아서…."

"글쎄. 내 속에도 야부키 오빠가 너에게 대할 때처럼, 가네코 씨는 모두 내 것이라는 뒤떨어진 감정이 있는지도 모르지. …그래도 난 그런 나 자신이 옳다고 여기지는 않아."

"…원고를 쓰는 데 열중한 탓인지, 몸이 나른하고 미열이 나는 것 같아 결핵이 아닐까 걱정했어. 그래서 마음이 안 놓여 편지로 가네코 씨에게 상담을 청한 거야."

"답장은?"

"왔어. 9월이 되면 대학부속병원에서 엑스선 사진을 찍어 주겠대…."

"그게 언제쯤이었지?" 하고 무심코 묻자, 그녀는 등을 돌린 채 '피식' 웃더니,

(아마 혀를 쏙 내밀었을지도 모르죠…)

"그것 봐, 힐문(詰問)이 시작됐군. …그건 지난달 십일경이었지. M시 자택으로 보냈어…."

그 무렵엔 내가 그의 집에 머물러 있을 때죠. 그런데 다이스케는 나에게 한 마디도 말하지 않았습니다. 무엇을 나에게 말하고 무엇을 말하지 않느냐―이런 문제는 그의 자유이고 내가 간섭할 권한은 없죠. …그러나…그러나…. 짧은 순간이었지만, 허리를 흔들고 걸어가는 히데코를 논 속에 밀어 떨어뜨리고 싶은 광포(狂暴)한 생각이 마음속을 스쳐 갔어요. 나는 몸을 떨며 걸음을 멈췄어요. 그녀와의 거리를 떼어 놓았을 정도였죠.

"유리코. 너와 그는 이제 완전한 애인이니?"

"네가 말하는, 그런 의미의 애인은 아니야."

"왜―? 아무래도 결혼식이라는 절차를 거쳐야 한다는 생

각이겠지."

"솔직히 말해 내가 윤리적이라고 생각하지는 않아. 다만 그런 관계까지 맺고 싶지 않을 뿐이야. …분명히 말하지. 사람은 모두 자기가 원하는 대로 살아가는 거야. 나는 너와 다른 방법으로 살아가고 있는 거야. 그뿐이야…"

"잘 알겠어. 호, 호, 호…" 하고, 그녀는 잠자리가 떼지어 나르는 하늘에 멍청한 웃음소리를 울려 보냈죠.

"히데코. 정말이지 나는 네가 살아가는 방식에 관심이 있어. 흥미 정도의 가벼운 기분이 아니라 더 깊은 관심이지. 네게는 나한테 없는 뭔가가 있는 듯싶어…"

"분명하진 않지. …우리들 서로 잊어버릴 만할 때 가끔 만나 서로 어떻게 변했는지 확인해 볼까?"

"찬성이야. …우리들, 상대방이 너무 행복해져도 실감이 안날 거고 또 불행한 모습은 보고 싶지도 않을 거야. 그럭저럭 살아가고 있군—그런 상태를 보고 싶을 정도의 호의는, 서로 가슴속에 남아 있을 것 같아."

"그 말은 내 마음을 정확히 드러내는 표현이야. 너는 참 영리해…"

어느덧 시내에 들어와 있었습니다. 경사진 오솔길을 올라가서 번화가의 다리 부근에서 우리는 서로 헤어졌죠.

그날은 우연한 일이 계속해서 일어났습니다. 자연이 인간에게, 운명이 어떻게 돌아가는지 우연히 보여 줄 때가 있는데, 그날 오후도 바로 그런 경우였죠.

히데코가 다이스케에게 편지를 보냈는데 나에게 알려주지 않은 사실을 생각하면서, (그다지 우울한 기분은 아니었지만) 집으로 돌아왔습니다. 놀랍게도 그 다이스케가, 아버지와 거실에서 거북한 듯이 앉아 있었죠. 회색 양복에 푸른 노타이셔츠를 입고 있었어요. 내가 들어가자 두 분 다 마음을 놓는 모양이었습니다.

"야아, 유리코 양. 오늘 시립병원에 있는 선배가 일이 있어서 나를 불렀어요. 그래서 잠깐 인사차 들렀죠. …아버님과 지금까지 대화를 나누었어요. 여섯 시 기차로 돌아가야 하는데, 이제 시간이 됐으니 가야겠군요…" 하고, 손목시계를 보면서 일어나려고 했습니다.

"마침…너도 어머니도 안 계셔서 내가 제대로 대접도 못하여 안절부절못했지. …어머니는 절에 가셨어. 이제 유리코도 돌아왔고 또 어머니도 돌아올 테니 느긋하게 식사라도 하고 가시죠. 지금 돌아가면 어머니가 낙심할 겁니다. 유리코, 너도 잘 부탁해…."

아버지는 드물게도 이렇게 빨리 말씀하시며, 그를 붙들려고 했어요. 그러나 다이스케는 벌써 일어나 있었습니다.

"유리코 양. 정말 할 수 없군요. 집에서도 중요한 일이 있어 꼭 이번 기차로 돌아가야 해요."

나는 그의 눈빛을 보고 붙들어도 소용없음을 깨달았죠.

"아버지, 돌아가야만 한대요…. 이 사람은 쓸데없이 사양하는 사람은 아니에요. 제가 역까지 모셔다 드리겠어요."

"그래, 유감스럽군. 그럼 가네코 씨, 집안 어른들에게 안부 전해 주세요."

우리는 아버지의 배웅을 받고 집을 나왔습니다. 나는 뒷문에서 신사 쪽으로 빠지는 길을 택했지요. 이 길은 논과 공장을 통과하지만 역으로 가는 데 훨씬 가까운 길이었죠.

사람이 거의 눈에 띄지 않아, 나는 그의 등에 팔을 감고 걸어갔습니다.

"…정말 반가워요. 집에 돌아가니 뜻밖에도 당신의 얼굴이 보이잖아요…. 아버지와 무슨 이야기를 했어요?"

"별로 할 이야기도 없어서 난처했어…. 아버지는 참 고지식한 분이군요."

"그래요. 아주 고지식하죠. …어머니는 농담도 하고 이런 저런 이야기도 하시지만. …퍽 유감스럽게 여길 거예요. 어머니는 당신을 몹시 보고 싶어했지요. 내가…열을 올리며…사랑하는 사람이니까요…."

"열을 올린다고…."

그는 집게손가락으로 내 턱을 가볍게 치켜올리고,

"동창회가 있었다고…?"

"네. …거기에 히데코도 나왔지요. 돌아올 때도 시내까지 함께 왔어요…."

나도 모르는 사이에 히데코의 이름을 입에 올리고 말았습니다.

"그래. …그 여자 수척해지지 않았어?" 하고, 아무런 반응도 보이지 않으며 물었죠.

"천만에요. 오히려 더 아름다워졌어요. 우리들에게 없는 아름다움. 남자가 도와줘야 비로소 나타날 아름다움 말이에요. 그런 것이 배어 나와 있었죠. 알겠어요?"

"그러니까 요염해졌다는 뜻이지?"

"그런 표현은 좋지 않아요!"

"부러워할 건 없어. 당신도 마음만 먹으면 그렇게 될 수 있으니까."

"싫어요! 싫어!"

나는 불꽃이라도 밟은 듯이, 그에게서 두어 발자국 물러났습니다.

"…히데코는 편지를 보냈다고 하더군요. 내가 그곳에 머물러 있을 무렵…."

"응, 왔지."

"당신은 나에게 아무 말도 안 했지요."

"말을 꼭 해야 했을까? …당신이 불쾌하게 여길거라 생각하고 말하지 않았어."

"몸이 나른해서 폐가 나빠진 것 같아 상담을 한 거죠? …9월에 대학부속병원에서, 엑스선 사진을 찍도록 당신이 도와주겠다고 답장이 왔다고 하더군요."

"사실과 조금 다른데…. 히데코 양이 당신에게 그렇게 말하던가?"

"네. 그렇게 말했어요. …그럼 거짓말이군요. …도대체 무슨 일이에요?"

"난처하군. 그녀가 거짓말을 하고 감추는 것을, 당신에게 말해도 될까?"

다이스케가 침착한 어조로 그렇게 말하는 것을 들으니까 갑자기 화가 치밀었죠. 아까 논둑길을 걸어갈 때, 뒤에서 히데코를 논 속에 떨어뜨릴 충동이 일어났을 때처럼, 이런 분노는 맹목적이고 위험하다고 스스로 느낄 정도였죠.

"좋아요. 둘만의 비밀로 해 두세요. 히데코 양은 정말 매력있는 여자이니까요."

이렇게 화를 낸 나 자신에게, 나는 침이라도 뱉고 싶을 정도로 역겨웠지만, 말이 먼저 나와 버렸으니 어찌할 도리가 없었죠.

"난처한데, 유리코. 그렇게 받아들인다면…. 당신에게 아무 관계도 없는 일이고, 또 들으면 불쾌하게 느껴질 테니 말하고 싶지 않은 거야."

"아까는 히데코에게 미안해서 밝힐 수 없다고 하고, 이번엔 날 위해 못하겠다는 말이군요. …어느쪽이 진짜야?"

"두 사람 다 위하는 거지. …그럼 말하겠어. 내 입장에서는 아무것도 아니니까…. 그 대신 듣고 나서 불쾌해도 그건 당신 자신의 책임이야…. 그녀가 편지에 쓴 내용은…아무래도 임신한 것 같은데, 지금 아이를 낳을 형편이 아니니, 대학병원에서 진찰한 후 임신했다면 그 처리를 해달라는 거야. 이런 상담을 할 사람은 당신밖에 없으니 부득이 편지했다는 거지—대체로 그런 내용이었어."

"저런! 그게 정말이야?"

나는 가슴을 죄는 것 같은 충격을 받아 무의식중에 그 자리에 서 버렸습니다. 거기는 유안공장의 부지(敷地)였어요. 공장에서 쓰는 약품 탓인지 잡초도 나지 않는 코크스(cokes)[43]로 다져진 공터, 그 주위를 드문드문 둘러싼 은행나무 가로수, 지붕에 검은 페인트를 칠한 군데군데 홀쭉한 연통이 서 있는 공장 건물—이런 것들이 붉은 석양에 비쳐 몹시 섬뜩한 인상을 주었죠. 지금도 똑똑히 생각이 납니다.

"얼굴이 창백한데. 그러니까 듣지 말라고 했지…" 하고, 그는 내 어깨에 손을 얹고 내 얼굴을 들여다보았죠.

나는 꼼짝도 하지 않았습니다. 조금 전에 함께 걸었던 흰 원피스를 입은 히데코의 움직이는 모습이, 영화의 플래시백처럼 여러모로 머리속에 떠올랐죠. 그런 그녀의 몸 속에 새 생명의 싹이 깃들다니….

"뭐라고 답장을 썼어요?"

"불쌍하다는 생각이 들어, 9월에 병원에 오면 당신이 원하는 대로 협조하겠다고 썼지."

"싫어요! 싫어! 불결하고 역겨워요! 그런 일에 말려들지 마세요. 당신까지 불결하게 보여요!"

나는 어깨에 놓인 그의 팔을 흔들어 떨어뜨리고 대드는 듯한 어조로 소리쳤죠.

"진정해요. 유리코. …불결하다고 하지만 어디가 어떻게 불결하지? 히데코 양에게 애인이 있는 이상 육체관계도 상상할 수 있고, 임신문제도 당연히 일어날 수 있어. 나는 수련의이고, 남녀의 관계나 임신이라는 사실에 대해 불결하다는 감정을 가져서는 안 되지. …나의 입장에서 비판한다면 당신은 너무 감상적이요…."

다이스케는 침착한 어조로 말하고, 다시 내 어깨에 손을 얹으려 했습니다.

나는 무슨 마귀에게 완전히 홀린 듯 그의 팔을 찰싹 때려 뿌리치고, 새파란 증오의 빛이 번쩍이는 눈—마치 죽이고

싶은 듯한—으로 노려보며,

"불결하고 말고요. 당신이 그런 일에 협력하면 당신까지…. 난 돌아가겠어요. 부디 히데코 양을 친절하게 도와주세요."

나는 결심한 듯이 뒤로 돌아, 코크스로 다져진 파삭파삭하는 공지에서 되돌아갔죠. 뒤에서 나를 쫓는 발소리가 나길 무의식적으로 기대하면서…. 그러나 나 자신의 비틀거리는 소란스런 발소리 외에, 석양이 비치는 공장 부지에서 아무 소리도 나지 않았죠. 주위는 고요할 뿐이었어요. 그러자 그의 차분하고 낮은 목소리가 들려 왔습니다.

"유리코! 정말 돌아가는 거요?…그럼 안녕…."

그 소리가 마치 영원한 작별인사처럼 느껴졌어요. 내 몸에서 뭔가 중요한 것이 빠져 나가는 듯한 기분이 들었습니다.

"안 돼요! 나도 같이 갈게요. 지금 혼자 있긴 정말 싫어!"

나는 창피고 체면이고 상관하지 않고 되돌아가서 그의 몸에 매달렸죠. 울고 있는 듯했어요. 그는 내 얼굴을 약간 위로 향하게 하고, 이마에 자기의 입술을 살며시 댔습니다. 지금도 그 키스를 생생히 기억하고 있죠.

"당신은 떼쟁이군. 난 곤경에 처한 사람을 도와주는 것 뿐이야. 무슨 일을 감상적으로 단정해 버리는 것은 당신답지 않은 태도라고 생각해. 자, 서둘러요. 기차 시간에 겨우 늦지 않겠군…."

우리들은 공장 부지를 나와 팔짱을 끼고 논길을 걸어갔죠. 기차역이 보이고 기관차 소리도 들려왔습니다.

"당신은 또 화를 낼지 모르지만…, 히데코 양의 편지를 읽고 나는 그녀에게 상당히 호의를 느꼈어. 그 내용은 좋게 생각되지 않지만, 그걸 알려 주는 태도가 솔직하고 조금도 비굴한 데가 없었지. 난 그런 일을 그처럼 담담하게 말하기란 쉽지 않을 거라고 생각한 거야.

또 하나 정말로 감탄한 게 있지. 편지에 이렇게 씌어 있어―나는 내 몸에 대해, 지금도 그리고 앞으로도, 야부키에게 알려 주지 않을 생각이다. 그는 소심하고 신경질적이어서 그런 일을 알게 되면 충격을 받고 모든 일을 망쳐 버릴 우려가 있다. 우리의 연애관계에서 나는 언제나 그를 즐겁게 해 주겠지만, 그 이면의 여러 힘든 일은 나 혼자 처리할 생각이다. 나는 그를 정말 사랑한다. 결혼할지 안할지 확실치 않지만, 결혼해도 즐거움 뒤에 도사린 괴로움엔 그가 되도록 직면하지 않게 할 결심이다….

나는 그녀의 결심이 되는 대로 하는 말이 아니라, 마음속 깊은 데서 우러나오는 것임을 절감했지….

그래, 이렇게까지 털어놓았으니, 다 말하는 게 속이 시원하겠군. 편지 끝에 유리코에게 되도록 알리지 않았으면 좋겠다. 자신의 비밀이 부끄러워서가 아니라, 유리코가 세인(世人)의 감상적인 잣대로 비판하지 않도록 하기 위해서다. 설령 나중에 정확히 이해하게 된다 해도…. ─이렇게 씌어 있던 거야─."

"내가 부끄럽군요. 난 그녀가 말한 대로 한 셈이군요… 이제는 그녀가 편지에 쓴 사실을 순순히 받아들일 수 있을 것 같아…. 죄송해요. 당신을 실망시켜서…. 히데코를 도와주세요. 그녀는 작가가 될 만한 인물이죠. 온 힘을 기울여 세상을 살아갈 사람이에요."

"글쎄…"

잠시 우리는 말없이 자기의 생각에 잠겨 있었죠. 그러자 그는 차분한 어조로,

"…그래도 당신은 학생시절엔 임신 같은 건 하지 않는 편이 좋겠어. 충고하는 거야…."

"난 몰라!"

농담인지 진담인지 몰라도, 내가 사랑하는 남자는 도대체 무슨 말을 하는 것일까? 만약 그때 몇몇 통행인이 가까이에 없었다면, 머리든 가슴이든 닥치는 대로 주먹으로 때렸을 거예요. 정말 지나친 말을 한 겁니다.

다이스케는 5분 후 기차의 좌석에 앉고, 나는 창가에 서 있었습니다.

붉은 석양에 비춰진 유안공장에서, 둘이 주고받은 대화는 우리 사이의 인간적 이해를 백 배나 더 깊게 한 것 같아요.

"다음엔 도쿄에서 만나겠군요."

"그럴 거야…."

둘 사이를 통하는 마음의 조류(潮流)를 이런 평범한 말로밖에 표현하지 못하다니! 나는 얼마나 안타깝게 생각했는지 몰라요.

발차 벨이 울렸습니다. 우린 창 너머로 가볍게 손을 쥐었죠. 언뜻 바라보니 개찰구 쪽에서 죽도록 달려오는 사람이 눈에 띄었어요. 어머니였습니다. 겉옷 옷자락을 날리며 땀으로 얼굴이 범벅이 된 채 숨가쁘게 헐떡이고 있었죠. 게다가 그 눈은 나 아닌 찻간의 다이스케에게 쏠려 있었습니다.

"다이스케 씨! 당신이 다이스케 씨죠. …내가 생각했던 그대로군요. 틀림없이…아버지를 그대로 닮았군요…."

어머니는 서서히 떠나기 시작한 기차를 따라 달리면서 소리쳤습니다. 다이스케는 창문에서 몸을 쑥 내밀고 어머니의 손을 잡고,

"어머님이시군요. 유리코 양과 쏙 닮아 이내 알 수 있겠어요. 제가 가네코 다이스케입니다. 만나 뵙게 되어 정말 기뻐

요…."

"엄마, 위험해요. 떨어져요. 떨어져요…떨어져요…."

나는 어머니의 몸을 안아(얼마나 가벼운지!) 열차 옆에서 떼어놓았죠. 어머니는 서 있을 수도 없는 듯이 나에게 몸을 기대고, 멀어져 가는 그에게 손을 흔들고 있었어요.

"안녕, 다이스케 씨 잘가요. 이렇게라도 만날 수 있어서 참 다행이군요. …집에서 말을 듣고 한 번만이라도 만나 보려고 정신없이 달려왔지…. 아아, 이제 보이지 않는군…."

어머니는 허탈한 듯이, 나에게 털썩 몸을 맡겨 버렸습니다. 내가 받쳐 주지 않으면 그대로 땅바닥에 쓰러져 버릴 것만 같았어요.

그런데 어머니는 다이스케를 단 한 번 보기 위해, 쇠약한 몸으로, 왜 그런 무리한 행동을 했을까요? 그때의 나는 어머니의 행동을 조금도 이상하게 느끼지 않았지만…. 상식 이상의 날카로운 감성(感性)이 내 안에서 작용했음에 틀림없습니다.

─그리하여 파국(破局)이 바로 코앞에 다가온 거예요.

14

―아아, 그 여름날에서 반년이나 지났습니다.

긴 두 그림자를 쫓으며, 야부키의 아이를 임신했다는 히데코와 나는, 논길을 따라 걸어갔었죠. 우리의 등에 석양이 비치고, 앞에는 시내의 양철지붕과 창문이 번쩍였고, 정강이에 익어 가는 벼이삭이 와서 닿았었죠.

집에 돌아가자 아버지와 다이스케는 이야기를 나누고 있었고, 그 후 그를 배웅하려고 역으로 걸어갔었죠. 도중에 약품 냄새나는 유안공장 부지 안에서, 내가 감정적으로 억지를 쓰고 그를 괴롭혔죠. 그리고 기차가 막 떠나려 할 때 창백한 안색의 어머니가 숨을 헐떡이며 그를 전송하려 달려 왔었죠….

그런데 그 어머니가 이제 이 세상에 없습니다. 2주일 전, 우리는 묘지에 깊숙이 쌓인 눈을 쓸고, 묘석을 일으키고, 얼어붙은 땅을 파서 어머니의 백골을 묻었어요. 그때부터 매일같이 눈이 와서, 이제 그 묘 전체가 둥근 작은 눈 산이 되었을 거예요. 그 위에 삼목 가지에 쌓인 눈이 줄곧 '턱, 턱'

하고 떨어지면서 흰 눈 연기를 날리고 있겠죠. 인기척도 없고, 전깃불도 없는 황폐한 묘지. …어머니는 춥지 않을까요? 그리고 외롭지 않을까요?

  나는 지금 2층 방에서 각로 안에 몸을 깊숙이 집어넣고 수기(手記)를 거의 끝내고 있어요. 다이스케를 알게 된 무렵에서 시작하여 기회 있을 때마다 써 온 거지요. 수기는 이제 마지막 장(章)을 마무리할 단계에 이르렀죠. 꿈이죠! 마치 하나의 꿈을 꾼 기분입니다. 하지만 마음속에 영원히 상처를 남길 악몽이지요….

  집 밖을 바람이 표표히 불고, 싸락눈이 찰싹찰싹 창문을 두드리고 있습니다. 마치 내 등에 불어오는 것 같아 나도 모르게 목이 오싹 움츠려 드는군요. 오늘 밤은 추위가 너무 심하여 각로 위의 손가락이 곱아집니다.

  눈보라 소리가 천둥 소리처럼 멀리 사라지고, 주위가 갑자기 쥐죽은 듯이 고요해질 때가 있어요. 그러면 정적 속에서, 벽시계 소리와 옆 방에서 자는 동생들의 느긋한 숨소리가 들려옵니다. 눈보라가 제아무리 불어닥쳐도, 인간이 살아가는 일은 변함없이 지속됨을 알려 주는 거죠.

  아아, 나는 이런 집 밖, 밤 경치를 보지 않아도 잘 알고 있어요! 그건 흰 싸락눈 파도가 철썩거리는 바다 같다고 생각하면 됩니다. 하늘이고 땅이고 흩뿌리는 싸락눈 파도를 제외

하고, 아무것도 보이지 않아요. 그리고 지각(地殼)이 점점 얼어가는 소리인 양, 밤새도록 대지 속에서 '코온, 코온' 하는 금속끼리 부딪치는 듯한 소리가 들려오죠. 그 소리는 백열된 전류처럼 머리에서 들어와 발바닥으로 일직선으로 흘러갑니다. 숨 막힐 듯한 전율(戰慄)이 내 젊은 육체를 줄곧 흔드는 거예요….

그러나 나는 멍청히 앉아 있을 수는 없습니다. 그저께부터 쓰기 시작한 다이스케에게 보낼 편지를 속히 마무리지어야 하기 때문이죠. 이 편지의 한 줄 한 줄은 그대로 내 운명을 새기는 끌이 되겠죠. 신중하게, 그리고 마음을 단단히 먹고, 글씨로 끌질을 해야 하죠.

아아, 또 매서운 바람이 불어오는군요. 덧문, 장지, 모두 날아가는 것이 아닐까 하고 겁이 날 정도예요. 나는 엉겁결에 목을 움츠리고 각로를 붙잡았어요. 눈보라 소리가 잠시 멈추게 되자, 그저께부터 써 온 여러 장의 편지를 다시 읽기 시작했습니다.

    그리운 다이스케 씨에게.
    나는 지금 우리 집 2층에서, 각로 안에 몸을 집어넣고 당신에게 편지를 쓰고 있습니다. 2, 3일간 줄곧 밤낮으로 눈이 퍼붓고 있죠. 오늘 밤은 특히 심해요. 어쩌다가 처마틈에서 싸락눈이 마치 공기처럼 날아 들어올 때도 있어요. …눈이 없는 밝은 도쿄에서 당신은 지금 무엇을 하고 있을까? 아아, 그리운 내 사람—.

나는 내 기분을 가라앉히기 위해, 이 편지의 결론부터 먼저 쓰겠습니다. 그것은 내가 이 시점에서 당신과 헤어진다는 거예요. 내가 당신을 사랑할수록 그렇게 할 수밖에 없군요. 안녕히 계십시오, 다이스케 씨. 나는 이제 영원히 당신과 작별하겠어요. 편안히 지내시기를—.

어머니의 병세가 좋지 않다고 아버지가 알려 준 것은 지금부터 20일 전이었죠. 그 편지를 읽는 순간, 어머니가 돌아가실 것 같다는 예감이 들었습니다. 그러자 여름에 당신을 만나기 위해 기차역으로 달려온, 창백한 안색의 어머니 모습이 머리에 떠올랐죠.

나는 당신에게 연락하고 기차를 타려고 했지만, 예감 탓인지 주저하는 마음도 들어서 알리지 않았습니다. 정초 휴가 기분이 떠도는 우에노역에서, 나는 혼자 야간급행열차를 탔지요.

창가에서, 점점 멀어져 가는 시가의 불빛을 바라보자, 이상하게도 두 번 다시 돌아올 수 없을 듯한 느낌이 들었습니다. 그것도 그 느낌대로 되고 말았지요.

밤기차는 붐볐지만, 다행히 창가에 자리를 잡아 아침까지 푹 잘 수 있었습니다. 사람이란 작은 근심거리로 잠을 못 잘 때도 있지만, 큰 근심이 생기면 체념해서 그런지 잠이 더 잘 올 때도 있는가 봅니다. K시 역에 아버지가 마중 나오셨지요. 모피 모자를 쓰고, 낡은 겹 망토를 입고, 고무 장화를 신고 있었어요. 긴장한 탓인지 평소보다 안색이 선명하고 생기를 띤 것 같았죠.

시내는 온통 눈으로 덮이고 또 그 위에 굵은 함박눈이 무겁게 쌓이고 있었죠. 도쿄에서 어제까지 초록색을 보아서인지 정말 별천지에 들어온 기분이었어요.

"어머니는요?"

"병세가…좋지 않아. 그래서 편지를 보낸 거야…."

아버지를 만나 겨우 그 말만 들었습니다. 우리는 버스를 타고 집으로 돌아왔죠. 집에서는 숙모가 집을 지키고 있었습니다. 어머니가 입원한 후, 줄곧 우리 집에 와서 집안일을 보살펴 주셨어요.

각로 속에 발을 넣고 뜨거운 단팥죽을 먹으면서, 어머니의 병세에 대해 아버지의 설명을 들었습니다. 근심에 사로잡힌 말투였어요. 어머니는 간암이고, 그것이 또 전이(轉移)되어 얼마 살지 못할 거라고 의사가 선고했다는 겁니다.

"어머니는 알고 계시나요?"

"아니야, 모르는 것 같아. 주위에서 아무도 알려 주지 않았어. 하루코는 평소에 눈치가 몹시 빠르지만, 자기의 일에 대해서는 도무지 알 수 없는 모양이야. 이웃 병실에서 암환자가 둘씩 연달아 죽은 것을 알지만 자기는 그런 병에 걸리지 않는다고 생각하고 있어. 그런 점이 오히려 측은한 느낌이 들지."

아버지의 설명도 그렇지만, 그보다도 어머니를 '하루코'라고 부르는 것이 한층 더 절박한 위기감을 불러일으켰죠. 보통 '여보' 또는 '어머니'라고 불렀는데, '하루코'라는 이름으로 부르는 것은 어머니가 자기 곁에서 사라져 감을 무의식적으로 느낀 탓이 아닐까요?

나는 즉시 어머니를 만나려고 혼자 병원으로 갔습니다. 접수 창구에서 가르쳐 준 대로 찬 바람이 새어드는 서쪽 긴 복도를 걸어갔죠. 나는 거기서 불길한 것과 마주치고 말았어요. 그건 흰 시트를 덮은 시체 운반기구였죠. 나와 스치고 지나간 중년의 간호사가 합장(合掌)하는 모습을 보고 시체인 것을 알았습니다.

그러나 어디선가 갓태어난 아기가 우는 소리가 들려왔죠. 사람이 태어나고 죽고…. 병원이란 인생의 발착역(發着驛) 같은 곳이라고 생각했습니다.

어머니의 방은 32호실이었죠. 입구에 '시로야마 하루코, 45세'라고 쓰인 명찰이 걸려 있었습니다. 나는 조금 주저하다 문을 노크했어요. 안에서 아무런 대답도 없어 어머니가 주무시는 게 아닐까 하고 생각했죠. 다시 두 번, 세 번 노크했어요. 그러자 어머니의 흥분한 말소리가 들려 왔습니다.

"유리코니? 들어와, 유리코. …너를 기다렸다…."

나는 병실로 들어갔습니다. 병실은 정원을 향해 창문이 둘 난 좁고 긴 방이었죠. 벽가에 침대가 놓이고, 발밑 바닥에는 다다미가 두 장 깔려 있었습니다. 남은 좁은 자리에 조그만 난로가 보글보글 소리내며 타고 있었죠. 방 안에서는 병실 특유의 이상한 냄새가 코를 찔렀어요. 그보다도 반쯤 몸을 일으켜 침대에 몸을 기댄 채, 두 팔을 벌리고 나를 맞이하는 어머니의 얼굴—! 아아, 이분이 정말 내 어머니인가 하고 의심날 정도로 변한 모습이었죠. 안색이 창백하다기보다 노란 빛을 띠고, 시들어 가는 풍선처럼 얼굴 윤곽이 몹시 작아졌으며, 그 결과 열띤 빛을 내는 까만 눈만이 크게 보였죠. 얼굴 전체가 소녀다운 어린아이 같은 인상이었어요.

나는 말없이 침대 곁에 달려가 어머니를 끌어안았습니다. 어머니는 내 두 팔에 가볍게 안겨 가냘픈 목소리로 울기 시작했어요. 나는 어머니의 등을 쓰다듬으며 그대로 우시게 했습니다.

"네가 와서 참말 기쁘구나. 난 너만을 기다리고 있었지."

"그런 것 같아요, 엄마. 저도 어머니의 얼굴을 보게 되어 정말 기뻐요. 어때요, 엄마 몸은?"

"네가 보는 대로지. 난 이제 멀지 않았다고 각오하고 있어. …이 겨울만 넘기면 살 수 있다고 의사는 말하지만."

"걱정마세요, 어머니. 엄마는 이겨낼 수 있어요. 세 아이를 기른 결실도 못 보고 돌아가시다니 말도 안 되죠. 힘내세요, 어머니…."

"그래, 힘을 내야지. …네 앞에서 찔끔찔끔 눈물을 흘리다니 부끄럽군. 이제 마음이 가라앉았어…" 하고, 어머니는 억지로 미소를 띠우고,

"너, 좋아하는 것 마음대로 먹으렴. 귤이고 사과고 과자고 여러 가지 선물을 받지만, 난 도무지 먹고 싶지 않아. 요시오와 마리코가 이따금 와서 다 먹어 치우지만…."

"그러죠. 찰떡이 먹고 싶군요…."

나는 어머니를 즐겁게 하기 위해, 테이블 위 깡통에

든 찰떡을 꺼내어 먹었지요. 차도 한 잔 마셨습니다. 어머니는 내 모습을 만족스러운 듯이 바라보고,

"네가 하얀 이로 아삭아삭 씹는 소리를 들으니, 네가 건강하게 사는 걸 알 것 같아 마음이 든든하구나. 아아, 나도 그런 소리를 내며 단무지든 센베이든 먹을 수 있게 되었으면…"

어머니의 기분을 깊이 이해할 수 있었죠. 나는 씹는 소리를 더 들려 드리기 위해 과식하고 말았습니다.

"잘 먹었어요. … 할멈은 어디 갔죠?"

"난 기분이 좀 좋아져서, 시내에 가서 무엇 좀 사오라고 시켰지."

"어머니, 머리를 빗겨 드릴까요?"

"괜찮아. 그것보다 둘만 있는 사이에 여러 가지 이야기를 하고 싶구나. 내 곁에 앉아라. …다이스케 씨와도 다정하게 교제하고 있겠지."

"네, 잘 지내고 있어요. … 우린 행복해요, 엄마."

"그럼 너희들은 이제…"

"아니에요. 우리 사이에 그런 관계는 없어요. 윤리적으로 나빠서가 아니라, 어쩐지 그런 행위를 하고 싶은 기분—아니 기회라고 할까요, 그런 것이 오지 않았기 때문이죠."

"나도 너희들이 그런 관계를 맺은 것 같아 널 책망하기 위해 물은 것이 아니야. 다만…그런 정도라면, 순수한 관계라면, 쓸쓸할 거라 생각해서…."

"왜 그런 관계가 쓸쓸하죠?"

"그건 말이야…. 내가 옛날에 그랬기 때문이지…."

어머니의 말을 정확히 들었음에 틀림없지만, 이상하게도 충격을 받지는 않았습니다. 너무 놀란 탓인지도 모르죠. 그러나 그 한 마디로, 그 문제에 대해, 지금까지 알 수 없었던 것들이 안개가 걷히고, 선명한 진실이 드러나게 됐죠. 눈앞이 아찔해지고, 숨막힐 듯한, 냉엄한 인생의 진실이었어요.

아아, 어머니도 잘못된 길로 빠져들기 쉬운 연약한 여성이었죠.

―딸인 나로서는 수족의 관절이 빠져 버릴 듯한 맥 풀리는 엄청난 발견이었죠.

"괜찮아요, 어머니. 다 털어놔 버리세요. …그 남자는 아버지가 아니었지요?"

"그래. 아버지가 아니었어…."

"전 그분이 누구인지 말할 수 있어요. …턱수염을 기른 다이스케 씨의 아버지!…그분이 어머니의 애인이었군요!"

그렇게 말하면서 내 눈에서 뜨거운 눈물이 주르르 흘러내렸습니다. 어머니는 내 손을 붙들고,

"유리코, 용서해라. 어머니는 그런 여자였지…. 아버지에게는 언제나 미안하다고 생각하고 있었어. …나는 살아 있는 동안에 이 비밀을 고백하지 않으면, 죽어도 죽을 수 없는 기분이었지. 일년 전부터 고백할 상대는 너밖에 없다고 마음먹고 있었어. …유리코. 나는 네 아버지와 결혼하기 전에 다른 남자에게 안긴 일이 있지. 더구나 내가 먼저 바라는 듯한 태도로…."

어머니는 흥분하면서 외치는 듯한 어조로 말했습니다. 수척해졌으면서도 긴장한 아름다움이 얼굴에 배어 나와 있었죠. 아, 말라빠진, 노란 빛을 띤 안색의 어머니가, 한때 남자에게 육체의 애무를 요구한 정열적인 사람이었다고…. 나는 도저히 믿을 수 없었죠. 정말 괴롭고, 답답하고, 쓸쓸한 거예요….

드디어 이제까지 알 수 없었던 부분이 사라지고, 모든 것을 뚜렷이 꿰뚫어볼 수 있게 되었어요. 목구멍까지 올라왔지만 그 앞이 막혀 있던 통로가 마침내 뚫리고, 상쾌한 공기가 자유롭게 통하게 된 기분이었죠. 여름방학중 당신의 집에서 머물러 있을 때, 당신의 아버지와 어머니의 태도, 당신과 교제하게 된 후 우리 부모

님의 태도—그런 것이, 지금 세세한 부분에 이르기까지, 순간적으로, 모두 환히 이해하게 된 겁니다. 그러나 그건 얼마나 쓰라린, 고통스러운 이해일까요!

"그럼, 왜 어머니는 다이스케 씨의 아버지와 결혼하지 않았죠?"

"글쎄, 그건 나 자신에게 물어 봐도 알 수 없고, 더구나 너에게 납득이 갈 만큼 설명할 수도 없어…."

이렇게 먼저 양해를 구하고, 어머니는 다음과 같이 들려주었어요.—아버지는 어머니와 먼 친척관계였고, 양쪽 집안에서 두 남녀가 성장하면 결혼시키는 것이 좋겠다는 어렴풋한 약속이 있었다는 거예요. 그런 일은, 그 당시 시골에서는 보기 드문 일이 아니었다고 합니다. 그러나 활발하고 적극적인 기질의 어머니—그 당시 혼기에 가까워진—는 수더분하고 말수가 적은 아버지에게 별로 매력을 느끼지 못한 거예요. 여학교를 졸업하고 도쿄에서 전문학교를 다니는 중에 같은 현(縣) 출신의 의대생 가네코 유사쿠(金子勇作) 씨와 알게 되어 사랑에 빠진 겁니다.

"…그 무렵 아버지는 모 사립대학 법대생이었지. 그때까지 나를 사랑하는 기색도 보이지 않았던 거야. 소극적인 성격이었어. 유사쿠 씨와 사랑에 빠지게 된 지

반년쯤 지나자, 어찌된 일인지 갑자기 나를 찾아와 숨막힐 듯한 어조로 결혼을 신청한 거야. 내가 사랑에 빠져 갑자기 여자로서의 매력이 드러난 탓인지, 아니면 내가 아버지에서 멀어져 가는 느낌이 든 탓인지 알 수 없지만….

그보다 더 알 수 없는 것은 그 뒤의 내 감정이었지. 아버지의 말을 듣게 되자 웬일인지 아버지가 가련해지고, 동시에 유사쿠 씨와의 애욕의 생활,—그 당시의 상식에 벗어난—그 생활이, 죄많고 양심에 거리끼는 것으로 느껴졌지. 그래서 마치 뭔가에 홀린 듯, 이내 유사쿠 씨와 헤어지고 아버지와 결혼한 거야. 물론 유사쿠 씨와의 관계는 비밀에 부치고…."

"…알겠어요. 그건 어머니가 저와 요시오, 마리코 등을 낳도록 운명지어져 있었기 때문이죠.…" 하고, 어머니를 위로해 드리기 위해 말했어요.

아니, 단순한 위로일 뿐 아니라, 당신의 아버지와의 관계를 끊고 아버지에게 달려간 어머니의 심리를, 분명하진 않지만, 나는 어렴풋이 알 듯한 기분이 들었죠. 그 심리를 설명하라 요구해도 할 수 있을 것 같지 않지만요. 어쨌든 나만은 어렴풋이 알 듯한 느낌이 든 겁니다.

"…그래서 결혼 후, 나는 순박한 아버지에 대해, 내

과거 때문에 언제나 마음이 거리꼈지. 그래도 그만큼 아버지에게 정성을 다해 보살펴 드린 것 같지만…. 20여 년이 지난 뒤, 내 딸인 네가 유사쿠 씨 아들 다이스케를 사랑하는 걸 알게 되자, 먼 과거의 뿌리가 땅속에 살아 남아 복수하는 듯한 충격을 받았지. 그때의 일이 무섭고 또 아버지에게 죄송한 일이었음을 새삼 절감한 거야.

그러나 기분이 어느 정도 진정되자, 아니 내 과거와 네 사랑은 어떤 인과관계도 없고 우연히 그렇게 된 것에 불과하다, 그러니 유리코의 경우는 뭔가에 홀린 듯 중도에 좌절된 내 사랑과는 반대로 꼭 다이스케와 결혼하도록 격려해야 한다, 나와 딸의 경우는 전혀 별개의 문제다―이렇게 생각을 고치기로 했지. 그래도 네가 언제 다이스케와 깊은 관계를 맺어 나의 경우와 비슷하게 될까 봐 난 줄곧 염려하고 있었어…."

"알겠어요, 어머니. 저는 어머니가 이렇게 고백한 것은, 딸에 대한 애정 때문이라고 생각하고 있어요."

"그렇게 생각해라. 너한테는 몹시 쓰라린 애정이겠지만…."

어머니는 고백했고 딸인 나는 고해 신부(告解 神父)인 셈이었죠. 그건 그렇다 해도, 어머니의 과거를 알고

서도 불결하다거나 망측하다는 느낌이 들지 않은 것은 이상한 일이에요. 어쨌든 어머니가 경솔한 것은 아니었고, 신중하게 처신하려 했어도 결과가 그렇게 되었다는 것이, 가슴속 깊이 스며들었기 때문이겠죠.

편지는 거기까지 씌어 있었습니다. 그 뒤를 이어, 내가 다이스케와 헤어질 결심을 하게 된 것을 써야 하겠지만, 이젠 지쳐 버려 아무것도 하기 싫었죠. 처음부터 이렇게 긴 편지를 쓰지 말고, "다이스케 씨, 안녕…" 하고, 간단히 써도 됐을 거예요.

눈보라는 조금도 가라앉지 않고 점점 사나워졌죠. 집이 흔들리고 그대로 공중으로 높이 날아갈 듯한 느낌이었습니다. 공기를 베는 듯한 날카로운 바람 소리와 함께, 덧문에 싸락눈이 사락사락 부딪히는 소리도 들려 왔죠. 그걸 듣고 있으면 나는 의지도 주장도 없고, 나 자신이 없는 듯한, 허무한 기분에 빠져들지요.

여기서 정직한 고백을 해야겠어요. 그와 헤어지려고 결심하니, 나의 부드러운 육체에, 그의 표시를 뚜렷이 남길 것을…, 그와 깊은 관계를 맺을 것을…, 하는 후회가 끈질기게 일어나는 겁니다. 어머니와 똑같은 입장이 됐으면 좋았을 거라는 생각이겠지요. 물론 잘못된 생각이지만…. 이런 심리적

욕구(생리적이 아닌)를 다이스케가 안다면 어떻게 생각할까요?

나는 다시 편지를 써야 합니다.

"유리코 나는 내 몸 안에 종기처럼 숨어 있던 걸 완전히 토해 버려 홀가분해졌어. 그 말을 들어준 너는 힘들었겠지만…. 난 좀 자야겠다…"

그렇게 말하고 어머니는 이내 잠들고 말았어요. 입을 약간 벌리고 침을 조금 흘리며…. 그 얼굴에는 사상(死相)이라고 표현해야 할 음영이 나타나 있었죠. 이 사람에게—이 어머니에게—이 여자에게, 한때 애욕이 불타오른 사실이 있었다니, 정말 있을 수 있는 일일까요?—그런데, 자기의 비밀을 들려준 다음, 나와 당신과의 관계를 앞으로 어떻게 하라고 한 마디도 말하지 않은 것이 이상스럽게 느껴지겠죠. …그러나 어머니를 줄곧 바라보고 있었으므로 난 그 이유를 잘 알고 있습니다. 어머니는 몸도 마음도 몹시 약해져서, 자신의 일만 머리에 가득 차고 내 일까지 생각할 마음의 여유가 없었던 거죠. 그것뿐이에요. 또 나로서도 쇠약해진 어머니가 내 일까지 생각해 주었다면 오히려 부담스러웠을 거예요.

이틀 후 어머니는 돌아가셨죠. 고민 없는 깨끗한 얼굴이었어요. 마음속 고민을 모두 토해 버려 표정이 밝아진 탓이겠죠.

아버지와 세 아이들에게, 어머니의 죽음은 큰 타격이었습니다. 특히 아버지는 맥빠진 모습이었고, 허탈한 상태였습니다. 세 아이들의 슬픔은 앞날에 약속된 긴 미래가 지탱해 주겠지만, 아버지를 격려해 줄 미래는 얼마 남지 않았기 때문이죠.

어머니의 시신을 관 속에 넣는 밤이었어요. 친척 여자들이 어머니에게 흰 수의를 입히고, 손등싸개와 각반을 대고, 가슴에 즈다부쿠로(頭陀袋)44)를 올려 놓았죠. 시신 옆에 어머니가 평소에 애용한 물건—빗, 손가방, 외출시의 게다, 안경, 인형 등을 가지런히 놓았습니다. 이제 관에 못질하는 일만이 남아 있었죠.

나는 어머니에게 마지막 작별을 하려고, 혼자 관 있는 곳으로 다가가서 뚜껑을 살그머니 열었습니다. 어머니는 무릎을 구부리고 두 손을 합장한 채, 살아 있는 듯이 웅크리고 있었죠. 그때 어머니의 즈다부쿠로 속에 얇은 종이 뭉치가 들어 있는 것이 눈에 띄었어요. 그건 아까 아버지가 사람들 눈에 띄지 않게 들고 다닌 것이었죠.

나는 종이 뭉치를 꺼내어 사람들이 보지 않도록 관 속에서 펴 보았습니다. 그 속의 하나는 조의(弔意)를 표한 글로서 틀에 박힌 문구를 썼으며, 보낸 사람은 '가네코 유사쿠'였죠. 아마 지방신문의 부음란에서 어머니의 죽음을 알았을 거예요.

또 다른 하나는 색이 바래기 시작한 명찰 크기의 사진이었습니다. 그걸 보자 나는 엉겁결에 "아!" 하고 소리칠뻔했죠. 대학모를 쓴 당신과, 나사 원피스를 입고 양산을 쓴 내가 다정하게 서서 찍은 사진이었어요. 아니 잘못 말했군요. 당신과 내가 아니라, 젊은 날의 당신의 아버지와 내 어머니였죠. 아아, 양쪽 부모와 자녀들이 이렇게 닮을 수 있다니!

아마 어머니가 이 사진 한 장을 어디다 몰래 감춰 두었겠죠. 아버지가 그걸 알고 있어서, 어머니의 저승 길이 외롭지 않도록 관 속에 넣어 둔 겁니다. 아아, 관대하고 마음이 착한 아버지—!

당신과 헤어질 결심을 한 것도 이 순간부터입니다. 내 아버지도 아닌 다른 남자가 내 어머니를 안았고 그 남자의 아들이 어머니의 딸인 나를 안으려고 하고 있죠. 이 사실은 관대한 아버지를 이중 삼중으로 배신하는 죄 많은 행위가 아닐까요? 논리야 어떻든, 내 영혼 깊은 데서 이렇게 느꼈고, 나도 모르게 범할 뻔한 무서운 죄에 두려워 떨고 있습니다. 만약 당신이 나를 시대에 뒤진 감상적인 인간이라고 여긴다면, 그건 여자의 심리와 생리를 모르기 때문이죠. 당신은 의학도이니 교과서적으로 대충 알고 있으리라 생각하지만….

또 하나 내가 생각하는 것이 있습니다. 그건 당신이나 나나 진심으로 서로 사랑하는 것이 아니라, 당신의 아버지와 내 어머니 사이에서 꺼져 가던 애정이, 우리에게 유전되어 다시 불타게 하는 것이 아닐까 하는 생각이에요. 그러나 이 생각은 너무나 문학적인 냄새가 풍기는군요. 어머니가 사망한 타격으로 내가 신경쇠약 증세를 띠어 이런 터무니없는 망상을 하는지도 모르죠.

마지막으로 어머니가 돌아가신 뒤에, 내 환경도 당신과 사랑을 나누기엔 몹시 불편해졌습니다. 나는 어머니를 대신하여 집안 모든 일을 처리해야 합니다. 어머니가 돌아가신 지 2주밖에 안 되었는데, 아버지도 남동생도 여동생도, 또 여러 집안일도, 장미 덩굴처럼 내 몸을 점차 휘감는 것 같아요. 앞으로 4, 5년간 이런 구속감은 점차 강해질 거라 생각됩니다. 그러니 느긋하게 연애할 시간은 없는 셈이죠.

특히 나는 어머니를 깊이 사랑하고, 어머니에게 관대

했던 아버지에게 외로운 마음이 들지 않도록 힘쓸 생각이에요. 어머니가 비밀을 털어놓은 동기에는, 아버지를 잘 보살펴 드리라는 무의식적인 소원이 들어 있을 겁니다.

 나에게는, 이것저것 안팎으로, 당신과 헤어져야 할 조건이 갖춰진 셈입니다. 그러나 다이스케 씨, 안심하세요. 나는 혼자 되어도 수도원에 들어가거나 독신주의로 살아갈 마음은 없답니다. 집안 사정이 허락할 때가 오면 나도 결혼하겠죠. 그러나 정열을 불태우는 사랑에는 이번에 데어서, 자기의 의사를 너무 내세우지 않는 소극적인 방법으로 결혼할 생각이죠. 한 쌍의 남녀가 겸손한 태도로 함께 살아가면, 어느덧 자연스런 애정이 싹터 오겠죠. 그런 평범한 애정에 만족하면서 나의 '여자'로서의 생애를 보내려고 생각하고 있어요. 다이스케 씨, 더 이상 나를 생각하지 마세요. 당신이 이 편지를 받은 뒤, 편지를 내게 보내도 찢어 버릴 것이고 찾아와도 만나지 않을 겁니다. 당신이 만약 편지를 쓰거나 찾아오고 싶거든, 마음이 너그러운 내 아버지를 생각해 주세요—어머니의 관 속에, 당신의 아버지의 문상(問喪)하는 글과, 당신과 나를 닮은 남녀 사진 한 장을 넣은 내 아버지를…. 그러면 당신의 손도 발도 움직이려하다가 틀림없이 주저하리라고 믿습니다.

자, 이제 정말 작별이군요. '안녕'이라는 말 이외에 뭐라고 말해야 좋을지 모르겠어요. 나는 눈물 흘리는 걸 싫어해요. 이왕이면 명랑하게 헤어지고 싶습니다. 그래요, 이렇게 소리쳐 부르겠어요.

—다이스케 씨, 안녕. 어른이 되어도 제발 그 우스꽝스런 턱수염일랑 기르지 마세요….

펜을 놓자 나는 온몸에서 힘이 다 빠져 나간 듯한 피로를 느꼈습니다. 눈보라는 미친 듯이 사나워지고, 대지는 "코온, 코온" 하고 크게 울려오고 있어요.

나는 각로의 따뜻한 이불에 볼을 비비고 꾸벅꾸벅 졸고 있었죠. 옆 방에서 동생이 큰 소리로 잠꼬대를 하고 있어요.

아아, 내 몸에 다이스케의 '표시'를 받았어야 했는데 하는 후회가, 무수한 가시처럼 지쳐 버린 내 피부를 찔러 왔죠. 그러나 나는 그런 저속한 여자였을까? 아니, 그럴 리야 없지. 나는 심신이 피로할 따름이지…. 내일이 되면…아니 일주일쯤 지나면….

내 다이스케 씨, 안녕! 그 애인이었던 시로야마 유리코, 안녕!

註

1) 다섯 자 네 치 : 약 163.5cm
2) 니오(仁王) : 절의 대문 좌우에 서 있는 금강역사(金剛力士).
3) 만넨구사(万年靑) : 돌나물.
4) 다다미 : 일본식 방에 까는, 짚과 돗자리로 만든 두꺼운 깔개.
5) 골든 딜리셔스(Golden Delicious) : 미국산 사과의 일종.
6) 고이시카와(小石川) : 도쿄 분쿄구(文京區) 내의 지역.
7) 오르 되브르(hors-dóeuvre) : 서양 요리에서 식사 전에 나오는 가벼운 전채 요리.
8) 옥호(屋号) : 상점의 이름.
9) 긴자(銀座) : 도쿄 주오구(中央區)의 번화가.
10) 스키야바시(數寄屋橋) : 도쿄 지요다구(千代田區)의 지역.
11) 돋을새김 : 모양이나 형상을 도드라지게 처리한 평면성 조각.
12) 안미쓰(餡密) : 삶은 완두콩에 팥소를 얹은 단 음식.
13) 요요기 : 도쿄 시부야구(澁谷區)의 지역.
14) 오기쿠보 : 도쿄 신주쿠구(新宿區)의 지역.
15) 도코노마(床の間) : 객실인 다다미방의 정면 상좌에, 바닥을 한 층 높여 만들어 놓은 곳.
16) 대모갑(玳瑁甲) : 바다 거북의 등껍데기로 빗, 안경테 등의 재

료로 쓰임.

17) 플래시백(flashback) : 영화에서 과거의 회상 장면으로의 전환.
18) 음영(陰影) : 미묘한 변화.
19) 플라토닉 러브(platonic love) : 순수한 정신적 사랑.
20) 채털리 부인(Lady Chatterley) : D. H. Lawrence의 작품 *Lady Chatterley's Love*(1928)의 여주인공. 이름은 Connie.
21) 크로켓(croguette) : 으깬 감자에 다진 고기를 섞어 빵가루를 묻혀 튀긴 것.
22) 각로(こたつ, 脚爐) : 나무틀에 화로를 넣고 그 위에 이불 등을 씌운 것.
23) 와후쿠(和服) : 일본 옷, 기모노라고도 함.
24) 가스지루(糟汁) : 된장에 술지게미를 풀고 생선을 넣어 끓인 국.
25) 도소(屠蘇) : 설날에 마시는 세주(歲酒)의 한 가지.
26) 도테라(褞袍) : 보통의 기모노보다 좀 길고 큼직하게 만든 솜옷.
27) 우에노역(上野驛) : 도쿄 다이도구(台東區) 서부 지역에 있는 역.
28) 조끼 : 손잡이 달린 큰 맥주 컵.
29) 히비야(日比谷) : 도쿄 지요다구(千代田區)의 지역. 히비야 공원이 있음.
30) 오호리바타(お濠端) : 천황이 거처하는 궁성 주위에 파놓은 해자(垓字).

31) 사쿠라다몬(櫻田門) : 에도성(江戶城)의 성문의 하나.
32) 미야케자카(三宅坂) : 도쿄 지요다구(千代田區)의 지역.
33) 잇사(一茶) : 小林 一茶(1763~1827). 일본 고유의 단시(短詩)인 하이쿠(俳句)를 짓는 하이진(俳人)으로서 유명하며, 속어와 방언을 써서 주관적, 개성적인 하이쿠를 많이 남김.
34) 지지미오리(縮み織り) : 바탕에 오글오글 잔 주름이 잡히게 짠 옷감.
35) 우무 : 우뭇가사리를 끓인 다음, 식혀서 묵처럼 굳힌 것.
36) 전체인 하나 : 이것은 19세기 중엽 미국 시인 R. W. Emerson이 말한, 근원(根源)인 전체를 의미하는 것으로 보임. 에머슨의 'Each and All'이라는 시에, '완벽한 전체에 나 자신을 맡긴다'(yield myself to the perpect whole)는 말이 나옴.
37) 센베이(千餠) : 밀가루를 반죽하여 얇게 구운 과자.
38) 누키데(拔手) : 팔을 교대로 물 위로 빼내고 다리는 평영으로 헤엄치는 일본 고유의 수영법.
39) 본게이(盆景) : 쟁반에 돌, 모래 등을 배치하여 산수(山水)의 풍경을 꾸며 놓은 것.
40) 고지키(古事記) : 일본의 가장 오래 된 역사책. 신화, 전설, 가요 등이 들어 있음.
41) 이자나기노 미코토 : 일본 신화에서 이자나미노 미코토와 함께 일본 국토, 신들을 낳았으며, 산·바다·초목 등을 다스리는 남신(男神)임.
42) 이자나미노 미코토 : 이자나기노 미코토의 배우자인 여신.

43) 코크스(cokes) : 점결성탄(粘結性炭) 등을 고온에서 건류한 다공질(多孔質)의 고체연료.
44) 즈다부쿠로(頭陀袋) : 중이 탁발 여행을 다닐 때, 필요한 물건을 넣어 목에 거는 주머니.

역자 후기

이 책은 『ある日わたしは』(石坂洋次郎, 角川書店, 1978. 7)를 번역한 것이다.

작품의 중심축은 여주인공 시로야마 유리코와 의대생 가네코 다이스케의 사랑이다. 그들은 어느 날 우연히 만나 순수한 애정으로 서로 사랑하게 된다. 유리코는 한 남자를 만나면서 부모에 대해, 인간에 대해, 남녀관계에 대해 조금씩 성숙해지고, 새로운 눈으로 세상을 바라본다. 다이스케의 믿음직한 사랑으로, 유리코는 꿈 같은 사랑에 도취되어 여자로서의 행복을 만끽한다.

그러나 어머니는 그들의 사랑에 처음부터 반대하는 태도이며, 다이스케의 아버지 가네코 유사쿠(金子·勇作)도 교제를 반대한다는 뜻을 편지로 알린다. 결국 유리코의 어머니는 임종의 자리에서, 남편과 결혼하기 전, 유사쿠와 사랑에 빠져 깊은 관계까지 맺은 사실을 딸에게 고백하여 이야기는 막바지에 다다른다. 어머니가 사망한 후 유리코는 우연히 그 관 속에서, 젊은 날의 어머니와 유사쿠의 사진을 발견한다. 아버지는, 어머니가 저승길에도 잊지 못할 첫 애인의 사진과 함께 가도록, 그 사진을 넣어 준 것이다. 유리코는 끝없이 넓고 관대한 아버지의 마음에 감탄한다. 그리고 그 자리에서 애인 다이스케와 헤어질 것을 결심한다. 아버지보다 앞서 다른 남자—유사쿠—가 어머니를 사랑했고, 또 그 아들이, 그 어머니의 딸인 자기를 사랑한다면, 이중으로 아버지를 배신하는 결과가 된다고 판단했기 때문이다. 유리코의 어머니와 다이스케의 아버지가 과거에 애인이었다는 그 한 가지 사실로, 젊은 남녀의 순결한 사랑이 깨지게 된다.

이 비극의 근본 원인은, 유리코의 어머니가 자기의 주장을 끝까지 밀고 나가지 못한 나약한 성격에서 찾을 수 있다. 유리코의 어머니, 하루코는 딸에게, "나는 자기의 주장을 끝까지 밀고 나가지 못하는 편이야."라고 말한 적이 있다. 첫 애인 유사쿠와 사랑에 빠져 깊은 관계까지 맺었다면, 그 후 남편이 된 시로야마 마사오(城山正雄)가 찾아와 구혼해도 깨끗이 거절했어야 했다. 아무리 마사오가 가련하게 느껴져도, 또 두 집안 사이에 두 남녀를 결혼시키겠다는 어렴풋한 약속이 있었다 해도 애인에 대한 의리를 지켰어야 하는 것이다. 뚜렷한 이유없이 애인을 버리고 마사오와 결혼함으로써, 자기 자신은 물론, 아내의 과거를 알게 된 남편, 사랑하는 딸까지 불행하게 하고, 또 배신당한 유사쿠와 그의 아내까지 쓸쓸한 가정생활을 하게 만들었다. 이와 같은 경솔한 하루코의 행위는 여자로서 정조관념이 뚜렷하지 못하고, 이성간의 사랑의 신성함을 인식하지 못한 데서 나타난 것이다. 작품에는 이 밖에도 젊은 남녀의 혼전 성관계가 나타나며, 과거에 이런 행위를 저지른 유리코의 어머니와 유사쿠의 입을 통해, 작가는 이런 행위를 진지하게 경고하고 있다.

작품의 문체는 평이하고 간결하지만 독자의 가슴에 깊은 공감과 감동을 불러일으킨다. 자연의 묘사, 전원 풍경의 묘사 등이 신선하고 생생한 느낌을 주며, 특히 청춘남녀의 극명(克明)한 심리묘사에 뛰어난 솜씨가 드러난다.

작가는 계절의 순환을 뼈대로 하여 비련(悲戀)의 이야기를 꾸민 것으로 보인다. 겨울에 사랑이 싹터서, 봄을 거쳐 여름에 절정에 이르며 뜨겁게 타오른다. 그러나 겨울이 오자 그 사랑은 애석하게도 끝나고, 결별을 선언하는 편지로 종말을 고한다.

등장 인물의 행동과 자연 현상이 서로 조응(照應)하는 것도 종종 눈에 띈다. 유리코가 처음으로 다이스케를 열렬하게 끌어안고 뜨거운 키스를 하는 것은 햇볕이 뜨겁게 내리쬐는 강변의 모래사장이다. 다이스케의 어머니가, 자기의 부부생활의 불만을 유리코에게 들려주는 오후, 밖에는 음울한 비가 줄곧 내리고 있다. 유리코가 애인과 헤어질 것을 결심하고 밤중에 편지를 쓸 때, 밖에서는 눈보라와 돌풍이 점점 사나워진다. 첫사랑을 버려야 할, 유리코의 가슴을 찢는 듯한 고뇌가 상징되어 있는 셈이다.

「어느 날 갑자기」라는 책 이름에서, "어느 날"은 유리코가 다이스케를 처음으로 만나 사귀게 되는 날이다. 그날 밤 유리코는 다이스케를 보고, 그 남성다운 용모, 당당한 태도와 언변, 부정을 증오하는 정의감 등에 깊은 감명을 받는다. 또 이 책 이름에는, 남녀의 사랑엔 인간이 어찌할 수 없는 불가사의한 운명적 요소가 들어 있음을 드러낸다. 유리코의 어머니와 다이스케의 아버지 사이에서 중도에 좌절된 사랑이, 그들의 자녀에게 계승되어, 다시 불타오르게 되었는지도 알 수 없는 것이다.

두 남녀의 사랑이 비련으로 끝날 듯한 복선(伏線)이 여러 번 나타나는 것도 주목할 만하다. 예컨대 유리코가 도쿄에 있을 때, 어머니는 그녀가 울고 있는 꿈을 두 번 꾸고 편지로 알려 준다. 그녀는 또 다이스케의 뜨거운 포옹을 받는 중에도, 매서운 바람이 가슴속을 몰아치는 것 같고, 이따금 뭔가 불길한 그림자가 나타나는 듯이 느껴진다.

이 밖에도 어머니에게 과거가 있고, 그걸 최후에 고백하게 될 복선도 종종 나타난다. 어머니의 어딘가 불만스러운 듯한 생활태도, 비밀이 있는 듯한 언행, 유리코와 어머니, 아버지와의 대화, 그리고 다이스케에게 보낸 그의 아버지와 유리코의 편지 등에서 드러난다.

역자 현광식

저자/이시자카 요지로(石坂洋次郞, 1900~1986)
1900년 아오모리(靑森)현 히로사키(弘前) 출생
    게이오(慶應)대학 국문과 졸업
1925년 처녀작 『바다를 보러 가다』(『海を見に行く』)를 발표
1933년 『젊은 사람』(『若い人』)을 발표하여 미타(三田)문학상 수상
1936년 『보리 죽지않다』(『麥死なず』)를 발표하여 작가로서의 지
    위를 확립
1947년 『푸른 산맥』(『靑い山脈』) 발표
1954년 『이시나카 선생 행장기』(『石中先生行狀記』) 발표
1957년 『양지바른 언덕길』(『陽のあたる坂道』) 발표
1959년 『수국의 노래』(『水菊の歌』) 발표
1966년 기쿠지간(菊池寬)상 수상
1971년 부인과 사별한 후에는 거의 소설을 쓰지 않음

역자/현광식
1981~87년 고려대학교 영어영문학과 박사과정수료, 문학박사
1982~99년 한림대학교 인문대학 영어영문학과 교수, 서울대 강사,
    Georgetown University 객원교수
1992년 버나드 맬라무드 『요술통』 번역, 『店員』 편저
1993년 『미국의 유대계작가』 번역
1994년 W. S. 모옴 단편집 『새 경험』, 『빨래통』 번역
1995년 D. H. 로렌스 『두쌍의 결혼』 번역
1997년 『상설 미국문학사』 공저
1998년 『버나드 맬라무드의 문학세계』 저
1999년 『윌러 캐더의 문학세계』 저

한림신서 일본현대문학대표작선을 발간하면서

한림대학교 한림과학원 일본학연구소에서는 1995년에 광복 50년, 한일국교 정상화 30년을 기념하면서 일본학총서를 출간하기 시작했다. 그 성과에 대해서 한일 양국의 뜻있는 분들이 높이 평가해 주신 데 깊은 사의를 표한다.

본 연구소는 한국이 일본을 더욱 잘 알게 되고, 한일간의 문화교류가 활발해진다는 것이 한일 양국을 위하는 것일 뿐 아니라 21세기를 향한 동북아시아의 평화와 새로운 질서를 수립하는 데 크게 이바지한다고 생각한다. 그런 뜻에서 일본학총서도 발간해 왔던 것이다. 앞으로도 그 사업을 계속할 것이며 연륜을 더해감에 따라 큰 발자취를 남기게 될 것을 의심하지 않는다.

그런 확신을 가지고 지금까지 일본학총서 발간에 보내 주신 한일 양국 여러분의 성원에 보답하는 의미에서 여기에 새로이 한림신서 일본현대문학대표작선을 발간하기로 했다. 일본 문학은 이미 세계 문학사에서 확고한 자리를 차지하고 있다.

일본은 전통적으로 문학 속에 사상을 담아 왔기 때문에 일본 사회를 알기 위해서는 일본 문학을 알아야 한다고들 흔히 말한다. 그럼에도 불구하고 지금까지 상업성을 위주로 하는 일반적인 출판사업에서는 일본 문학의 전모를 알리기에는 어려운 사정이 많았던 것이 사실이다. 그러므로 본 연구소는 일본을 바로 이해하기 위하여, 한일간의 문화교류를 더욱 촉진하기 위하여 여기에 일본현대문학대표작선을 간행하기로 했다.

이러한 노력이 우리 문화발전에도 크게 이바지할 수 있기를 바라면서 일본에서도 한국 문화를 일본에 알리기 위한 노력이 일어나서 한일간에 새로운 세기를 좀더 밝게 전망할 수 있게 되기를 바란다.

여러분들의 계속적인 성원을 기대해 마지 않는다.

1997년 11월
한림대학교 한림과학원 일본학연구소